日曜劇場

御上先生

シナリオブック

扶桑社

相関図
Chart

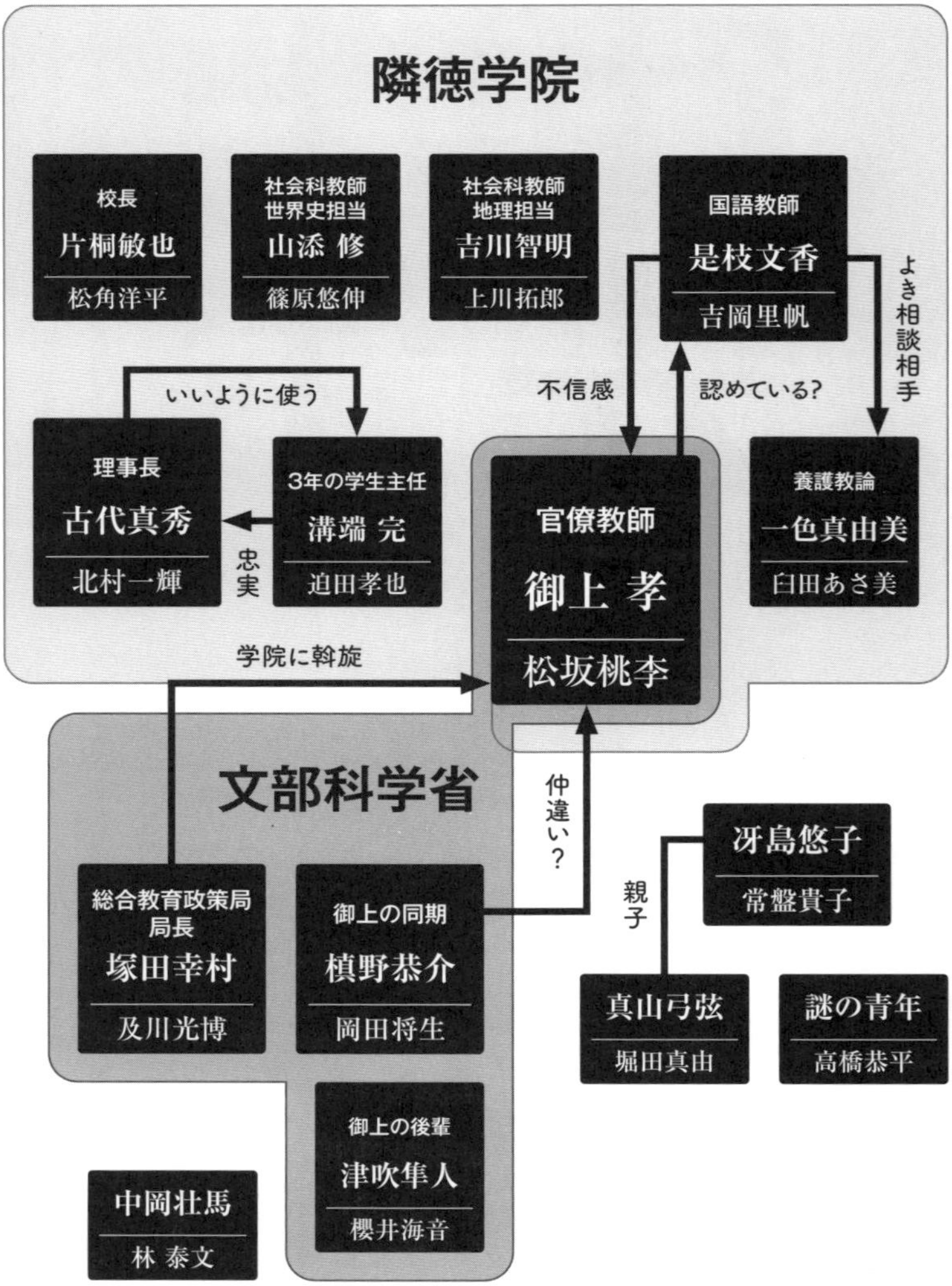

隣徳学院
校長
片桐敏也
松角洋平
社会科教師
世界史担当
山添 修
篠原悠伸
社会科教師
地理担当
吉川智明
上川拓郎
国語教師
是枝文香
吉岡里帆
よき相談相手
不信感
認めている?
いいように使う
理事長
古代真秀
北村一輝
忠実
3年の学生主任
溝端 完
迫田孝也
官僚教師
御上 孝
松坂桃李
養護教諭
一色真由美
臼田あさ美
学院に斡旋
文部科学省
仲違い?
総合教育政策局
局長
塚田幸村
及川光博
御上の同期
槙野恭介
岡田将生
冴島悠子
常盤貴子
親子
真山弓弦
堀田真由
謎の青年
高橋恭平
御上の後輩
津吹隼人
櫻井海音
中岡壮馬
林 泰文

3年2組　座席表

小栗天音	榎本咲良	高梨晋太郎	名倉知佳	市原穂波
安斉星来	西本まりん	青山淩大	白倉碧空	鈴川紗由
和久井 翔	櫻井未知留	遠藤雄大	椎葉春乃	伊原 宙
夏生大湖	永瀬莉子	唐木俊輔	吉柳咲良	渡辺 色
東雲 温	遠田祥子	千木良 遥	倉吉由芽	次元賢太
上坂樹里	花岡すみれ	髙石あかり	影山優佳	窪塚愛流
富永 蒼	戸隠 栞	香川大樹	冬木竜一郎	村岡 渉
蒔田彩珠	野内まる	今井柊斗	山下幸輝	山田健人
川島圭祐	神崎拓斗	金森絵麻	徳守 陣	宮澤 涼
藤本一輝	奥平大兼	芹澤雛梨	八村倫太郎	豊田裕大
波多野 侑	安西淳平	晴山奈緒	綾瀬智花	
真弓孟之	森 愁斗	矢吹奈子	大塚萌香	

Contents

御上先生 ｜ Episode 1 -destruction-

1　試験会場・中

T　令和6年　国家公務員採用総合職1次試験

歴史のある大学の大教室。

整然として机に向かい問題を解いている受験者たち。

抜かりない目つきで見守る試験官。

1A　同・中（時間経過）

試験が終盤を迎えた頃、試験が終わった受験者がひとり答案をひっくり返して立ち上がる。更にもうひとり（渋谷友介《しぶたにゆうすけ》（21）とのちにわかる）が終わり出て行こうとする。すると真山弓弦《ゆづる》（22）（この時点では弓弦ということはもちろん性別もわからない）がふらりと立ち上がり、渋谷に近づく。不自然に背中に張りつく。

近くの席の受験者が異様な空気を感じ見上げる。と、渋谷がバタリと倒れる。

受験者1「え？」

渋谷が倒れている。

気づいた別の受験者が叫び声をあげる。

受験者2「うわあああああっ」

騒然となる試験会場。

逃げる受験者たち。試験官も逃げる。

倒れている渋谷。

刺した弓弦は動こうとしない。

お守りが付けられたトートバッグを染めて血だまりがゆっくりと大きくなっていく。

2　文部科学省・外観（夕）

空撮

T　文部科学省

3　同・オフィス（夕）

複数台と思しきパトカーのサイレンの音が響いている。比較的近くで事件があった雰囲気。

まだ組み立てていないダンボールを持って戻ってくる御上孝《みかみたかし》（35）。フロアが騒《ざわ》めいている。

同僚の津吹隼人《つぶきはやと》（26）が御上に気づき。

津　吹「総合職試験の会場で人が刺されたそうです」

御　上「え。もしかして、試験官？」

津　吹「いえ。受験者です……」

御　上「……そう」

無表情にダンボールを組み立てだす御上。そこに同期の槙野恭介《まきのきょうすけ》（35）が声を掛ける。

槙　野「……興味なし、か」

御　上「……興味、必要？」

いきなり剣呑《けんのん》な雰囲気に気まずい津吹。

槙　野「他人事《ひとごと》だな。これから教育現場に行くってのに」

御　上「（槙野と初めて目を合わせ）他人事？どっちが？」

ハラハラしている津吹。

お構いなしに槙野。

槙　野「でもさー。学校で教えられるって文科省官僚の夢だよね。ぼくが代わりたいくらいだよ」

御　上「無理でしょ。だって槙野、教職持ってないだろ」
津吹に肩をすくめてみせる槙野。
ダンボールにものを詰めだす御上。
女性の部下「槙野さん！　明日の国会の質問、事前通告きました」
槙　野「ああ。いま行きます」
呼ばれてそちらに向かう槙野。
ダンボールに荷物を詰めていく御上。
津　吹「あの…ぼくは…本気で羨ましいです」
御　上「え。なんで」
津　吹「私立の高校への官僚派遣ははじめてですよね。さすが御上さんだなって」
御　上「左遷だよ。体のいい島流しだ」
津　吹「……」
御上、チラッと槙野のほうを見る。
槙野が女性の部下と熱心に話している。
御　上「信じてた友に裏切られてね……」
津　吹「え…あ…」
ダンボールにガムテープをガッと貼る。
御　上「……」

3A　試験会場・外

警察に連行されていく弓弦。
（性別がわからないように）
御上M「…その殺人事件が起こったのが今日だったことは、なにかの運命なのか」

3B・C　文部科学省・オフィス

御上のことを見てひそひそと噂話している らしき同僚がいるが、御上と目が合うとあからさまにそらす。

御上M「教育を改革する。それがこの硬直する社会を変えるために必要だということは誰もがわかっているのに…」

ネットニュースで事件をチェックしている同僚たち。

御上M「そのための本丸《ほんまる》であるはずのここはこんな事件にもやけにはしゃいで野次馬を決めこんでいる」

3D　隣徳学院・玄関

のちに御上が出向する高校の生徒たちとわかる若者たちの手元にスマホ。真山弓弦の事件が報道されているらしい。

御上M「自分がその事件の主役になってしまう可能性を、実際なるまでは誰も考えようとしない」

3E　試験会場・外

パトカーで連行されていく弓弦。

御上M「君はいま、社会のひずみの責任を一身に背負わされ、そこでひとりきりだ」

3F　神崎の家・神崎の部屋

帰宅してきた神崎拓斗《かんざきたくと》（17）。本棚にはファイルがズラリと並び、報道関係の本や写真集がある。スマホにニュースの通知がくる。確認する神崎。

御上M「その孤独をぼくは見捨てない」

3G　繁華街

繁華街を歩く富永蒼《とみながあおい》（17）。何かに抵抗するように、帰宅を急ぐ人々と逆行するように歩いていく。

御上M「帰るべき場所を君も探している」
時計をチラッと見る。

3H　次元の家・次元の部屋

後に次元の部屋とわかるモニターがたくさんある部屋。夥《おびただ》しいモニターにニュース画面。それを見ている私服の次元賢太《つぎもとけんた》（17）。

御上M「君たちのなかに眠っている可能性が僕を導く」

3I　文部科学省・階段

文科省の階段を下りていく御上。入口の警備員とさりげなく挨拶を交わす。
出ていく。
その姿を階上から見ている槙野。

槙　野「……」
（ふたりはこの時からバディなので、10話冒頭で御上がここで振り返り、槙野と目が合い槙野がハンドサインを送り御上が応えるシーンが入ります）

御上M「泥水をすする覚悟ならできている」

3J　コンビニの休憩室

冴島悠子《さえじまゆうこ》（47）が真山弓弦の事件を流すテレビを見つめる。

悠　子「……」
顔を覆い、声にならない悲鳴をあげ、上半身を折りたたむように崩れる。

御上M「あなたの声にならない叫びを聞こえないことにしない」

3 K 文部科学省・表

文科省の入口から出てくる御上。
少し離れた場所にひとりの少年、御《み》上宏太《かみこうた》（17）が立っている。
目が合う御上。

御上M「愛と憎しみはとても近くにあるとあなたに教えられた」
背を向ける。

御上M「ぼくは行く」
画面がブラックアウト。

タイトル『御上先生』

4 隣徳学院・教室（日替わり・朝）

全体を見渡している御上のアップ。
生徒たちがジッと御上を見ている。
黒板には、御上孝という名前が書かれている。

御　上「……」
神崎と目が合う。

御　上「（懐かしむような表情が一瞬浮かぶ）……」

神　崎「？」

御　上「今期からこの学校に赴任しました。御上孝です」
ザワッとする生徒たち。
教卓の近くに控えている副担任の是《こ》枝文香《れえだふみか》（29）、居心地が悪そうに。

是　枝「……」

御　上「今年一年、みなさんの担任をすることになりました。よろしくお願いします」
櫻井未知留《さくらいみちる》が立ち上がる。

櫻　井「あの…」

御　上「なんでしょうか。櫻井さん」

名前を知っていたことでザワッとする生徒たち。
櫻井「(やや動揺しつつ気取られないように)なんで是枝先生が担任ではないんですか?」
御上「是枝先生は副担任として、このクラスを担当します」
冬木が追随するように。
冬木「担任は持ち上がりのハズですよね」
御上「……そうらしいですね」
冬木「理由が知りたいです」
御上「……説明は受けていません」
倉吉「(是枝の複雑な表情を見て取りスッと)まさか是枝先生も知らないんだー」
是枝「……聞いてはみたけど教えてもらえませんでした」
倉吉「それ、ヤバいね」

目を見合わす生徒たち。

イヤホンを外し興味深げに御上を見る富永。

ニヤニヤしている次元と目が合う。

その向こうで無表情の神崎。

櫻井「今年は受験です。大切な年です」

御上「……」

櫻井「こんなイレギュラーがあると不安です」

御上「……わたしは、文部科学省から派遣されてきました」

ザワザワする生徒たち。

その中で鋭く反応する東雲。

東雲「(鋭い眼差しを御上に向ける)……」

宮澤「なんで官僚がここにいんの?」

御上「文科省では、官僚も教育の現場を知るべきだ、ということで、若手官僚を教師として派遣する制度があります。そして今年から……私立の高校にも派遣する制度が整いまして、こちらに来ることになりました」
冬木「だからって担任…ナメてるよね」
御上「官僚には官僚にふさわしい役職を与える。それがセオリーだってことくらいこの学校の生徒なら知ってるよね。担任で満足しているぼくはむしろ慎ましいくらいだ」
冬木「……」
是枝「(さすがに悔しさと惨めさがかくしきれない)……」
突然クラスの後方から挑戦的な声がする。
神崎「できんの。授業?」
次元と富永、目を合わせ『神崎言ったね』という表情。
御上「ああ…君…報道部の神崎くんか」
神崎「は?」
御上「このクラスには神崎くんがいる。要注意人物なのでくれぐれも舐められないように、と言われたよ」
是枝「やめてください」
神崎「大丈夫です。そういう挑発には乗らないんで」
御上「挑発してるのは神崎くんのほうだよね」
神崎「そうですね。要注意人物ですから」
御上「…じゃあせっかくだから挑発に乗らせてもらおうかな」
神崎「は?」
御上「年度末試験の正解率を見ると、明らかに大問4の出来が悪い。大問4、覚えてる?」
生徒たち、突然始まった授業に唖然

としている。

神崎「……」

御上、チョークを持ち、黒板に向かう。

4A　同・教室（時間経過）（朝）

問題となる式と答えが書かれている。

御上「これ、最小値を求めよってなっているから三角関数を使った方程式として解こうとする人が多い。でもこれ、実は図形の問題なんだよね。図で書いてみればすぐ答えがでる…」

黒板に板書しつつ解き方を解説しだす。

4B　同・教室（時間経過）（朝）

黒板に書かれた数式。

御上「こう考えたときひとつの図形が見えてくる」

×××（時間経過）

図形が書かれている。

御上「つまり最小になるのは点Pと点Aが一致するときだとわかる。そこまでわかればこうやって簡単に解ける」

×××（時間経過）

答えが書かれている。

御上「ここで大切なのは、代数と幾何《きか》、つまり関数と図形っていうふたつのジャンルが数学にはある、というナゾの思い込みを捨てることなんだよね。そうしないと解ける問題を逃してしまう。交互に学んでいくのは関連しあっているからなんだ、という視点を忘れないように」

あきらかに新しいタイプの教師の登

場に、興味を持っている和久井。好奇心でいっぱいの富永、倉吉。むかついている櫻井・冬木、後に官僚への憤りを感じていることがわかる東雲など、それぞれの反応。

御　上「ぼくは、試験という試験、落ちたことがない。受けた試験は全てトップで合格してきた。どうしてか。勉強の仕方を知っていたからだ。受験のノウハウで、ぼくに勝てる教師は……この学校にはいないだろうね」

生徒たち「……」

御　上「…君たち、自分のことエリートだと思ってる?」

生徒たち「?」

御　上「隣徳学院は、東大入学者数が県でトップの進学校だ。ここにいるほとんどの人が東大に行こうと思ってるわけだから自分をエリートだと思うのも当然だけど…」

生徒たち「……」

御　上「エリートのほんとうの意味、理解してる?」

そう言うと、黒板の一部をガッと黒板消しで消し。

1370／1100000

という数字を書く。

皆、その数字を見つめる。

御　上「…ぼくと同い年の人たちが高校生だったとき、一学年あたりの数は約110万人。対して国家公務員総合職試験に受かったのは、1370人。ということは約1000人にひとり。つまりそのひとりが……ぼくだ」

それぞれの反応。

御上、生徒たちをじっと見つめているが、誰からも声は上がらない。

御　上「エリートは、ラテン語で『神に選ばれた人』という意味だ。なのでこの国の人たちは、エリートを、高い学歴を持ち、それに相応しい社会的地位や収入のある人間のことだと思っている……」

神崎は反抗的な眼差しで（父親から真のエリートの定義を言われて育ったため）見つめる。

神　崎「……」
和久井「（語源にあたることを日常的にしているためかなり興味を持つ）……」
富　永「（こいつ何いうかなという期待に満ちて）……」
生徒たち「……」
御　上「でもそんなのはエリートなんかじゃない」
生徒たち「……」
御　上「ただの…上級国民予備軍だ」
神　崎「……」
富　永「……」
櫻　井「……」
次　元「……」

生徒たち唖然としたり、嫌悪感をあらわにしたり、少し共感したり、それぞれの表情。

東雲は睨みつけている。

チャイムが鳴る。

是　枝「……」
御　上「（生徒たちを見渡し）では…これから一年、よろしくお願いします」

すっと出ていく御上。

生徒たち「……」

神　崎「……」
　是枝、慌てて追いかける。

5　同・廊下（朝）

　御上、スタスタと歩いていく。
　休み時間で廊下に出てくる生徒たち。
　ガヤガヤとしている。
　それを追いかける是枝。

是　枝「御上先生。ちょっと（待ってください）」
　近づいていく是枝。
是　枝「どういうつもりですか」
御　上「え。なんですか」
是　枝「だって…あんな風に生徒をあおって…」
御　上「いけませんか」
是　枝「いけないに決まってますよね」
御　上「では是枝先生は生徒に何を望みますか」
是　枝「え？」
御　上「受験戦争を勝ち抜く果敢な戦士たちであってほしいんですか」
是　枝「……そんなことは…でも…待ったなしで受験はありますし…」
御　上「でも隣徳のような学校が、ほんとうの意味でのエリートを育てないと国が滅びますよ」
是　枝「（言い返せず）……」
　御上、歩き出す。追いかける是枝。
是　枝「どんな理由があろうとも生徒に『上級国民予備軍だっ』なんてマウントとるのはありえないです」
　御上、なぜか笑う。
是　枝「え。なにかおかしいですか」
御　上「スローロリス」
　タブレットを見せるとそこに子猿の写真。

是　枝「え……なんですか？」
御　上「かわいらしい見た目ですが、じつは毒を保有している唯一の猿なんです。数百グラムの小さな体に毒を含んだ唾液を塗りつけて天敵と果敢に戦います」
いきなり何を言い出したのかと訝《いぶか》しい表情の是枝。
御　上「似てるなって」
是　枝「わたしのこと…バカにしてますか」
御　上「(是枝をじっと見て) してませんよ」
是　枝「だって…」
御　上「こんなタイミングで担任を替えられたんですよ？　戦うべきです」
是　枝「……」
と、向こうから声がかかる。
古　代「御上さん！」
と、そこには生徒に囲まれた男。
御　上「古代理事長！」
隣徳学院理事長古代真秀《こだいまさひで》（55）である。
にこやかに近づく御上。
是枝、別人のような対応に唖然。
古　代「(生徒に) 考えておくからまた今度話そう」
生徒1「お願いしま～す」
生徒たち行ってしまう。
古　代「(生徒を見送りつつ目を細めて) 百人一首サークルを作りたいそうですよ。いいですよね。和の心を学ぶ…」
御　上「理事長に直接言ってくるんですね」
古　代「隣徳をね、風通しのいい学校にしたいと思ってるんですよ。生徒ともできるだけ直接対話して…おかげでなんでもかんでもぼくに言ってくる」

御　上「（笑って）でもいまの高校生の本音を引き出すのは、なかなか難しくないですか」
古　代「そうそう。だから声を掛けやすいように、こうやって、ブラブラと校内をね」
遠くから。
生徒2「古代理事長～」
古　代「（満足げに）ほらね…」
生徒のほうに行く理事長。
見送る御上、是枝。
御　上「…ひとつ聞きたいことがあるんです」
是　枝「……」
御　上「神崎拓斗くん…」

6　同・教室（朝）

神崎が窓の外を見ている。
御上の声「彼が…教師の不倫を暴いて学校新聞に載せ、退職に追いやったというのはほんとですか」

7　同・廊下（朝）

御上の声とダブり廊下を歩いている御上と是枝。
是　枝「……隣徳新聞のことですよね。ほんとうです」
御　上「ご存知ですよね…その退職された教師…冴島先生でしたっけ…先日の…」
是　枝「……え…もしかして…知ってるんですか」
御　上「…はい」
真山弓弦の事件の話をするがここではわからない。
引きとなり校舎全景が明らかになる。
富永の声「面白いの来たね」

話している富永と神崎。
神崎「は。どこが」
富永「神崎にそういう顔させるとこ！」
神崎、苦虫をかみつぶしたような顔。
次元「（ふたりの会話を見つつ）どう思う」
安西「どうって」
次元「ヤバくね？」
徳守「たしかに授業は凄かったですけど……あんなふうにねじ伏せにこられたらいい気しないですよね」
宮澤「上級国民予備軍って…パワーワード過ぎるでしょ」
安西「ザ・官僚ってカンジだよなー」
香川「むかつくわー」
倉吉「（振り返り）わたしは…いいと思うけど」
綾瀬「うそ。どこが」
倉吉「だって…間違ったこと言ってないし…」
遠田「やめよ」
倉吉「え。なんで」
遠田「こんなふうに動揺してたら、ヤツの思うツボじゃん」
千木良遥《ちぎらはるか》が近くの席の椎葉春乃《しいばはるの》の顔色を気にしている。
安西「千木良〜。パパに注意してもらってよ」
千木良「え。なに？」
香川「そっか官僚に勝つには政治家くらいしか無理だもんな〜」
千木良「……」
と、少し青ざめた顔で椎葉が立ち上がり出ていく。
心配して、後を追う千木良。

9　同・職員室（朝）

御上が授業の準備をしていると溝端《みぞはた》完《たもつ》（43）が人懐こいかんじで話しかけてくる。

溝　端「大丈夫でしたかァ？」
御　上「（意外にさわやかに対応）ああ。溝端主任、なんでしょうか」
溝　端「いや。だから是枝先生」
御　上「……是枝先生がどうかしましたか？」
溝　端「熱心で。でもたまーに、ほんとにたまーにね。いきすぎちゃうっていうか……」
御　上「え。どのへんがですか」
溝　端「定期テストを勝手に作るんですよねえ」
御　上「いまは各科目の教師全員でテストの問題を作るのが主流ですよね。隣徳もそうなんですね」
溝　端「はい。その中で多少のアレンジは行っていいことになっていますが…」
御　上「完全オリジナルはまずいってことですね」
溝　端「テストに関しては頑固に改めてくれなくて手を焼いています。ここだけの話…名家のお嬢さんで…」

9・ins　同・図書館（朝）

資料にしたい小説や評論を選んでいる是枝。
5冊ほどを選び出す。

溝端の声「親御さんが、古代理事長が隣徳を創設したときにかなりの額を寄付してくれたらしいんです。いまも継続的に支援してくれています。そのコネで隣徳の教師になった…いわゆる縁故採用です」

9A　同・職員室（朝）

溝端「なのでこれ以上は強く言えなくてわたしも困っています…御上先生と担任、代わっていただいてちょっとホッとしてるところなんですよ」
御上「……いい問題でしたけど」
溝端「え」
　御上、ファイルからテスト問題を取り出して。
御上「解いてみました。昨年の期末試験」
溝端「（唖然として）え。是枝先生の作った問題ですか」

9・ins2　同・図書館（朝）

　選んだ本を借り出している是枝。
御上の声「はい。大学の共通テストは生徒の思考力や判断力、表現力を問うということで、数学の問題文でさえ必要以上に長くなっている。意味のない物語形式もあります」

9B　同・職員室（朝）

御上「是枝先生の長文読解は、それを踏まえたうえで本質的な理解力を問う良問だとぼくは思いましたが、溝端主任はどう評価されますか」
溝端「いや。評価って言われても……」
御上「もしかして解いてらっしゃらない」
溝端「（ムッとして）解いてませんね。必要ありませんから」
御上「（テストを指して）特にここなんですけどね…」
　テストを見ながら解説をしだす御上。
　それをやや離れた場所で聞いていた

山添修《やまぞえおさむ》（28）と吉川智明《よしかわともあき》（26）。

山添「ひゃー、初日からバッチバチだな」

吉川「やめてください。聞こえますよ」

山添「知ってる？　溝端主任、官僚の試験、落ちて学校の教師になったらしいよ」

吉川「え…そうなんですか？」

山添「怖いよねー男の嫉妬」

溝端、内容までは聞こえていないがウワサをしているのを察し、山添たちをジロリと見る。

山添、首をすくめる。言わんこっちゃないと怯える吉川。

溝端「（イヤミまじりに）さすがですねえ。心がけが違う」

御上「官僚はいつ何時《なんどき》何を聞かれてもデータを出せないと無能よばわりされる悲しい仕事なんです。そのクセが染みついてるだけです」

溝端「（嫌みを込めて）その調子で生徒たちに刺激を与えてやってください」

ベルが鳴る。

溝端「お。初授業ですね」

御上「緊張させないでください。行ってきます」

行ってしまう御上。

溝端、睨むように後ろ姿を見ている。

溝端「……」

10　同・保健室

一色真由美《いっしきまゆみ》（40）がパソコンにデータを入力している。

具合の悪いらしき生徒がベッドに寝ている。椎葉である。

一色「新学期一日目だからって頑張らないでいいんだからね、椎葉さん。堂々と早退しちゃいなさい」

椎葉「ちょっと休めば大丈夫です」

一色「もうっ。がんばりやだなあ」

と言いながら書類を持って扉を開ける。

保健室の前の廊下を通り過ぎていく御上。

11　同・廊下

出てくる一色。

御上の背中を見つめて。

一色「……」

12　同・教室（時間経過）

授業の終わりの雰囲気があり、チャイムが鳴る。

是枝「（板書を指し）ここところ、ポイントになるから、よく復習しておいて。ではまた明日」

と、駆け寄る榎本。

榎本「是枝先生、やっぱ担任に戻れないの？」

是枝「そう言ってもらえるのは嬉しいけど、ちょっとムリかも」

榎本「あの官僚先生、なんか生成ＡＩみたい。怖いよ」

是枝にまとわりついて廊下に出ていく榎本。

次元「生成ＡＩ。こーゆーヤツね」

先ほど撮ったらしき御上の写真をタブレットで表示し、生成すると、笑顔になりピースする。

晴山「え。笑うと可愛いじゃん」

波多野「えー。そうかな。ちょっと怖いよ」

次元「命名　オカミ」

村岡「え。なに」
　タブレットで『御上』と大きく出して。
次元「だって、この字、ミカミって読むほうがむしろ難しくない？」
高梨「確かに！　エリート官僚にしてあの名前。ギャグなのかって話だよな」
名倉「それわたしも思った〜さすがジゲン」
次元「だろ？」
宮澤「アイツさー、クラス全員のデータが叩き込まれてるらしい」
遠藤「データ？」
宮澤「成績、志望校、家庭環境…」
川島「え。怖っ？」
徳守「（メモ帳を翳《かざ》して）いや。官僚であればそれくらいするでしょうね」
　不機嫌に席を立ち、サッと行ってしまう神崎。
次元「めずらしー。あれ、かなりムカついてるよな。神崎」
　と、横から入ってくる富永。
富永「いいんじゃない。無敵の王者にライバル、必要でしょ」
　と言いつつも神崎の行方を目で追う。
富永「……」

13　同・廊下

　歩いている御上。

和久井の声「教師はＡＩが発達してもなくならない7つの仕事には入ってるらしいけど……」

　御上を見つけやや追うかたちになる神崎。

次元の声「でもオカミの場合、人間がＡＩ化しちゃってるワケだからなー」

部屋（進路資料室）に入っていく御上を発見する神崎。

神崎「……」

うしろから拳をつきつけられる神崎。

振り返る。富永が立っている。

神崎「……なんだよ」

溝端の声「御上先生のことなんですが…」

14 同・理事長室・前廊下〜中

溝端、校長の片桐敏也《としや》（51）、古代が話している。

古代「なんですか」

溝端「話で聞いていたのとどうも様子が…」

古代「どういうことですか」

溝端「腹に一物もっているというか…厄介な匂いがするんですよね」

古代「明るい好青年でしたけどねえ…」

溝端「ほんとですか。だとしたらわたしのときとはまるで別人です」

古代「溝端さんが戦闘態勢だからじゃないですか」

溝端「え……」

古代「隣徳がよりよい教育をできるよう文科省に便宜を図っていただきたい。だから官僚派遣を受け入れた。逆効果になってしまっては困るんですよ」

片桐「確かに。理事長のおっしゃる通りです」

溝端、イラッとして片桐を睨み。

溝端「…なら片桐校長がなんとかしてください」

古代「まあまあ。溝端さん。官僚の方が来たら、副校長くらいにはしないといけないものなんです。しかし御上先生が教師として生徒と向き合いたいと謙虚なことをおっしゃった。せめて担任はお任せしないと文科省に顔向けできません」
溝端「それはわかっていますが…」
古代「人に受け入れてもらうにはまず自分からですよ。溝端さん」
溝端「……」

15 同・廊下

話している富永と神崎。
富永「神崎、オカミに目にものみせてやるって思ってる?」
神崎「富永はヘンだと思わないの」
富永「なにが」
神崎「だから担任かわったの」
富永「刑事ドラマとかでよくあるじゃん。若いキャリア官僚に顎でこき使われるノンキャリのオジサン刑事《デカ》…大人の忖度ってヤツ?」
神崎「それでいいのかよ」
富永「よくはないけど〜」
神崎「ないけどなんだよ」
富永「オカミはちょっと面白いかんじするんだよね」
神崎「は? マジ。なにを根拠に」
富永「ただのカン」
神崎「意味わかんない」
神崎、行ってしまう。
富永「……」

16 是枝の家・外観（夜）

いかにも旧家の門構え。茶道教室の看板がかかっている。
帰宅してきた是枝。門の前で立ち止

まる。

×××

（フラッシュ）

御　上「こんなタイミングで担任を替えられたんですよ？　戦うべきです」

×××

是枝、溜息をつき家に入っていく。

17　御上のマンション・外観（夜）

18　同・御上の部屋（夜）

帰ってくる御上。

シンプルでモノがない部屋。

引っ越したばかりでまだ引っ越し業者のダンボールが積まれている。コンビニの袋を置き、ダンボールのひとつを開ける。

学術書や教科書等にまぎれ、動物や恐竜の図鑑などが入っている。ステゴサウルスのフィギュアもある。

いちばん上に剥き出しのままの写真がある。

中学生の御上と肩を組んだ高校生の宏太の写真。

御　上「……」

宏太の声「パーソナルイズポリティカルって言葉があってさ」

18・ins　啓陵学園高等部・放送室（回想・2002年頃）

後に宏太が所属する放送部の部室とわかる場所。

いっしょに昼ご飯を食べている中学生の御上と宏太。

彩りよく綺麗な弁当。

さきほどと同じステゴサウルスのフィギュアが飾られている。

中学生の御上「パーソナル…？　え。なに」

宏　太「個人的なことは政治的なこと」

中学生の御上「なにそれ」

宏　太「そういう言葉があるんだよ」

中学生の御上「どういうこと」

宏　太「個人が抱える生きづらさは、個人でなんとかしろってなりがちだけど、じつは社会的な問題…つまり政治が解決すべき問題だって意味なんだよね。この説明でわかる？」

中学生の御上「うーん…意味はわかるけど…」

宏　太「そうだよね。まだ孝には難しいよな。でもぼくはすごく大切にしてる言葉なんだ。いつか孝にもわかると思う」

中学生の御上「（嬉しそうに）うん」

18A　御上のマンション・御上の部屋（夜）

御上の声「……」

写真を引き出しに放りこむ。

19　文部科学省・外観（夜）

塚田の声「ここから先、槙野くんにはいろいろお願いしたいことがあってね…」

20　同・局長室（夜）

塚田幸村《ゆきむら》（53）と槙野が面談中である。

槙　野「いろいろって…怖いですね〜」

塚　田「何、言ってるの。そのつもりでいたくせに」

槙　野「もちろんなんでもやらせていただきます」

塚　田「御上くんとは連絡取ってるの？」

槇　野「いやあ。取ってないですね」
塚　田「え。そうなんだ」
槇　野「はい。津吹に言ったらしいですから。左遷された。ぼくが御上を裏切って塚田さんに売ったって…」
塚　田「左遷なんてつもりはないんだけどねえ…とは言え、私立の官僚派遣第一号に御上くんはどうかと槇野くんが言ってくれたときには、なんていいアイデアなんだと口笛を吹きそうになったよ」
槇　野「天下り斡旋疑惑のほとぼりを冷ますには何かとちょうどいいですよね」
塚　田「だからこそ…うまく仲直りしてくれよ。部下同士がいがみ合っていると僕の管理能力が問われちゃうから」
槇　野「…あれ…御上の機嫌、気になるんですか」
塚　田「え。なに？」
槇　野「（ニヤリとして）ぼくを選んでくれたんだと思ってました」
塚　田「何言ってるんだ。ふたりともぼくの大切な部下だからね。選ぶとか選ばないとか、考えたこともないよ」
ニヤリとする塚田。
槇　野「……ありがとうございます」

21　御上のマンション・御上の部屋（夜）

御上、ダンボールの中から図鑑を取り出し、本棚に並べる。と、カタンとステゴサウルスのフィギュアが落ちる。

御　上「……」

拾い上げ、棚に飾る。

22　隣徳学院・教室（日替わり）

現国の授業をしている是枝。
スッと後ろの扉が開き、御上が入ってくる。
驚く是枝。
生徒も一瞬ざわつく。手で授業を聞くように制する御上。
そのまま授業を聞いている。
現代文は時間の無駄とばかりに内職している者もいたが慌てて隠す。

是枝「……受験が近づくと、どうしてもすぐに使えるテクニックに頼りたくなります。でも、そういうときほどいい文章に触れてほしい。『しかし』『ところで』をピックアップするのはただのテクニック。本当の読解力はそれを超えたところで文章と向き合うことでしか（身に付かないんです）……」

生徒たちの手元。『しかし』『ところで』がしっかりマークされているプリント。

御上「（結局テクニックを大切にして是枝の言うことが響いていないことを目にし）……」
そんな御上を見ている神崎。

神崎「……」

23 同・教室（時間経過）

授業後。

次元「オカミ、なにしに来たの」
徳守「なんかあちこち授業参観してるらしいです」
安西「部活のグループラインで話題になってた。学年もクラスも関係なくフラッと現れるらしい…」

冬　木「感じ悪っ」
宮　澤「もしや文科省からのスパイ…」
徳　守「ありえますね！」
冬　木「隣徳としては、官僚受け入れて、助成金やらなにやら優遇してもらおうとしたんだろうけど…目算外れたってかんじ？」
近くの席にいた千木良、少し複雑で。
千木良「……」
村　岡「なあっ神崎、どう思う？」
神　崎「知らないし、興味もない」
神崎、立ち上がり、鞄を持って出ていこうとする。
徳　守「あれ。帰るんですか？　校内予備校ありますよ」
神　崎「授業だけで十分。たかが東大」
高　梨「悪かったね。校内予備校のほかに塾まで行っても堂々圏外で」
神　崎「それ、俺のせいじゃないよね」
高　梨「は？」
次　元「うわ。言った〜」
出ていく神崎。それを目で追う富永。
富　永「……」

24　同・廊下

歩いている是枝。
視線の先に御上を見つける。
是　枝「御上先生ちょっと（待ってください）」
と声をかけるとしゃがみ込む御上。
是　枝「？」
何かを拾う御上。
それは、小さな蝶。
手の平で包むようにして窓から逃がしてやる。飛んでいく蝶。
御　上「（誰にも聞き取れない）逃げきれ」

是枝も聞き取れない。

是　枝「(意外で)……」

近づいていく是枝。

是　枝「来るなら来るって言ってくれればいいじゃないですか」

御　上「まずかったですか」

是　枝「……溝端主任に見張れって言われたんですか」

御　上「いえ。参考にしたいと思って」

是　枝「イヤミですね」

御　上「イヤミ？　どうして」

是　枝「だって…」

御上、タブレットを見せる。

御　上「いまはこんなことをやるんですね」

是　枝「え？」

御　上「生徒が先生に成績表をつける」

24・ins　同・教室

教室でタブレットを使って、なにかのアンケートに答えている生徒たち。

板書のわかりやすさ、声の大きさ、説明のわかりやすさ、など。

是枝の声「査定に反映されるんです。教師もサラリーもらう立場なので……」

24A　同・廊下

タブレットにはAが並んだ是枝の評価。

御　上「是枝先生、圧倒的に高い評価ですよね」

是　枝「はい。ものすごく頑張ってますから」

是枝、自分のタブレットを見せ返す。

そこにはナマケモノに似た動物。

御　上「ああ。ラーテル」

是　枝「ええっ。知ってるんですか」

御上「世界一怖れを知らないと言われる獰猛な動物で、ライオンのエサでさえ、横取りします。あれ？　もしかしてラーテルは僕で、エサは担任の地位とでも言いたいんですか」

是枝「……はい。そうですね」

御上「それ、もしかして戦ってるつもりですか」

是枝「……え？」

御上「敵はぼくじゃありませんよ…」

是枝「…そんなことはわかってます」

御上「ならスローロリスを見習わないと」

是枝「…意味がわかりません」

御上「力は弱くても、戦い方次第で勝てるってことです」

是枝、御上なりに心を掛けてくれていることを多少なり察し、複雑な気持ち。

是枝「……」

と、そこに通りかかる一色が御上の向こう、視線の先によぎる。

是枝「あ。一色先生！」

一色「え？（近づいてきて）あー。もしかして…」

是枝「はい…こちら御上先生です。文科省から官僚派遣でいらしたんです」

一色、やや意味ありげに見える目配せを御上にして。

一色「養護教諭の一色です」

御上「はじめまして」

一色「3年生はいろいろ不安定になりがちなので、連携細かく取っていきましょう」

御上「はい。よろしくお願いします。では…」

御上、行ってしまう。

是枝、一色、見送る。

一色「(是枝の様子を見て) ちょっとお茶でも飲む?」
是枝「ぜひお願いします」

25 同・保健室(夕)

是枝、壁に貼られた今年度の組織図を見ている。担任御上、副担任是枝、と書かれている。
カップのお茶を出す一色にタブレットを見せる是枝。

一色「なにこれ?」
そこにはスローロリスの画像。
是枝「似てますか? わたしに」
一色「え……」
是枝「似てるんですね」
一色「いやいや似てはいないけど、え。どういうこと(耐えきれず噴き出す)」

是枝「この写真見せて、似てるとか言ったあげくに理不尽に担任替えられたんだから戦えって……」
ふたりの会話に御上のシーンがオーバーラップしてくる。

25・ins 同・進路資料室(夕)

進路資料室に入ってくる御上。パソコンの電源を入れる。

25A 同・保健室(夕)

是枝「自分が来たからわたしが替えられたのに…なんでそんなこと言えるんでしょうか。生徒のことも挑発しまくるし…」
一色「めずらしいね。是枝ちゃんが、そんなカリカリするの」
是枝「……悔しいんです…5年目でようやく持

てた担任だったのに…卒業まで全うしたかったです」

一　色「(後に明らかになるが、御上の赴任には自分が関わっているため複雑な気持ちで)…それはもちろんわかる」

是　枝「……正直、わかりません」

25・ins2　同・進路資料室(夕)

パソコンを操作している御上。

是枝の声「敵なのか味方なのか…」

25B　同・保健室(夕)

一　色「……」

是枝、チラリと壁に貼られた紙を見る。

『私設　一色真由美の心の相談室』という紙が貼ってある。

是　枝「どうですか、心の相談、来ますか」

一　色「これが来るのよ……だってさ。うちみたいなお金持ちの子が来る学校でも複雑な家庭の事情を抱えてる子はそれなりにいる…」

25・ins3　同・進路資料室(夕)

御上がパソコンを操作している。

膨大な生徒の名前がバーッとパソコンの画面を流れていく。

一色の声「テストの点が自分の存在意義に直結しちゃう子、親からの過大な期待で押しつぶされそうになってる子…それでもみんなほんとにがんばってる…話聞いてあげるくらいしかできないのが歯がゆいけど…」

25・ins4　同・図書館（夕）

校内予備校の授業を受けている生徒たち。
特に集中しているかんじの千木良。
黒板をにらみつけているかのように。

千木良「……」
一色の声「なのに、教育基本法ではイノイチバンに『教育は、心身ともに健康な国民の育成を期して行われなければならない』でしょ？」

25・ins5　和菓子店『椎の葉』（夕）

和菓子店『椎の葉』の前で立ち止まる椎葉。
シャッターが閉まっている。

椎　葉「……」
一色の声「80年間時代の変化なんてものともせず。少子化やら受験戦争やらまったく配慮されない『すこやかーな』教育カリキュラムが組まれてる」

25・ins6　隣徳学院・廊下

歩いている東雲。
掲示板に『教科書の日』のポスターが貼られているのを見て思わず足を止める。

東　雲「……」
一色の声「成績も家庭環境も弱みを見せたら負けって環境で3年間。病むわよ。ココロ。病んじゃうわよ。そりゃ」

25・ins7　同・校門

校門のところに立っている神崎。
向こうから一年と思われる男子が歩

いてくる。

25C　同・保健室

一色「御上先生のことはわからなくても、戦えって言葉は信じてみてもいいんじゃない」

是枝「……」

26　同・校門（夕方）

神崎、一年の男子に声を掛ける。

神崎「あのさ。ちょっと話聞かせてもらっていいかな」

生徒「?」

神崎「…新しく来た御上先生のことなんだけど…」

27　中華料理店（夕方）

御上がタンメンを食べている。寡黙に鍋を振る主人。その妻である女将が餃子を運んでくる。

女将「ひさしぶりよね～ミカミちゃん」

御上「いま、霞が関にいないんですよ」

女将「転勤?」

御上「転勤っていうか、官僚派遣ってヤツです。高校で教えてるんです」

女将「へえ。面白いことやるのねえ。文科省も」

と、入ってくる槙野と津吹。

槙野「よお。御上」

津吹「どうしたんですか?　こんなところに」

御上「…ちょっと都内まで来る用事があったから。何?　夕飯?　あ。もしかして遅い昼飯か…」

津吹「そっちです。残念ながら」

槙野「せっかくだから一緒にどう。（女将に）

テーブルいいですか」

女将「もちろん」

御上、あからさまにイヤな顔をする。

津吹も戸惑いの表情を浮かべて。

27A 中華料理店（時間経過・夕方）

テーブル席に移っている御上と槙野、津吹。

注文の品が並んでいる。

槙野「どう学校」

御上「…まだ一週間も経ってないから……授業してもママゴトみたいだよ」

津吹「もう授業してるんだ～そりゃそうか～」

御上「まあね……担当教科が数学でよかったよ」

津吹「え。それ関係あるんですか？」

御上「超進学校で帰国子女とかも多いからね。英語とか下手すると教師より能力の高い生徒、たくさんいるよ」

津吹「うわ。こわ」

槙野「いくら優秀でも御上ほどじゃないでしょ～」

御上「どうかな……」

津吹「隣徳、ここ何年か県でトップですよね。東大の入学者数」

御上「そうだね」

槙野「創立してまだ20年ちょっと…なのにそれ、ちょっと脅威でしょ」

津吹「そうですよね～創立者の古代さん、カリスマ理事長ってもてはやされて、最近、よくテレビ出てますよね」

御上「でもそうなるにはやっぱり理由があってさ」

津吹「理由？」

御　上「放課後、予備校が学校主催で開催されるんだよ。校内予備校っていうんだけどさ」

津　吹「あー。そういうのあるみたいですね最近は。学校が予備校の授業買って、生徒たちは学校にいながらにして、塾の授業も受けられる」

27B　隣徳学院・図書館（夕）

放課後の教室、リモートの授業を受けている生徒たち。

御上の声「隣徳は前身が隣徳ゼミナールっていう学習塾だからね。そこが全面バックアップしてるから他と比べても驚くほど手厚い」

27C　中華料理店（夕方）

槙　野「そりゃ大人気なわけだ。倍率凄いもんな。隣徳」

御　上「……もういいだろ。この話。金にモノを言わせて東大もぎ取ってる高校より、興味持つべきもの、あるんじゃないの」

槙　野「え？　そんな風に思ってるのかよ。自分が行ってる高校のこと」

バチバチの様子にいたたまれない津吹。

津　吹「……」

27D　中華料理店（時間経過・夕方）

御　上「ごちそうさま」

御上、立ち上がる。

津　吹「え。もう帰るんですか」

御　上「（女将にお金を渡し）これ、槙野たちの分も」

槙　野「いいよ。俺が払うよ」

御上「栄転祝いだよ」
槙野「は？」
御上「俺を売って掴んだポストだろ。祝わないと」

唖然とする津吹。さっとドアをあけて出ていく御上。

槙野「かんじわるっ」
津吹「御上さんってあんなかんじでしたっけ。そりゃめちゃくちゃ愛想がいいっていうタイプじゃなかったですけど…」
槙野「現場を見たいってあんだけ言ってたわけだからむしろ感謝してほしいくらいだけどねえ」
津吹「あの…」
槙野「なに？」
津吹「御上さんのこと密告したの、槙野さんじゃないんですよね」
槙野「もしオレだとしたら何か問題あり？」
津吹「え？」
槙野「冗談だよ。あんな態度取られたらさすがの温厚な槙野さんもイラッとくるって」

と言いながら、チャーハンを食べだす槙野。

津吹「もう驚かさないでくださいよ」

自分も食べ始める津吹。

28　是枝の家（夜）

帰ってきた是枝。
居間の前で立ち止まり、中に声をかける。
母・怜子《れいこ》（58）と父・雅和《まさかず》（60）がいる。

是枝「ただいま戻りました」
雅和「おかえり。文香、食事は？」

是枝「済ませました」
怜子「（ピシャリと）食べてくるときは連絡しなさい。常識よ」
是枝「……はい」
雅和「まあいいじゃないか」
怜子「いいわけないでしょう。教える立場の人間なのだから、それに相応しい振る舞いが必要です」
是枝「…申し訳ありませんでした」
逃げるように立ち去る是枝。
雅和「……」

29　同・是枝の部屋（夜）

部屋に入ってくる是枝。電気をつける。
たくさんの資料。小説。ずっと勉強しつづけてきた机。

是枝「……」
カバンを置きベッドに腰掛ける。

30　ゲームセンター（夜）

格闘ゲームをする手元。
背中。富永である。
と、とつぜん対面から対戦が入る。
富永「！」
受けて立ち対決する。
富永が勝ち、立ち上がる。
反対側で立ち上がる人がいる。
あとから入ったプレーヤーは御上であった。
富永「……え」
御上「よく来るの？」
富永「まさかつけてました？」
御上「違うけど…せっかくなんで少し話できる

かな」

富　永「クレープ、買ってください？」

31　神崎の家・神崎の部屋（夜）

神崎、パソコンを立ち上げ、取材の録音をイヤホンで聞きつつ、文章を打ち始める。

32　フードコート的なところ（屋外などでも）（夜）

美味しそうにクレープを頬ばっている富永。

御　上「毎日やってるの？　ゲーム」

富　永「ダメですか？」

御　上「……ダメとは言わないけど…」

富　永「あ。家庭に居場所がないとかではまったくないんで、余計な心配しないでください。わたしのは（頭を指して）ここのシフトチェンジしてるだけなんで」

御　上「格闘ゲームは脳を活性化させるらしいからね。特に対面は」

富　永「いまのオカミじゃわたしの脳細胞はまったく活性化しないですけどね」

御　上「え？　オカミ」

富　永「アダ名です。官僚で御上なんていう苗字じゃそうなりますよ。みんな裏ではフツーにそう呼んでます」

御　上「オカミ…なるか一。まあなるよな一」

富　永「話、神崎のこと？」

御　上「幼馴染なんでしょ」

富　永「だからって話すようなことはないけど。先生の脳内データベース以上のことはたぶん」

御　上「昔からあんなかんじだったの？」

富　永「まさか。あんな小学生いたら怖いですよね」

御　上「無邪気だったころもあった」

富　永「いやー。神崎が無邪気なところは見たことないですねえ」

御　上「大人びてた」

富　永「というのとも違う」

御　上「大人の皮を被るのが上手だった」

富　永「お。ヤバ。オシャレな正解キタ」

御　上「なんだかんだと心配してるでしょ。富永さん」

富　永「いちおう幼馴染ですから。神崎ってなーんか、自分のことわかってなくてヒヤヒヤするんです。強がりばっかりで…」

御　上「また対戦してくれる?」

富　永「いいですよ。でもちょっと腕磨いてもらわないと(頭を指して)ココ、活性化しないとやる意味ないんで」

御　上「了解」

時計を一瞬確認し。

富　永「ごちそうさまでしたっ!」

走るように去る富永。

御　上「……」

33　神崎の家・神崎の部屋(夜)

神崎が、イヤホンを外し、エンターボタンをカツンと押す。

プリンターが音を立てる。

神　崎「……」

34　隣徳学院・廊下(日替わり・朝)

壁に隣徳新聞号外と書かれた校内新聞が貼られている。

同じ新聞が誰でも持ち帰ることができるよう100枚くらい積まれてい

る。
集まってくる生徒たち。
様々な反応。通りかかる是枝。驚き、一部掴んで立ち去る。

35 同・廊下(朝)

小走りの是枝。御上を発見し、人気のない場所に連れていく。

36 同・人気のない場所(朝)

是枝に引っ張られてやってくる御上。
是枝、新聞を突きつけ。
是　枝「これ、ほんとなんですか?」
御　上「……」
歩き出す御上。
是枝、追いかけて。
是　枝「説明してください」
御　上「教室で説明します」
是　枝「え…」
行ってしまう御上。
追いかける是枝。

37 同・教室(朝)

教室が騒めいている。
新聞を見て。
名　倉「え。マジこれ」
高　梨「ヤバ……」
東　雲「……」
冬　木「どうせそんなことだろうと思ってたんだよなー」
富　永「どした〜…」
東雲、怒りに満ちた目で新聞を差し出す。
そこには、御上教諭は、文部科学省

で天下り斡旋の不正に加担して、ほとぼりが冷めるまで制度を利用してこの高校に来たということが書かれている。

富永「……」

御上が入ってくる。是枝も続いて入ってくる。

蜘蛛の子を散らすように席につく生徒たち。

御上、皆を見渡し。

御上「おはようございます」

御上、新聞を机の上に置いて。

御上「単刀直入に言う。これは、だいたいにおいて事実だ」

騒つく生徒たち。

神崎「！（あっさり認めたことに）」

御上「昨年、文科省からある民間研究機関への天下りが不正に行われていたというニュースが出たのは知ってるかな？　証拠不十分ということで刑事告訴には至らなかったが、ぼくが仲介していたのではないか、と文科省内でリークがあった。そこで事態が落ち着くまで制度を利用して、こちらの高校に派遣されることになった」

更にザワザワが増す。

御上「この記事を書いたのは、神崎くん？」

神崎「オレ以外にここまで調べ上げられるヤツいますか？」

御上「どうやって調べた」

神崎「取材者はソースを明かしません。基本です」

御上「……まあ、この学校くらいになると、親兄弟、先輩にも……官僚なんていくらでもいるだろうしね」

神崎「(図星をさされ)……」

神崎の表情が一瞬こわばるが、また平然とした表情に持ち直す。

富永、次元、目を合わす。相変わらずニヤニヤしている次元。

生徒たちと是枝、息を呑んで見ている。

御上「神崎くん、いったい報道でなにがやりたい」

神崎「は?」

御上「きみのお父さん、一流って言われる新聞記者だよね」

是枝「ちょっと待ってください。そんな個人情報を…」

御上「(新聞をペラッと見せて)先に個人情報を出されたのはぼくですよ」

是枝「……」

神崎「…だからなんだよ」

御上「その君が、あんな記事を得意げに出すのは、親への反抗心なのか」

神崎「あんた、記者クラブは知ってるだろ」

御上「もちろん」

神崎「国会にも警察にも、記者クラブがあって、マスコミはそこでお行儀よく公式発表を待っている。そして、その発表をもとにして、多少書きぶりを変えた横並びの記事が出る。それは当然そうなるよね。だって、ソースはすべて同じだ」

御上「そうだね。日本独自の素敵なシステムだ…おかげで、日本の報道の自由度はG7の中で圧倒的最下位だ」

神崎「うちの父親はそこで一日中待ってるだけのぶら下がり記者だ。反抗する価値なんてない」

御上「…それで？」

神崎「オレはあんなふうにはならない。記者クラブなんて馬鹿げたものは終わりにすべきだ」

御上「志だけで変えられるなら、とっくに変わっている。明治時代から100年以上なにも変わらなかったシステムをどうやって変えるんだ」

神崎「ちゃんと取材して、独自の記事を書き続ける。自分の名前を最後に記すのに相応しい記者になる。そうすることで日本の報道のシステムを変えていく」

御上「(新聞をヒラヒラさせて) そこまで高い理想を持ってるのにぼくに対しての取材もしなければ確認もしなかった。あげく書いたのがこんなゴシップ記事だなんておかしいとは思わない？」

神崎「……ゴシップ記事？　どこがだよ」

御上「いまからでも、取材してみたら。なんでも答えるよ」

神崎「は？　くだらない」

御上「官僚みずからなんでも答えるなんてそうはない機会だよ。その機会をくだらないって言葉で断ち切るつもり？」

神崎「……」

神崎、しばらく考えているが、その御上の言葉は届き。

神崎「さっき御上先生は、だいたいにおいて事実と言いましたね。では…事実でないことはなんですか」

御上「天下り斡旋の責任を取ってここに来たのは事実だ。でも不思議なことに、ぼくにはそんなことをやった記憶がまったくないんだよね」

神　崎「そんな嘘が通用すると思ってるんですか」

御　上「考えて」

神　崎「は？」

御　上「もしぼくが言っていることが真実だとしたら。いったい何が起こった」

神　崎「誰かの罪を被せられた」

御　上「妥当な推論だ」

神　崎「なんでそんなこと受け入れたんですか」

御　上「文科省に残りたかったから」

神　崎「残りたかった理由は」

御　上「そもそもぼくが文科省に入ったのは、教育を変えるためだ。何も成し遂げないいま文科省を手放すわけにはいかない」

神　崎「なのにやったことは人の不正の肩代わり…矛盾してませんか」

御　上「言ったよね。志だけで変えられるならとっくに変わってる。官僚が出世したいと思ったら、手を汚さずに上には行けない。ノラクラした官僚構文を使いこなして答弁を乗り切り、政治家のオーダーには秒で応える。自分の理想なんてものは横に置いて進めていく先でようやく、この国の行政とやらに参加する資格ができる……かもしれない」

千木良、複雑な表情で俯《うつむ》く（千木良は政治家の娘で自分は不当な手段でこの学校に合格したのかもしれないという疑念を払しょくできずにいるため、時折こういう複雑さを見せる）。

神　崎「……」

御　上「神崎くん、（記事を示す。そこには官僚御上「教師の闇と書かれている）君が記事にしたことは、闇なんて御大層なものじゃない。ただの日常だよ。ＹｏｕＴｕｂｅとやらでやってるモーニングルーティンみたいなね」

和久井、御上の言い方に、軽く笑う。

次元、わかるよ、という顔でアイコンタクト。

苛立ちを隠さない櫻井。

御上「そんなかんたんに見えるものを、闇とは呼ばない」

はじめて見る神崎が完膚なきまでに論破されている状況に、御上のことを戦《おのの》きに似た眼差しで見る生徒たち。

そんな中、倉吉が好奇心いっぱいの目で見ている。

和久井や次元などはあきらかに共感を感じている。

御上「（生徒たちを見て）みんなにもひとつ聞いていいかな」

生徒たちの緊張が一気に高まる。

御上「神崎君が不倫をリークした女性教師……彼女は自主退職し、後に離婚した。そして男性教師は……」

神崎「系列の学習塾に飛ばされた」

御上「なんで、辞めたのは女性教師で男性教師じゃなかったんだろうね」

神崎「それ、関係ある？　いまこの問題と」

御上「君が叩き壊した人生の話だよ」

神崎「不倫するような教師の人生どうでもいいよ」

御上「パーソナルイズポリティカル」

神崎「は？」

御　上「……個人的なことは政治的なこと」

何人かがその言葉を検索し調べている。

神　崎「……その言葉なら知ってるよ」

御　上「ならどうしてただゴシップを垂れ流した…そこに想像力を使わなかった」

神　崎「……」

御上、生徒たちを見渡す。

御　上「伝えたはずだ。君たちがいま考えているエリートはただの上級国民予備軍だって…」

気圧される生徒たちと是枝。

御　上「みんな、どんな思いでいま受験勉強をしてる？　過酷な…過酷すぎる競争に勝ち抜いてようやく掴み取った人生が、『上級国民』でほんとにいいの？」

神　崎「……」

生徒たち、誰も答えることができない。

御　上「言ったよね。エリートは『神に選ばれた人』だと…。なぜ選ばれるか……それは…ふつうの人間なら負けてしまう欲やエゴに打ち勝てる人だから…自分の利益のためではなく他者や物事のために尽くせる人だからだ」

生徒たち「……」

神　崎「……」

御　上「…ぼくはそこに付け加えたい。真のエリートが寄り添うべき他者とは…つまり弱者のことだと」

生徒たち「……」

御　上「…政治家の機嫌を取る御用記者と不倫する教師の人生どうでもいいと切り捨てる新聞記者…ぼくには何が違うのかさっぱ

りわからないな」
神崎立ち上がる。
神崎「やってられるかよ。こんな茶番」
教室から出ていこうとする神崎。
御上「神崎くん……闇を見たくないのか」
神崎「は？」
御上「だとしたらぼくはこれ以上ない情報源だ」
神崎「……」
御上「手放すな」
神崎「……」
御上「……もしほんとうに闇を見る気があるなら……今日の放課後、ここで話そう」
神崎「……」

38　同・理事長室（朝）

神崎の新聞を間に、古代理事長と溝端が向かい合っている。
古代「困りましたね……」
溝端「申し訳ありません。……まさかこんな形で露見するとは……」
古代「保護者からはなにか……」
溝端「まだ来ていませんが……このまま済むとは……担任から外れてもらいますか」
古代「……できるわけありません。言いましたよね」
溝端「……それは…はい」
古代「うまく火を消してください。（社交的な笑顔で）でないと……あなたにいてもらう意味がなくなります」
溝端「（ゾクッとして）……」

39　同・教室（夕）

授業後。ザワザワしている教室。

立ち上がり神崎出ていく。それを見ている富永。

富永「(逃げてほしくないという気持ちで)……」

40 文部科学省・局長室(夕)

槇野が塚田に神崎が書いた御上についての学校新聞のＦＡＸを見せている。

槇野「御上の担任クラスの生徒がやったそうです」

塚田「……へえ。凄いね。たいした取材力だな」

槇野「…でも…これ、放っておいたら、パンドラの箱があいちゃいそうじゃないですか」

塚田「パンドラの箱って…なんのことかな…」

槇野「わかってらっしゃいますよね。ありとあらゆる不幸や災いを閉じ込めたあの箱のことですよ」

塚田「人が悪いな。縁起でもないこと言わないでくれ」

槇野「なのでそれが開く前になんとかしますよ。ぼくが」

塚田「…君に会わせたい人がいる。力になってくれるよ…」

槇野「(ニヤリと) 承知いたしました」

41 隣徳学院・廊下(夕)

歩いている神崎。

見かける是枝。

是枝「……」

42 同・職員室(夕)

写真を持って立ち上がり、出ていく

御上。

43　同・下駄箱（夕）

下駄箱近くで新聞を見ている生徒たちがいる。

生徒1「官僚ってやっぱロクでもないよなー」

生徒2「スクープしたのまた神崎先輩でしょ？　すごいよね」

生徒3「えー。どうだろ。こんなのスクープっていうのかな？」

聞こえない素振りで出ていく神崎。

神崎「……」

44　同・廊下（夕）

歩いている御上。

45　同・校門（夕）

帰ろうとしている神崎。校門のところで結界でも張られているように止まる。

その神崎を追い越して帰っていく生徒たち。

動かない神崎。

46　同・廊下（夕）

歩いてくる御上。教室の扉を開ける。

47　同・教室（夕）

入ってくる御上。神崎が待っている。

御上「座って」

神崎、黙って座る。

神崎「あれのどこがただのゴシップ記事なんだ」

御上「仕事が数えきれないくらいの記者会見

に同席してきた。そんな聞き方で真実を教えてくれる親切な官僚はいないよ」

神崎「……」

御上「でもぼくは……いまや親切きわまりない教師なので……」

と言いながら、御上、数枚の写真を取り出し神崎の前に並べる。

どこかのコンビニの写真。

神崎「（その姿に見覚えがあって）……冴島先生？」

47A　コンビニ（夕）

賞味期限の切れたものをかごに仕分けている冴島《さえじま》（真山）悠子《ゆうこ》（47）。

立ち上がり、一瞬、外を見る。

御上の声「不倫がバレた彼女は学校を追われた…夫に離縁され、いまはそこで働いている」

47B　隣徳学院・教室（夕）

御上「…君がどうでもいいと切り捨てた人生がいまもひっそり続いているという証拠写真だ」

神崎「……だからなんだよ」

御上「今年の国家公務員総合職試験で、殺人事件が起こったのは知ってるよね」

神崎「……どこぞの三流大学の学生が、受かるハズもない試験を受けたあげく……合格確実の東大生を殺した」

御上「もしその事件と君の記事が関係あるとしたら？」

神崎「は？」

御上「気づいちゃったんだよね」

神崎「……」

御　上「闇の中で、その事件とぼくの不正とこの学校と……文科省が……繋がってるかもしれないことに」

神　崎「……？」

御　上「バタフライ・エフェクト…知ってるよね」

神　崎「…ブラジルで蝶が羽ばたくと、テキサスで竜巻が起こる…」

御　上「小さな出来事が連鎖して大きな出来事に繋がることがある…よく知られたカオス理論ってヤツだね…でも…ここで肝心なことは、ブラジルで羽ばたく蝶は、自分の羽ばたきが竜巻となり、たくさんの人や動物を殺したかもしれないことを知らないってことだ」

神　崎「……」

御　上「なんの痛みもなく…人は人を殺すことがある。だって蝶はただ羽ばたいただけなんだから…」

神　崎「……」

御　上「言ったよね。ほんとの闇が見たければぼくを手放すなと」

神　崎「……なんでそんなにオレに構うんだ」

御　上「……似てるから、かな」

神　崎「え」

御　上「ほんとうに似てる」

×××

（フラッシュ）

宏太の声「パーソナルイズポリティカルって言葉があってさ」

×××

御　上「だから君を見捨てるわけにはいかないんだ」

神　崎「……」

立ち去る御上。呆然と見送る神崎。

48 同・廊下（夕）

教室から出てくる御上。
と、廊下の向こうに、のちに御上の兄、宏太とわかる少年が立っている。
目が合う御上。

エンドロール

49 隣徳学院・教室（夕）

神　崎「……」

50 同・廊下（夕）

宏太の姿はない。

御　上「……」
歩き出す御上。

終

御上先生 | Episode 2 -awareness-

1　隣徳学院・廊下（神崎の回想）

2023年春。

学校の廊下。壁に張られた新聞。騒いでいる生徒たち。

悠子がやってくる。生徒たちそそくさといなくなる。

新聞に気付く悠子。

呆然とそれを見ている。遠くからそれを目撃している神崎。達成感のある顔で。悠子がふっと神崎を見る。

目が合う。少し悲し気だが許しているような表情の悠子。

神崎、それまでの達成感がすっと冷えるのを感じて。

神崎「……」

2　神崎の家・神崎の部屋（夜）

神崎の部屋。悠子の写真を見ている神崎。

神崎「（悠子と目が合ったときの違和感がよみがえって）……」

3　東京拘置所・独房（日替わり・朝）

窓際にトイレと簡素な洗面台。

光が差し込んでくる。

白く細い手がもがくように布団から這い出す。

のそりと起きるシルエット。

そこから視点が移動し、空へ。

隣徳学院の建物へと舞い降りる。

4　隣徳学院・教室（朝）

4月26日（金）
ホームルーム前の時間。いつもより

やや浮足立っている様子。バタバタと駆け込んでくる生徒もいる。

宮澤「担任替わらないのかな」
徳守「そうですよね。だって犯罪まがいのことしたわけだから」
戸隠「なんかモヤモヤしちゃって…勉強手につかなかったよ…」
榎本「ほんと…勘弁してほしい…」

神崎が無表情に聞こえているのか聞こえていないのかわからない様子で座っている。
その神崎を見ている富永。

富永「……」
冬木「替わらないんじゃない?」
晴山「え。なんで」
冬木「だって知らないわけないじゃん。わかってて引き受けたんでしょ学校は…」

4·ins 同・廊下(同刻)(朝)

御上が廊下を歩いてくる。

宮澤の声「えー。じゃあお荷物を敢えて引き受けたってこと? それ超迷惑」

4A 同・教室(朝)

晴山「しかも3年の担任って…マジ、シンド~」
冬木「…人の人生なんだと思ってるんですかって話だよ」

4·ins2 同・廊下(朝)

御上が廊下を歩いてくる。

御上「……」
富永の声「あそこまで言われて、気になるのそこ?」

4B　同・教室（朝）

冬木「は？　なに？」
富永「なんで辞めさせられたのは女性だったのかって聞かれて、なんにも言い返せなかったのはみんないっしょでしょ。ちょっとは考えなよ。言われたことの意味」

えっという顔をする者、肩をすくめる者。

冬木「真のエリートが人間性まで含むなら、あいつがいちばんダメだろ。挑発にのるだけ無駄だよ」

近場の席に座っているため少しだけ複雑な表情を浮かべる千木良。
入ってくる御上。皆、目配せをしあい黙る。

御上「（笑顔で）ぼくは自分が真のエリートだなんて言ってないよ」
冬木「言ったようなもんですよ」
御上「（若干胡散くさく）いっしょに目指してみない？」
冬木「……」

富永、次元ら笑いをかみ殺す。

御上「じゃあ始めようか…38ページ…」

タイトル『御上先生』

5　隣徳学院・職員室（朝）

是枝、思い切って溝端に声をかける。

是枝「あの…溝端主任」
溝端「なんですか」
是枝「冴島先生が辞めさせられた理由、ご存知ですか」
溝端「ご自分でお辞めになったと聞いてますが

是枝「……」
　それ以上は」
　と、電話が鳴って吉川が出る。
吉川「溝端主任、ちょっとお願いできますか」
溝端「なんですか」
吉川「御上先生の例の件で、保護者から」
　出ようとする溝端を制し。
是枝「わたし出ます」
　是枝、電話機のところまで行き、出る。
　丁寧に説明している。是枝を見る溝端。
溝端「……」

6 同・理事長室

　古代と溝端が話している。
古代「保護者のほうはどうなの」
溝端「何件か問い合わせありましたが、そもそも神崎くんに対していい感情いだいてない保護者の方が多いので、そちらへのお叱りが多いですね……」
古代「わが校のエースですからねえ。やっかみも多いんでしょう」
溝端「神崎くんがエースって…本気ですか」
古代「本気ですよ。いまは多少厄介に思えても、卒業して何年かたったらわが校の名をあげてくれるでしょう。反骨精神のある天才を嫌いな人はいませんからねえ」
溝端「……いや……しかしですね」
古代「前々から思ってたんです。溝端さんには、長期的視野というものをもう少し持っていただきたい」
溝端「え…」
古代「教育にいちばん大切なものですよ」

溝端「……」

7　同・廊下

神崎が歩いている。
御上が向こうから歩いてくる。すれ違う直前、御上立ち止まる。

神崎「?」
御上「取材ご苦労さま」
神崎「は?」
御上「行くなら早めに行ったほうがいい」
神崎「言われなくてもわかってる」
行ってしまう神崎。
御上「……」
と、そのふたりの様子を見ている目線。
後に次元とわかる。

8　駅・改札前（夕）

学校の駅から離れた駅。
出てくる神崎。スマホの地図を見て歩き出す。
追いかけるような目線でカメラが追う。

9　路上（夕）

歩いている神崎。
それを追う目線。

10　コンビニ・前〜中（夕）

一軒のコンビニがある。ひとりの女性がレジで接客しているのが見える。
女性の顔が見え冴島（真山）悠子（47）だということがわかる。
自動ドアが開き、神崎、やや硬い表

情で入っていく。

悠　子「いらっしゃいませ」

悠子に近づいていく神崎。

悠　子「！」

神　崎「冴島先生、おひさしぶりです」

悠　子「……帰ってください」

神　崎「お話できませんか。今日、終わったあとでも……」

悠　子「今日は深夜までです」

神　崎「じゃあ明日とか……」

悠　子「(神崎を断ち切るためわざと厳しく) なんでわたしがあなたと、話さなきゃいけないの」

と、店長らしき人が奥から出てくる。

店　長「なんかあった？」

悠　子「いえ……(神崎に作り笑顔で) お役に立てずすみません」

店　長「？」

出ていくしかない神崎。

11 同・外 (夕)

出てくる神崎。

思いつめた顔をしている。

次元が待っている。

神　崎「！」

神崎、気づくが止まることなく歩き出す。

次　元「待ってよ」

神　崎「なんだよ」

次　元「あのコンビニさ。冴島先生いたでしょ」

神　崎「……知ってたんだ」

次　元「(飄々と) 手伝おっか」

神　崎「は？」

次　元「俺、役立つよ。全国数学コンクール上位入賞。特技プログラミング。文系なのにすごくない？」

神　崎「とにかく、手伝いとかいらねーから」

行ってしまう神崎。

次　元「……」

12　是枝の家・是枝の部屋（夜）

是枝、鞄から御上の記事を出してファイリングしようとする。そこには不倫の記事がファイルされている。

是　枝「……」

13　隣徳学院・教室（日替わり）

5月2日（木）

御上の授業中。授業に身が入らない様子の神崎が何か考えごとをしている。黒板の内容がザッと消される。

小　栗「あ。板書、まだ……」

御　上「ちょっと新しい学習のヒントを伝えようかとね」

小　栗「ヒント？」

御　上「ここからの時間で、今日、何を学んだか、この紙に（と言いながら紙を生徒たちに渡す）書いてくれるかな」

伊　原「え。せめて、何か問題とか……」

御　上「（笑って）それじゃただの小テストでしょ。どうしても必要なら自分で作ればいい」

櫻　井「意図を説明してください」

と、和久井がとつぜん声をあげる。

和久井「それアクティブ・リコールですよね」

御　上「知ってるんだ」

和久井「ちょっと時間ください」

御　上「どうぞ」

和久井、立ち上がり、黒板に行き書き始める。

13A 同・教室（時間経過）

黒板には、①復習『1回』『2回』『繰り返し』②『マインドマップ』③『思い出す（アクティブ・リコール）』と書かれている。
流暢に、華やかなかんじで話し出す和久井。

和久井「これ実際アメリカでやった実験なんだけど、1回だけ勉強した人と、2回やった人と何回も繰り返して学習した人、どれがいちばん成果が上がったと思う?」

安　西「繰り返しでしょ。それは」

和久井「実は、1回だけの人と2回やった人では差があったけど、そのあと何回やってもあまり変わらなかったんだよね」

安　西「え。そうなの?」

和久井「それから、マインドマップをまとめた人、思い出すっていう作業をした人。比べてみると、思い出し作業した人がいちばん、学習効果があったっていう結果が出てる」

波多野「それが…アクティブ・リコール」

和久井「正解」

冬　木「なに和久井、オカミの弟子にでもなったの」

和久井「別に。誰が提案したとしてもいいものはいいってだけ」

憮然とする冬木。和久井、座る。

御　上「どこででも…満員電車に揺られながらでもできるのがいいところなんだよね。では授業はここまで。やるかやらないかは個人にまかせます」

出ていく御上。

まずは富永と倉吉が始める。それを期に、生徒たちは思いだし作業を始める。櫻井も不満気に続く。

そんな中、ぼんやり考えごとをしている神崎。

神崎「……」

14 同・廊下

帰宅しようとする生徒たちが教室から出てくる。
次元が神崎をデッドスペース的なところに呼び込み。
神崎「え。なに」
次元「昨日のことなんだけど…俺も独自に調べとくからさ、特筆すべきトピックスあったら報告するってのはどう?」
富永「(グイッと入りこんで) 神崎、昨日、どこ行ったの」
神崎「……」
富永「(神崎に) なんだかんだと気にしてんでしょ〜オカミに言われたこと……」
神崎「……うるせえよ」
行ってしまう神崎。追いかける次元。
その3人の様子を見ている是枝。
富永「……」
是枝「……」

15 コンビニ・前(夕)

神崎やってくる。

覗き込むが悠子はいない。

16 隣徳学院・教室(夕)

教室のプロジェクターの調整をしている御上。是枝が入ってくる。

是枝「御上先生、ちょっとお時間いいですか」

御上「なんでしょうか」

是枝「あの…神崎くんのことなんですが…フォローが必要かなって思ってるんですよね」

御上「フォロー？」

是枝「大切な時期なのに、追いつめられてる気がして」

御上「大切な時期って…ああ。受験だからですか？　それ…おかしくないですか」

是枝「え？」

御上「だって…人生に大切じゃない時期なんてありませんよね」

是枝「………」

是枝、混乱し、考えている様子。

少し空気を変えるかんじで話し出す御上。

御上「……こんな話があるんです。とある有名な学園ドラマの新シリーズが始まるたびに、日本中の学校が荒れて学級崩壊を起こす」

是枝「え。そのドラマ…あの…」

御上「はい。そうですね。…あなたもたぶん憧れたあのドラマですよ」

是枝「それ…どういうことですか？」

御上「生徒のために奔走するスーパー熱血教師以外は教師に非《あら》ずという空気を作ってしまった。保護者たちの教師への要求はエスカレート。教育の理想を描いた学園ドラマが驚くなかれモンスターペアレンツ製造マシーンになるんです」

是枝「わたしはスーパー熱血教師になんて…」

御上「ぼくは少なからず憧れましたけどね」
是枝「……」
御上「以来40年以上、良い教師像はそのテレビドラマに支配されつづけています。でも考えてみてください。全国の高校教師は約25万人。その人たちぜんぶがスーパー熱血教師になるのと、よい教師像自体を考え直すのとどっちが現実的だと思いますか?」
是枝「…そんなふうに考えたこと、ありませんでした」
御上「学校も官僚も驚くほどの前例主義。それで成し遂げられる教育改革はないと思います」
是枝「……」
御上「いま、教育に必要なのは、バージョンアップではなくリビルド…既存のシステムやプロセスを根本的に見直し、再構築することです」
是枝「……」
御上「とは言え…神崎くんにとっていまが特別なのは確かかもしれませんね」
是枝「……え…」
御上「…例の殺人事件と隣徳の関係について……マスコミが騒ぎ出すのは時間の問題です」
是枝「……はい」
御上「どこで助けを出すか…出さないか…判断していかないといけないですね」
是枝「……難しいです」
御上「考えましょう」

17　神崎の家・リビング（夜）

帰ってくる神崎。

父親がとったと思しき報道の賞の賞状やトロフィーが飾られている。
ロバート・キャパの「崩れ落ちる兵士」や沢田教一の「安全への逃避」、ジョー・ローゼンタールの「硫黄島の星条旗」など有名な報道写真が何枚か飾られている。（許可の取れるもの）その中にはのちほど授業で使われる『ハゲワシと少女』の写真もある。キッチンから母・神崎知恵《ともえ》（45）が声を掛ける。

知恵「拓斗、ごはんは?」

神崎「食べてきた」

18　同・階段～神崎の部屋（夜）

階段を上り自室に入る。
リュックを放り投げ、パソコンを操作し、在学生が見られる隣徳ゼミナールの授業動画を見る。
講師　筒井康介　のクレジット。
ファイルから冴島悠子と筒井の不倫を書いた学校新聞を取り出し見る神崎。

18・ins　×××

（フラッシュ・回想　第二話より）
コンビニの外から見た冴島悠子の横顔。

御上の声「なんで、辞めたのは女性教師で男性教師じゃなかったんだろうね」

×××

笑顔で授業を進める筒井。人気講師であることが見て取れる。

神崎「……」

18' 是枝の家・是枝の部屋（夜）

是枝、スマホを見る。「冴島悠子」と書かれたアドレスを出し、思い切って電話を掛ける。出ない。

是　枝「……」

19 文部科学省・休憩所（夜）

自動販売機で水を買っている槙野。
津吹が話しかける。

津　吹「御上さん、むこうでやりたい放題らしいですね～」
槙　野「え。そんなことどこで聞いたの」
津　吹「同期の妹が隣徳なんです」
槙　野「狭いね。世間は」
津　吹「連絡とってないんですか」
槙　野「見てたでしょ」

19・ins ×××

（フラッシュ・回想　第一話より）

御　上「俺を売って掴んだポストだろ。祝わないと」

×××

津　吹「心配です。ぼく結構好きなんで。御上さん」
槙　野「え。どのへんが」
津　吹「一見冷たそうだけど、優しいっていうか…」

19A 同・オフィス（回想・2022年5月）

深夜11時。
御上、津吹、槙野たちまだ働いている。
その中で、臨月間近の妊婦と思しき女性も働いている。

疲労の色が濃く、目頭を押さえる。
津吹、槙野といいや、あれどうなの的なアイコンタクト。
御上、さりげなく近づき。

御　上「代わるよ」
女　性「無理ですよ。明日国会で答弁があるんです」
御　上「昨日も終電逃してるでしょ。出産近いのにありえないから」
女　性「(涙ぐんで) でも何か問題が起こったら…」
御　上「(溜息をついて) 大丈夫。とにかく帰って。10分だけ、レクの時間くれるかな」
槙野と津吹、それを見てアイコンタクトを取る。

19B　同・オフィス（回想明け）

槙　野「ズルいよなー。ああいうところで急にジェントル出してくるの。あれでみんな陥落しちゃうんだよ」
津　吹「マジ、日本最大のブラック企業ですよね」
槙　野「そう言えば…」
槙野、持っていたクリアファイルをチラッと見せる。
津　吹「なんスか。これ」
槙　野「長谷部代議士の孫の宿題のアテンド」
津　吹「マジっスか。いやいや。マジですか」
槙　野「国会答弁から孫の宿題まで、教育文化にかかわることすべて請け負う。それが、文科省」
津　吹「勘弁してほしいっス」
槙　野「(時計をチラッと見て) さてー。あと一仕事すっかとこの時間に言ってしまうっていうね……」

時計は午後10時。深夜になりかけているが、仕事は続く。

20　欠番

21　隣徳学院・外観（日替わり・朝）

22　同・職員室（朝）

溝端に呼ばれている御上。
神崎の新聞を出して。

溝端「念のため今一度確認しておきます。これは事実無根ということで大丈夫ですね」
御上「はい。ぼくの記憶が確かなら」
溝端「なんですか。そのイヤミな言い回し。……いずれにしても赴任早々、こんな記事を書かれるとは脇が甘すぎます」
御上「（うやうやしく）はい…それは…確かに…。不徳の致すところです」
溝端「（ムッとして）官僚みたいな答弁ですね」
御上「ああ…また霞が関文学…モレちゃってましたか」
溝端「は？」
御上「あるんですよ。そういうのが。例えば…そうだな…『覚えておりませんので、これ以上のことは申し上げようがありません』とか」
溝端「ここは、霞が関ではありませんよ」
御上「…便利ですよ。柔軟で、いろんな取り方ができる。官僚による官僚のための唯一無二の文学なんです」
溝端「（憮然とした表情）……」

23　同・教室

5月8日（水）

授業を終わり、黒板を消している是枝。

誰よりも早く出ていこうとする神崎。

是枝、手を止めて。

是枝「……」

24 コンビニ・中

悠子が期限の切れた雑誌を外している。

その中の一冊に一瞬、手を止める。

表紙に『官僚試験会場殺人事件真山弓弦容疑者（22）の闇』。ほんの一瞬複雑な表情になるが返すほうの雑誌に淡々と入れる。

外に、神崎がいるのが見えるが悠子は気づかない。

25 同・外（時間経過・夕方）

悠子の働くコンビニ前。

出てくる悠子。神崎に気づかない振りをして行ってしまう。追いかける神崎。

少し離れたところで悠子、振り返り。

悠子「話すことないって言ったよね」
神崎「ぼくが聞きたいことがあるんです」
悠子「答えたくないの。わかるでしょ」
神崎「……とにかく…話をさせてください。お願いします」
悠子「（根負けして）……ここじゃ困る。できるだけ離れて……ついてきて」

26 東京拘置所・独房（夕方）

毛布を被って、窓を見ている。

雨音がしだす。

27 隣徳学院・進路資料室（夕方）

雨が降っている。
御上、手紙を書きあげ封筒に入れ封をする。

28 雨をしのげるどこか（夕方）

激しくなってきた雨を避けるように駆け込んでくる悠子。続いて神崎。

悠　子「（振り返り）ここで」
神　崎「……」
悠　子「話ってもしかしてあの子のこと？」
神　崎「…え」
悠　子「（その言い方から弓弦のことは知らないと推測して）知らないんだ」
神　崎「なんのことですか」
悠　子「…じゃあなんの用？」
神　崎「……オレの記事のせいですよね…」
悠　子「……確かに隣徳新聞のあなたの記事は、わたしの人生を変えた。離婚もした。学校も辞めたわ。でも……それは溢れそうなコップに最後の一滴を落としちゃっただけ。責任、感じられても困る」
神　崎「それ、ぼくを庇って言ってますか」
悠　子「違うわ」
神　崎「嘘だ」
悠　子「決めつけないで」
神　崎「でも」
悠　子「話せることはそれだけ。話したいこともそれだけ」
神　崎「それじゃ納得できません」
悠　子「（神崎を切り離すために敢えて強い調子で）わたしはあなたを納得させるために生きてるわけじゃない」

悠子、言葉の強さとは裏腹に、鞄か

ら出した折り畳み傘を神崎に渡そうとする。振り払う神崎。
悠子「もしこれからなにがあっても…あなたのせいじゃないから」
神崎「……」
悠子「もう絶対に来たらダメよ」
悠子、傘を置き、走っていく。残される神崎。座り込む。

29 路上（夕方）

雨。後に、戸倉樹《とくらいつき》（22）とわかる青年。

走ってきて軒下で雨宿りをする。タオルを出そうとしてトートバッグを探る瞬間、週刊誌が落ちる。拾い上げる。先ほど悠子が見ていたのと同じ雑誌。

30 雨をしのげるどこか（夕方）

座り込みつづける神崎。
と、歩みよってくる足元。傘を拾う。目を上げる神崎。是枝である。
神崎「…つけてたんですか」
是枝「冴島先生があそこで働いてるの、知ってたから…。でも話の内容は聞こえてないから…」
神崎「……」
是枝「わたしにも責任がある」
神崎「は？」
是枝「いっしょに考えさせて」
神崎「……」

31 路上（夜）

傘を差し歩いている御上。
ポストがあり、濡れないように気を

付けながら先ほどの手紙を投函する。

32 出版社・雑誌編集部（夜）

激しい雨の音。

無人。置かれている雑誌やポスターからゴシップ記事が中心の週刊誌の編集部とわかる。

複合機が突然唸りだす。

ＦＡＸが吐き出される。

×××

（フラッシュ）

いくつかの編集部でＦＡＸが断続的に。

33 隣徳学院・空撮〜校門前（日替わり・朝）

ところどころに雨の痕跡。何人かの記者らしき人が集まっていて、登校してくる生徒に何か聞いたりしている。

走ってきた溝端。遅れて数名の教師。その中に是枝もいる。

溝端「（記者に）すみませんがご遠慮ください！」

神崎が歩いてくるが校門の様子を見て一瞬立ち止まる。

記者1「隣徳学院の教師だった冴島悠子さん、官僚試験会場殺人事件の容疑者真山弓弦の母親だそうですね」

神崎「（え？　まさか）……」

溝端「学校の広報を通してください。生徒に直接取材はご遠慮ください」

記者2「辞めた理由は不倫を生徒にスクープされたからだそうですね」

記者1「あの事件、それが原因じゃないんですか」

神崎「……」

×××

（フラッシュ・回想　第二話より）

呆然と新聞を見ている悠子。遠くからそれを目撃している神崎。悠子がふっと神崎を見る。

目が合う。

×××

神崎「……」

山添「（生徒たちに）まずは教室に行って！」

是枝「何があったんですか」

溝端「（小声で）あとで説明するから、生徒たちに話しかけさせないようにして」

山添「（生徒たちに）はい。はい。止まらないで進んで〜」

是枝、立ち尽くしている神崎に気づき、動こうとした瞬間、やはり丁度

登校してきた御上。

さりげなく神崎の背中を軽く押す。

押す手の一瞬のアップ。ようやく歩き出す神崎。

それを目で捉える是枝。

御上の前にＦＡＸを持って立ちはだかる記者。

御上「おはよう」

記者3「この件、何か心当たりは」

（このＦＡＸが店番の書かれたＦＡＸと後々わかる）

御上「（サッと奪い取り）ありません」

是枝「……」

御上「（溝端たちに）おはようございます」

背中に手を添えたまま、ふたり校門を通過していく。

溝端の声「各社、昨夜遅く一斉ＦＡＸがあったら

しくて……」

34　同・理事長室（朝）

溝端と古代が話している。

古代「冴島先生のことは遅かれ早かれわかることとは思ってましたが…神崎くんが出した学校新聞の記事のことまでどうしてマスコミに知られちゃったんでしょうねえ」

溝端「……はい…申し訳ありません」

と、ドアがノックされて、片桐が入ってくる。

片桐「理事長、今夜のテレビ出演の件、どうされますか……」

溝端「なんなんですか。こんなときに…断ってください。そうしたほうがいいですよね。理事長」

古代「いや…予定通りで大丈夫だよ」

溝端「え」

古代「（ニッコリして）疚《やま》しいことがないのに断るのはおかしいからね。そうだろ?」

片桐「さすがです。テレビ局には予定通りとお伝えしますね」

溝端「……」

不本意な気持ちで一礼して出ていく溝端。

35　同・廊下（朝）

理事長室から出てくる溝端。
教室へ行く御上と是枝と出くわす。

溝端「これから生徒に説明ですか?」

御上「はい…そうですね」

溝端「これ以上のことは申し上げられません、とでも説明するんですか」

是　枝「?」
御　上「いや。今回は永田町文学ですかね」
溝　端「は?」
御　上「誠に遺憾の極みです…」
溝　端「(ムッとして)……」
御　上「では失礼します」
　　行ってしまう御上。慌てて追いかける是枝。
御　上「……」

36 同・教室(朝)

　　5月9日(木)
　　思いつめた顔で席にいる神崎。
金　森「…ほんとなの?　だって苗字違うよね」
市　原「仕事は旧姓でやってたみたい」
金　森「そうなんだ…」
名　倉「…(スマホを見て)もうネットニュースになってる…」
市　原「たいして調べもせずに書くんだね…」
神　崎「……」
　　御上と是枝が連れ立って入ってくる。
御　上「校門での騒動について説明します。ぼくの赴任前の話も含まれるので、是枝先生にも同席してもらっています。(是枝に)説明、お願いしていいですか?」
是　枝「実は……先日、官僚の試験会場であった殺人事件…あの事件で現行犯逮捕された容疑者は、去年隣徳をお辞めになった冴島先生のお子さんです…」
　　想像もしてなかった事実に驚く生徒たち。
　　その中で無表情な神崎。
是　枝「学校としては断固として取材拒否しますが…しばらくは記者が来ることは避けら

れないかもしれません」

神崎、無表情で聞いている。

是　枝「…なので落ち着いて対応してください。ついてこられたり、家にこられたりしたら、学校にいつでも連絡を……」

と、和久井が、立ち上がる。

和久井「あのちょっといいですか」

是　枝「どうぞ」

和久井「いま、是枝先生がおっしゃったのは、通常のクラスの対応ですよね」

是　枝「……えーと……」

和久井「うちのクラスは、2年からの持ち上がりです。神崎が隣徳新聞を出したときと同じメンバーなんです。神崎の新聞が結果的にあの殺人事件を引き起こしたんだとしたら……ただ気をつけてくださいじゃすまないと思うんです。話をしたほうがいいんじゃないでしょうか」

神崎、ジッと前を向いて微動だにしない。

千木良、これから公開裁判のようになることを予感して、いたたまれないという表情。

千木良「……」

御　上「確かにそうだね。話そうか」

是　枝「え？」

櫻井、鋭く。

櫻　井「あの、ちょっといいですか」

御　上「なにかな」

櫻　井「新学期始まってからまったく勉強に集中できなくて迷惑です。以上」

香　川「櫻井、その言い方さー」

櫻　井「悪い？　事実よ」

御　上「…放置したから問題が深くなった。ここでまた放置したら、もっと集中できなくなるんじゃないの」
是枝ハッとする。
是枝「……」
櫻井「……そんなこと言う資格、先生にありますか?」
御上「櫻井さん、弁護士になりたいんだよね」
櫻井「え」
御上「裁判でも、お前は犯罪者だから黙ってろ、って言うのかな」
櫻井「……」
御上「そしてぼくの知る限り君たちがなろうとしている職業はいついかなるときも集中しなくちゃできない仕事ばかりだよ」
櫻井「……」
御上「(全体を見て)じゃあ始めようか」
和久井「…あのさ。みんな実際のところ、あのとき、あの新聞のことどう思ってた?」
皆しばし考えているが、まずは宮澤が思い切ったように。
宮澤「ぼくは……正直、ちょっと痛快だなって思ってました。教師同士で不倫はありえないと思ったし……」
安西「俺も正直、よくやった! 神崎ってかんじだったかな」
宮澤「…だから今回の件も、まったく神崎のせいとばかりも思えなくて…」
御上「なるほど……他には」
名倉「わたしは…冴島先生がそんなことしたって思えなくて…不安でした…」
神崎「……」
戸隠、手をあげる。
御上「どうぞ」
戸隠「わたしは……私人逮捕系のユーチュー

バーみたいだなって……」

晴　山「確かに」

波多野「え？　私人逮捕って…」

戸　隠「現行犯なら一般人でも逮捕していいって法律あるんだけど……でも、動画投稿目的の人がいて…冴島先生を一方的に裁こうとしてるところが…似てるなって…」

東　雲「でも……いまこんな話し合いしてるのも、それと同じかんじがして怖くない？」

戸　隠「それは…うん。そう思う。神崎くんがいるところで……」

御　上「じゃあいないところで話すのならいいのかな」

東　雲「……それはもっといやです」

次元、声をあげる。

次　元「……神崎はどう思うわけ？」

動かない神崎。

36・ins　×××

（フラッシュ・回想　第二話より）

悠　子「もしこれからなにがあっても…あなたのせいじゃないから」

×××

神　崎「……別に」

全体がザワッとする。

いままでいろんな人の意見をジッと聞いていた富永。

富　永「ほんとに思ってる？『別に』って。思ってないよね」

神　崎「……」

富　永「（また露悪的なことを言いそうな神崎を遮るように）わたしならこのタイミングで気の利いたことなんて言えない」

神　崎「……」

御　上「ちょっといいかな」

御上、タブレットとプロジェクターを繋ぎだす。

36A 同・教室（時間経過・朝）

一枚の写真を映す。

御上「これは『ハゲワシと少女』といって、報道における究極の選択として必ず出てくる有名な写真なんだけど…長い内戦で貧困にあえいでいたスーダンで撮られたものなんだ。この写真は大きな賞を取ったけれど、同時に激しい批判に晒されることになった。シャッターを押す前にこの子供を助けなければいけなかったのではないかとね」

神崎「……」

御上「この写真のその後を知ってる？」

神崎「…その子供は食糧センターで保護され生き延びたことが判明している。……けれど…批判に晒されたカメラマンは精神を病み自ら死を選んだ」

御上「さすがだね」

神崎「……その写真がリビングに飾ってある家で育ったので」

御上「君ならシャッターを押す？」

神崎「押します」

御上「即答だね」

神崎「…俺は、そんなことではぜったい死なないんで」

御上「…自分を過信しないほうがいい」

36B 啓陵学園中等部（回想・2002年）

バタバタと走ってくる音。ガラリと扉が開く。

友人の声「孝！　たいへんだ」

36C　隣徳学院・教室

御上「ぼくはみんなに聞いたよね。なぜ辞めたのは女性教師で男性教師ではなかったのかと。…是枝先生」
是枝「はい……」
御上「いまの3年が2年だったとき、女性の担任は是枝先生だけでしたよね」
是枝「(言わんとすることをなんとなく察し)……そうですね」
御上「ぼくに替えられたのはそのせいだとは思いませんか」
是枝「(悔しいが認めざるえない)……思います」
御上「…生贄の羊なら下等な生き物がいいだろうと選ばれただけ…」
東雲「(思わず声を上げ) その言い方、酷すぎます」
御上「なら東雲さんは、替えた人にそういう意識がなかったと言い切れるのかな?」
東雲「……」
御上「(神崎を見て) そして…冴島先生も…同じじゃないのか」

×××

(フラッシュ)

冴島の不倫現場。シャッターの音。

×××

神崎「…ケビン・カーターがシャッターを押さなかったら誰にも届かない貧困があった…。だからシャッターは押すべきだったとオレは信じてる。でも…あのときのオレは…冴島先生を食おうとする…ハゲワシの正体を…見ようとしなかった…だから…これからでも… (是枝を見て) 俺はぜったいそれを捕まえる… (御上を見る)」

是枝「(ショックで……)」

御上「……そうだね」

しーんと静まり返る教室。

富永「ほら、やっぱり『別に』、じゃなかったじゃん」

神崎「……」

御上「…ありがとう」

皆、御上の意外な言葉に驚く。

御上「いい…意見交換でした」

じっと見つめる生徒たち。

東雲は思いつめた表情で考えている。

東雲「……」

37 同・職員室(朝)

戻ってくる御上に声をかける溝端。

溝端「…時間掛かりましたね」

御上「(ニコリと笑って)でも、いい話し合いになりました」

溝端「は?」

御上「ハゲワシを捕まえに行くそうです」

溝端「え。ハゲワシ」

御上「そういう、腐った肉を主食とする動物をスカベンジャーと言うんですが…動物の死骸をそのままにしておくと感染症が蔓延します。スカベンジャーたちは感染症蔓延を阻止する存在でもあるんです。しかし時に、殺戮《さつりく》の証拠を消したりもしてしまう…」

溝端「(比喩の意味することを察し)……」

38 同・廊下

富永が神崎を気にしながら、教室移動のため歩いている。

そこに東雲がやや追ってきて並ぶ。
思いつめた表情。

東　雲「あのさ、富永」

富　永「なに？……」

東　雲「聞いてほしい話があるの。時間取ってもらえる？」

富　永「もちろん」

東　雲「ごめんね」

富　永「聞いてほしい話があるの、って言われるの好物なんで大歓迎」

39　同・保健室

是枝が入ってくる。
一色、手を止めて。

一　色「どした～」

是　枝「（相談室のポスターを指して）これです。悔しいけど」

一　色「そういう負けず嫌いさんにこそ、必要と思って営業しております」

是枝、座る。

是　枝「…わたし、見ないようにしてました……」

一　色「え。なに？」

是　枝「担任だったことの責任を…」

39A　スタジオ

スタジオににこやかに入ってきて挨拶をしている古代。ピンマイクを付ける音声スタッフ。

是枝の声「…神崎くんの新聞、生徒にはその権利があるって…大義名分でやり過ごした…そのせいで冴島先生は辞めさせられたのに……」

39B 隣徳学院・保健室

一　色「……」

是　枝「あの事件が起こったときも…神崎くんの心配ばかりしてた……罪のない人がひとり…死んでるのに。自分の責任なんてひとつもないと思ってた…」

一　色「でもさ。是枝ちゃんも、（自分の胸に手を置き）動き始めてるんだよね」

是　枝「…こんなじゃぜんぜんダメです…だって、今日も口火を切ったのは生徒なんですよ…」

一　色「ダメでも辞めるわけにはいかないじゃない。是枝ちゃんもわたしも…」

是　枝「え？　わたしも？」

一　色「…無力だなっていつも思ってる。養護教諭にできることなんて限られてるもの」

ふたりそれぞれの思いを感じる。

是　枝「…スローロリスって言われて怒る資格なんてなかったです」

一　色「え？　ああ。あの可愛らしい猿のこと？」

是　枝「こんな凄い高校で教師やってると知らないうちに自分は優れた教師だって勘違いしてしまう。でもわたしは毒も持ってなければさしたる武器もない…なら必死で自分を変えていくしかないですよね」

一　色「……そうだね。がんばろう」

そこに古代出演の番組のＭＣの声が重なる。

ＭＣの声「今日は、隣徳学院理事長古代真秀さんにスタジオにお越しいただいています。21世紀の奇跡と呼ばれる隣徳学院の快進撃の秘密、お聞きしたいと思います」

仕事をしている御上。テレビがついている。
画面には、古代理事長。
画面の古代「その前に…官僚の試験会場で起こった殺人事件と隣徳学院との関連についてお話させてもらっていいでしょうか」
画面のMC「差しつかえなければぜひお願いします」
傍らの本棚のひとすみにステゴサウルスのフィギュア。
画面の古代「うちが直接関係しているわけではないんですが…」

40A　東京拘置所・独房（夜）

弓弦が、のっそりとシルエットで寝ている。
MCの声「教育全体の問題ともいえる事件ですからね。わたしも注目していましたし、他人事ではないと思っていました」

40B　コンビニ（夜）

コンビニで働いている悠子。
古代の声「容疑者の母親が隣徳の元教員ということでわたしもショックを受けております。ただですね…」

40C　神崎の家・神崎の部屋（夜）

ベッドに横たわる神崎。テレビがついている。
画面の古代「お辞めになる原因が、生徒の作った新聞だと、悪意を持って報じたマスコミに対しては強い憤りを覚えます……」

40D　ラーメン屋（夜）

ラーメンを食べている是枝。ラーメン屋のテレビに映る古代。

画面の古代「言論の自由に則って行った正当な活動と認識しており、それを糾弾するのは人権の問題になりかねない」

画面のMC「では生徒への処分などは…」

画面の古代「考えもしませんでしたね」

40E　スタジオ

古　代「むしろ容疑者の家庭環境がけしてよくなかったことの証明になったと思っています」

40F　次元の家・次元の部屋（夜）

次元の部屋。バッとつくたくさんのモニター。すべての画面に古代。

画面の古代「若年層の事件は社会が孕む問題が顕在化したものでもある…これはわたしの持論です」

40F'　繁華街（回想・一年前）

悠子と筒井が繁華街を歩くカットバック。

ラブホの看板。

悠子の目線がチラリとこちらを捉えたようにも見える。

ホテルに消えていく悠子。カメラを持った神崎がいる。

40G　神崎の家・神崎の部屋（夜）

神崎の部屋。寝転がっているが古代

の言葉を聞いて起き上がる。

画面の古代「パーソナルイズポリティカルという言葉があって個人が抱える生きづらさは政治の問題だ…という意味なのですが…わたしは」

画面を睨みつける神崎。

40H　繁華街（夜）

繁華街を歩く富永。

古代の声「教育現場の生徒や教師の個別の事情も日本の教育全体の問題として考えるようにしています…」

40I　神崎の家・神崎の部屋（夜）

神崎の部屋。怒った表情で画面をじっと見ている。

画面の古代「なので…この取りようのない責任について…一教育者として…引き続き考えていこうと思っています」

画面のMC「では、そろそろ本題に入らせていただいていいでしょうか。隣徳学院は独自の教育システムで…」

40J　御上のマンション・御上の部屋（夜）

御上の部屋。机の上の（弓弦が面会を承諾した）手紙をカバンに入れる。

御　上「……」

41　料亭・個室（夜）

塚　田「津吹くんから聞いたよ。バチバチだったそうじゃない。御上くんと」

槙　野「はい。行きつけの食堂で出くわして…縁切りかこれは、ってかんじでしたね」

塚　田「そこは繋がっておかないと。子供じゃないんだから…」

と、中岡壮馬《なかおかそうま》（47）がノソリと入ってくる。身なりは整っているが、どこか荒んだ雰囲気。

中岡「いやー。おひさしぶりです。お元気そうで」

塚田「中岡さんも。あ。こっちが槙野くん、今日は中岡さんを紹介したくてね」

槙野「槙野です」

名刺を渡す。

中岡「中岡です」

中岡も名刺を渡す。株式会社ＭＩＤＳＴコンサルティングと書かれている。

中岡「若い時分、とある代議士の政策秘書をやってました。いまはそのコンサル会社の代表を細々と……」

槙野「ものすごい人脈だと聞いてます。永田町と霞が関を取り持つ人呼んで闇の仲人」

塚田「槙野くんは、御上くんのかわりに闇の仲人さんと仲良くしてもらおうと思ってね…」

中岡「…そう言えば、御上さん。隣徳学院に派遣されたとか…」

塚田「そうそう。初の私立高校への官僚派遣」

中岡「御上さんもなかなかの美形でしたが…槙野さんはちょっとモノが違いますねえ」

槙野「いま、そういうの流行ってないらしいですよ」

と言いながら槙野、中岡に瓶ビールを注ぐ。

中岡「ルッキズムでしたっけ？　それが何かくらいは承知してますが、永田町の先生方の心を掴むには意外と見た目は大切でね。

塚田「（ご機嫌で）槙野くんには先生方にどんどんハマってもらわないと」

塚田さんを見ればわかるでしょう」

中岡「（ビールをグイッと飲んで）さて…与太話はこれくらいにして…しばらくお会いしてないあいだに、塚田さんにいろんな方からのオネダリがたまってるんです……」

塚田「その言い方。君、ぼくをなんでもポケットから出してくれる猫型ロボットだと思ってるんじゃないか」

中岡「いちばんは隣徳の件なんですが…」

塚田「ああ…その話はここではちょっと…」

槙野「……」

中岡「おっと失敬…では今日はとことん飲むということで」

槙野「……」

42　隣徳学院・全景（日替わり・朝）

5月10日（金）

43　同・職員室（朝）

ホワイトボードに、御上　午前半休の文字。

溝端、近くの席の是枝に。

溝端「聞いてますか？　半休の理由」

是枝「いえ…」

溝端「……」

44　東京拘置所・ロビー（朝）

ソファに座っている御上。

電光掲示板に、番号が掲示されている。

番号が変わる。自分の手元の番号と照合する。

手続きをする。
ロッカーにスマホなどを預け、長い廊下を歩く。

44・ins ×××

（以下、フラッシュ）
試験会場。事件のフラッシュバック。
×××
御上、エレベーターのボタンを押す。

44A 同・独房

独房の扉が開かれ出てくる弓弦。

44A・ins ×××

試験会場。事件のカットバック。

44B 同・エレベーター

御上、エレベーターに乗り面会室の階へ。

44B・ins ×××

試験会場。事件のカットバック。

44C 同・廊下

面会室に向かい歩く弓弦の足元。

44D 同・面会室

御上、面会室の番号を確かめ、ドアを開ける。

44D・ins ×××

試験会場。事件のカットバック。
×××
ドアが開く。御上、座る。

向こう側のドアが開き、入ってきた犯人が椅子に座る。

アクリル板の向こうとこちらで向かい合う御上。

御　上「真山弓弦さん」

弓　弦「あんた、官僚でしょ」

はじめて顔があらわになる。

真山弓弦（22）。ここでようやく弓弦が女性であることがわかる。

御　上「そうだね」

弓　弦「だから会った。それだけ」

御　上「君が殺した人の話をしようか」

弓　弦「は？」

御　上「…渋谷友介くん、21歳、東京大学法学部3年生。司法試験に専念するために、3年次に国家公務員総合職試験を受けており、合格は確実と言われていた。……実際、試験の成績は合格ラインに達していたそうだ」

弓　弦「滑り止めってこと？」

御　上「そうだね、どうせ司法試験のほうが本命なんだろうし…」

弓　弦「受験会場で、いちばんイケすかないかんじのヤツを殺そうって決めてたんだ。わたしのカン、間違ってなかった」

御　上「母親は彼が中学のときに離婚。女手ひとつで東大まで進学させた…」

弓　弦「……」

御　上「渋谷友介くんが彼女の人生のすべてだったのは想像に難くない」

45　隣徳学院・車寄せ（朝）

古代理事長が降りてくる。

運転手が扉を開ける。

46 東京拘置所・面会室（朝）

御　上「そして…僕が見る限り、君の人生を賭した行動をもってしても社会はなにも変わっていない。渋谷友介くんが座るはずだった弁護士の椅子がひっそり空いたこと、来年から受験生への持ちもの検査を徹底することになったこと…それ以外はね」

弓　弦「そんなくだらないこと言うために来たの？」

御　上「なんで殺した」

47 隣徳学院・廊下～理事長室・前（朝）

古代、歩いてくる。
と、理事長室の前に神崎が立っている。

古　代「なにか用かな？」

神　崎「…冴島先生だけが辞めさせられたのはなぜですか」

48 東京拘置所・面会室（朝）

弓弦の口元が少し歪《ゆが》む。

弓　弦「どうしてそんなに理由が欲しいの」

49 隣徳学院・理事長室・前（朝）

向かい合っている神崎と古代。
古代、にこやかな表情になり。

古　代「神崎くん。話したいと思ってましたよ」

神　崎「……」

古　代「君みたいな若者をね。育てるために、この学院を作ったんですよ。自律し、自分で考える若者をね。ついに出てきましたねえ。20年かかった。嬉しくてね」

神　崎「（睨みつけている）辞めさせたのは女性

古　代「そんな時代に逆行するようなこと…する
　　はずがありません」

だからですか」

50　東京拘置所・面会室（朝）

御　上「だってあの場所で人を殺す。よほど鈍感
　　な人間でない限り、なにかのメッセージ
　　を感じるはずだ」

51　隣徳学院・理事長室・前（朝）

古　代「…わたしは、どちらにも、隣徳ゼミナー
　　ルへの出向を打診したんです。お断りに
　　なったのは…冴島先生の意思です。残念
　　ですねえ」

神　崎「……嘘だ」

古　代「そう思うなら取材してみたらいかがです
　　か」

神　崎「……」

52　東京拘置所・面会室（朝）

向き合っている弓弦と御上。
御上の目をじっと見つめる弓弦。

御　上「……」

弓　弦「テロだから」

御　上「……」

弓　弦「もしくは革命?」

御　上「……」

弓　弦「この世は歪んでる。ぶち壊すには最大の
　　効果が必要。違う?」

弓弦の暗い目の奥に、爛々とした光
が見える。

御　上「…昔、同じことを言った人がいたよ」

×××

（回想）

宏太の声「間違ったものを正したい。そのためには…まず壊さないと」

×××

弓　弦「……は？」

御　上「…ぼくにとって大切な人だ…」

その瞬間、弓弦の顔にダブるようにひとりの青年の姿がアクリル板に映る。

御上宏太である。

御　上「……」

終

御上先生 ｜ Episode 3 -beginning-

1　試験会場（回想）

入ってくる弓弦。

T　令和6年　国家公務員採用総合職1次試験

1A　同・中（時間経過）

居並び、試験を受けている受験者たち。

カチ、カチ、カチとかすかな音がして、気になる受験者。音の方向を見る。弓弦が、ボールペンのようなものをカチカチとやっている。

しかしそのスティック状のものが実は有線で、机の中のリュックに繋がっているのは気づかない。

ひとり目の終了した受験者が立ち上がる。

弓弦、爆破装置を諦める。

ふたり目の受験者（渋谷友介）が紙を裏返し立ち上がる。スッとポケットに手を入れ立ち上がる弓弦。

不自然に背中に張りつく。

え？　という顔で見る先ほど音を気にしていた受験者。

その瞬間、渋谷がストンと倒れる。手にはナイフ。血が付着している。

叫ぶ受験者。皆、逃げ出す。

御上の声「（この映像に被り）あの日、君は自作の爆弾を使い、まわりを巻き込んでの、自爆テロを企てていた。しかしその爆弾は、不発に終わった。そこで作戦を切り替えた君は、狙いをつけていた渋谷友介くんが立ち上がった瞬間に背後に近づき、その背中を刺した…君が用意したナイフは、肋骨をすり抜け心臓に到達し、彼は数分後に絶命した…」

2 東京拘置所・面会室（朝）

向かい合っている御上と弓弦。
弓弦のとなりには無機質に刑務官がいる。

弓弦「……」
御上「君がやったことになんの意味もないとは言わない。でも、社会とやらが一ミリも変わらないのも確かだ」
弓弦「……」
御上「いや。少しは変わったたか」
弓弦「なに」
御上「君が若くて美しい女性だということで、塀の外ではファンクラブができてる」
弓弦「……」
御上「屈辱的だろ？　わかるよ…でも事実だ。そしてそれが社会だろ？　君が変えたかった、浅はかで思慮の足りない社会…」
弓弦「黙れ…」
御上「地下鉄でビニール袋に傘を突き立てても、飛行機でビルに突っ込んで、何千人という人が死んでも、世界は一ミリも変わらなかった。なのに、なんで、たったひとり、人を殺したくらいのことで、社会が変えられると思った？」
弓弦「そんなヤツらと一緒にするな」
御上「彼らにだって彼らなりの正義があった。その先に素晴らしい世界があると信じてた。君と何が違う？　論理的に、説明できる？」
弓弦「わたしは！」

と、黙って立ち会っていた刑務官が。

刑務官「時間です」

御　上「誤解しないで。僕は君を裁くためにきたわけじゃない。君の戦いが孤独だったことをたぶん僕は知っている」

弓　弦「……帰れ」

御　上「忘れられないはずだ。自分が殺した人の顔が」

弓　弦「……」

御　上「また来る」

御上、立ち上がり、扉を開け退出する。

後ろで弓弦の叫びが聞こえる。

立ち会っていたのとは別の刑務官が、飛び込んできたらしき気配。

振り切るようにそこをあとにする御上。

御　上「……」

タイトル『御上先生』

3　隣徳学院・教室（朝）

入ってくる富永。

神崎の席に来た気配がない。

波多野「神崎、理事長に喧嘩売ったらしいよ」

晴　山「え。なにそれ、エグ」

是枝、入ってきて教壇に立つ。

是　枝「今日は御上先生、半休なので、わたしがホームルーム担当します」

冬　木「神崎、なにしでかしたんですか」

是　枝「本人からまだお話聞けてないので…」

と、櫻井が立ち上がり。

櫻　井「どうして学校は、この状況放置なんですか」

是　枝「記者のことでしたら強く抗議していま

す」

櫻　井「違います。御上先生のことです」

是　枝「……」

櫻　井「…納得いかないです。さんざんかき回して…なのに集中しろって…」

小　栗「いいよ。櫻井」

櫻　井「でも…」

小　栗「(周りを見て)みんな陰ではいろいろ言ってるくせに、損な役回り、櫻井にばっかり押し付けてズルくない？」

思い当たることのある生徒。バツの悪い顔。

櫻　井「……」

小　栗「(是枝を見て)…わたし、芸大志望じゃないですか」

是　枝「(不意をつかれ)？」

小　栗「ヴァイオリン弾く前はすべての雑音シャットアウトします。純度の高いうつくしい集中が必要なんです。いま、わたしたちって、全員がそのときなんだと思う。社会に出たら雑音だらけだよっていうのは正論だけど、だからっていまからそうしろって言うのは暴力的だと思います」

是　枝「…確かにそうだね」

小　栗「……はい」

是　枝「御上先生に伝えます。なので待っていてください」

4　コンビニ・前（朝）

夜勤明けで出てくる悠子。

少し離れたところで声を掛ける神崎。

神　崎「先生…」

悠　子「もうこないでって言ったよね」

行こうとする悠子。
神崎追いかけて。

神崎「弓弦さんと冴島先生の関係が、マスコミにバレました」
悠子「え?」
神崎「先生が、隣徳で教えてたことも…」
悠子「……」
神崎「もしかしたら…ここも…」
悠子「(観念したという顔で)…いまから住所言うから、一時間後、そこに来て」
神崎「いいんですか」
悠子「それともファミレスで話す? 無理でしょ」

5 隣徳学院・職員室

入ってくる御上。
待ちかねたように駆け寄る溝端。

御上「どうしたんですか」
溝端「神崎くんが理事長に詰め寄ったんです。なんで辞めたのは女性教師だったのかって……その上、そのあと、行方をくらましてます…」
御上「(是枝に)連絡も?」
是枝「…ありません」
溝端「まさか焚きつけたのは御上先生じゃないでしょうね」
御上「そういった記憶はありませんが…」
溝端「(ピシャッと)霞が関文学ならもう結構です。とにかく学校に来たらちゃんと話をしてください」
御上「承知しました」
出ていく御上。追いかける是枝。
溝端「……」

6 悠子のアパート・中

粗末な木造のアパート。

台所と一間だけの部屋。台所の最低限のものはあるが簡素でほとんど何もない。しかし、本棚には英語の教科書やペーパーバックや辞書がある。机があり、そこではいまでも勉強しつづけているらしき形跡がある。それを見る神崎。

座っている神崎。悠子がお茶を出す。

気まずい間。

神崎「…隣徳ゼミナールへの出向、断ったってほんとですか」
悠子「たとえ塾であっても教える資格なんてない、と思ったし…」
神崎「…でも筒井先生は平然と授業してましたよ」
悠子「それができる人はやればいいんじゃないの」
神崎「でも…先生はできなかった…」
悠子「…隣徳って名前とは縁を切るべきだと思ったから」
神崎「……そう思うくらいのことがあったってことですよね」
悠子「あのね。神崎くん。もうほんとにやめたほうがいい」
神崎「そういうわけにはいかないです」
悠子「…あなたの人生はまだ長い」
神崎「だからこそです」
悠子「……」
神崎「長いからこそ…いまちゃんと考えなきゃいけない…自分がやったことの意味を…知らないと」
悠子「……」

神崎「…不倫は、あなたが望んだことですか」
悠子「……あなた、その目で見たんでしょ」
神崎「なにか理由があったんじゃないですか」
悠子「……夫に暴力をふるわれ、行き場がなかった。よくある話よ」
神崎「嘘だ」
悠子「帰って」
神崎「答えてください。間違った記事を出したなら訂正する義務があるんです」
悠子「間違ってないわ。だから訂正する必要もない」

悠子、立ち上がり、神崎を玄関へ促す。

神崎、悠子の意思の強さに気圧され、立ち上がり、出ていく。

悠子「……」

7 同・外

呆然とした表情でドアを開けて出てくる神崎。

神崎「……」

8 隣徳学院・進路資料室

話している御上と是枝。

御上「…小栗さんの意見はわかります。しかしいま、そんな集中を生徒に約束するほうが無責任です」
是枝「……でも…」
御上「あの事件をないことにするほうが危険です…ましてや神崎くんは…」
是枝「……」
御上「(答えを探している是枝を導くようにそれがどうしてかわかりますよね?」
是枝「……命に関わることだから…」

8・ins ×××

（フラッシュ　回想・一話）

御上の手から羽ばたく蝶。

×××

是　枝「だからこそ…不安で…」

御　上「…神崎くんが次の犠牲になるのではないかと?」

8・ins 2 ×××

（フラッシュ）

弓弦の足元の血だまり。血に濡れているお守り。

×××

是　枝「…自分の想像力のなさが情けなくて…わたしでさえもそうなのに神崎くんはどんな思いでいるのかと思うと…」

御　上「……とうぜん深く傷ついていますよね」

8・ins 3 ×××

（フラッシュ）

悠子のアパート前で途方に暮れている神崎。歩き出す。

御上の声「けれど、先送りにすればするほど、その傷は更に深くなる」

誰かがカメラのシャッターを押す。

×××

御　上「だからこそ自分で探しだすことが必要なんです。自分が何に足掻《あが》いているのか…質問も答えも…彼の中にしかないんですから」

是　枝「………」

9　文部科学省・局長室

塚田と話している槙野。

数枚の写真を出す。

悠子の部屋を出た神崎が写っている。

槙野「ゴシップ雑誌の記者が送ってきました。御上のクラスの生徒が件《くだん》の女教師の周りを嗅ぎまわってるみたいで…出してもいいかと聞かれました」

塚田「隣徳的には出してほしくないだろうねえ」

槙野「彼、父親が東都新聞の政治部記者ですしね」

塚田「そうなんだよ。あの人を敵に回すと厄介なんだよねえ…」

槙野「止めときましょうか」

塚田「(晴れやかに) そうだね」

槙野「……」

10 隣徳学院・教室（日替わり・朝）

5月13日（月）

神崎が入ってくる。
騒めいている教室がしん、となる。
座る神崎。

冬木「神崎、なんか言うことないの」

神崎「…聞きたいことがあるなら答えるけど」

冬木「なに。その上からなかんじ」

次元「まあまあ」

11 同・前（朝）

神崎が来ていることに気づいた是枝、いそいで教室まで来たが、御上がドア外にいることに気づき止まる。
結果、前扉の前に御上、後ろ扉の前に是枝となる。

次元の声「神崎は聞きたいことがあったら答えるって言ってるんだから、フツーに聞けばいいだけじゃん」

是枝「……」

12 同・中（朝）

次元「いいよな。神崎」
神崎「……」
冬木「……」
と、倉吉の意外なほど明るい声が響く。
倉吉「わたし、聞きたい！」
皆、意外な人物が名乗りをあげたことに驚く。
神崎「……」
と、御上がガラリと入ってくる。
倉吉「あ…」
御上「いいよ。続けて」
倉吉「神崎、ハゲワシの正体見極めるとか言ってたけど、それが理事長と直接対決するってことなの？」
神崎「…そうだね」
冬木「あのさ…」
倉吉「冬木。いま、わたしのターンだから！」
冬木「……」
倉吉「神崎は何を聞いて、理事長は、どう答えたの？」
神崎「なんで冴島先生が辞めさせられたのか聞いた。自分で辞めたと言っていた」
倉吉「で、神崎は、嘘っぽいなって思ったんだ」
富永、次元、和久井、神崎の表情から何かを読み取ろうとしている。
神崎「…そうだね」
櫻井「ねえ、ちょっとさ…」
倉吉「言ったよね。いま、わたしのターンだから！」
櫻井「……」

倉　吉「根拠は？」
神　崎「……調べ中」
倉　吉「そっか。ちゃんと調べてるんだね」
神　崎「……当然でしょ」
倉　吉「わかった。わたしも冴島先生だけがやめたのずっと気になってた。だから引き続き自分でも考えるし、神崎のこと信じて待ちます。えーと。ターンエンドです」
次　元「他に何か意見ある人いる？」
答える人がいない。次元、御上を見る。
御　上「なら、授業を始めようかな」
扉のところにいる是枝に目をやる御上。

13　同・廊下（朝）

御上の声「……これは、答えを決めてかかると痛い目を見る…そういう問題なんだけど…」
是枝、扉の前を離れ歩き出す。
是　枝「……」
是枝、情けない気持ちと生徒たちの成長を目の当たりにした感動がないまぜになった表情でまっすぐ前を向いて歩いていく。
御上の声「この問題は、極大が0になるときに気付けるかがポイントだ。ちゃんと場合分けをしないと、見落としてしまいがちだ…」

14　同・教室（朝）

板書を提示しながら。
御　上「だから粘り強く考えていくことで間違いを避けることができる」

神崎「（自分に対しての示唆と気づいて）……」

14A 同・教室（時間経過）

御上「では授業を終わります」
片付けを始める御上。
櫻井、御上のところに行き、
櫻井「先生、授業中に横道にそれるの、なんで止めてくれないんですか」
御上「横道？」
櫻井「だから、クラヨシが…」
富永「ねえ。それクラヨシに聞いたら？」
櫻井「わたしはクラヨシが悪いなんて言ってない。だからクラヨシは関係ない」
倉吉、割って入り。
倉吉「わたし帰国子女なのね」
生徒たち、注目する。
櫻井「え。それ関係ある？」
倉吉「アメリカだと、授業でもなんでも意見言わされることが多いんだよ。高校生はディベートの授業もあるし」
櫻井「わたしはそんなこと言ってるんじゃなくて！」
倉吉「（ピシャリと）まず聞いてよ。ちゃんと最後まで聞くの、議論では大切だって教わるよ」
櫻井「……」
倉吉「…みたいなことを日本帰ってきてからも言ってたの。でもそれじゃダメなんだね。言いたいことは胸にしまっておかないと空気が読めないヤツって嫌われる。この国は本音と建て前の国なんだって思い知らされてすごく怖くなった…」
東雲「（思わず）クラヨシがそんな風に思ってたの…知らなかった」

生徒たち、いつも明るい倉吉が傷ついてたことを知り、いろいろな表情。

倉　吉「だから自分にとって大切なことほどのみ込むクセがついた…そんな自分が嫌いになって…でも、（御上を見て）…神崎の話聞きたいって思ったから」

神　崎「……」

櫻　井「……もういい。好きにしなよ」

プイッと出ていく櫻井。

倉　吉「櫻井！」

追いかけようとする倉吉に目で大丈夫だと合図して追いかける小栗。

倉　吉「（ホッとして）ちゃんと言えた〜」

倉吉、御上のところに行き。

倉　吉「（御上に英語で）」

御　上「（英語で）」

富　永「なにそのやりとり。可愛すぎ」

香　川「クラヨシ、俺、ディベート、前からやってみたくてさ」

倉吉に数名が質問を始める。

金　森「反対派と賛成派にわかれて話すんだよね？　確か」

御　上「（様子を見ながら）……」

その御上を見る東雲。

東　雲「……」

15　同・屋上

佇んでいる櫻井。小栗がやってくる。

小　栗「ダイジョブ？　櫻井」

櫻　井「……きっとみんな思ってるよね……」

小　栗「え。なに」

櫻　井「櫻井あの成績でなに偉そうなこと言ってんだよって…」

小　栗「えー…そうかな」

櫻井「だって結局、この学校、成績が全てじゃん……」
小栗「…確かにみんな必死だよね…外には見せないだけで」
櫻井「なんかわたし……バカみたい…」
小栗「なんでそんなこと言うの。櫻井は誰よりがんばってるんだから、堂々としてていいんだよ」
櫻井「……」

16 ゲームセンター（夕）

いつもの格闘ゲームをしている富永。
慣れないかんじで入ってきて人を探している東雲。
富永を見つけてやってくる。

東雲「ごめん…待たせて…」
富永「ちょい待ってて～。こいつやっつけちゃうから」
見事なかんじで打ち負かす。
富永「瞬殺っ」
東雲「うわ。すごい」
富永「いこっか」
富永、サッと鞄を持って歩き出す。
追いかける東雲。

17 東雲父の実家・外～中（夕）

古びた一軒家。
呼び鈴を押す東雲。反応がない。
もう一回押す。

東雲「ごめん。帰ろう」
富永「ちょっと待って…」
東雲「え。なに」
富永「（庭の開き戸を指し）…開いてる」
ふたり庭に回り、覗き込む。

食卓にまだ途中らしき簡素な食事があり、人がついさっきまでそれを食べていた感覚が確かにある。ゴミ箱にはカップラーメンのカラが溢れ、ゆっくりとそこから視線を移すと、倒れている人の足が見える。

富永「！」

ふたりガラリとガラスの引き戸を開け中に入る。

東雲「…お父さん？」

食卓の向こうに倒れている中年の男性。

駆け寄る富永。

呆然として立ち尽くす東雲。

東雲「……」

18　病院・車寄せ（夜）

タクシーから飛び降り、走り出す足元。

御上と是枝である。

19　同・廊下（夜）

ベンチに並んで座っている富永と東雲。

走りこんでくる御上と是枝。

東雲「…え…なんで…」

富永は立ち上がり御上のほうに来て。

富永「東雲さんから、離婚したお父さんと会って話がしたいって相談されて…同行しました」

東雲「呼ばなくていいって言ったじゃん」

富永「だって、たずねのお母さん来ないんでしょ？（御上たちに）なのでわたしの判断で呼びました」

御上「いい判断だったよ。ありがとう」
東雲「……」
と、ドアが開いて、医者が出てくる。
はじかれたように立ち上がる東雲。
医師「峠は越えました…あと少し遅かったら手遅れでしたよ」
東雲、ちょっとフラリとする。
肩を抱き椅子に座らせる富永。
御上「……」

20 道（夜）

是枝と富永が歩いている。
富永「たずね、いろいろ複雑なんです」
是枝「……」
富永「クラスが動き出してるから頑張りたい気持ちはすごくあるみたいで…でもオカミのことは、ダンコ拒否みたいな」
是枝「……だから東雲さん、置いてきたの？」
富永「オカミとちゃんと話すべきかなって、思ったから」
是枝「大人だなあ……富永さんは」
富永「（そうとも思えない自分がいて）……」
是枝「わたし…しっかりしないと…」
富永「そうだ。是枝センセー、ラーメン食べたい」
是枝「え。え。ラーメン」
富永「お腹すいちゃった。ごちそうしてください！」
是枝「そうだね。行こっか」
富永「はいっ」

21 病院・廊下（夜）

座っている御上と東雲。気まずい雰囲気。

御　上「パン食べる?」
東　雲「……要らないです」
御　上「是枝先生がどうしても買っていくってきかなくてさ。この非常時になに言ってるんだって思ったけど、ぜったいお腹すいてるハズだからって」
東　雲「(御上に意外なほど鋭い眼差しを向け)手持ち無沙汰なら先生、食べればいいじゃないですか」
御　上「……」
東　雲「それか、帰るか」
御　上「……」

22 神崎の家・リビング(夜)

キッチンに行き、冷蔵庫から水を出す神崎。
と、ソファにいた神崎栄治《かんざきえいじ》(51)が声を掛ける。
栄　治「拓斗、ちょっといいか」
神崎、いぶかしげに近づき、ソファに座る。父、一枚の写真を出す。例の悠子のアパートから出てきたときに撮られた写真である。
栄　治「これ以上、この件関わるなら、出すと言われた」
神　崎「……別にかまわないけど」
栄　治「……撮られる側の気持ちがわかったか」
そう言いながら神崎の新聞を出す。
神　崎「……」
栄　治「楽しいか。新聞記者ごっこは」
そういう父の後ろでハゲワシは少女を狙っている。
神　崎「……」

23　富永の家（夜）

そーっと帰ってくる富永。自室へと抜き足差し足で。

24　同・富永の部屋（夜）

部屋に入ってくる。と、スマホにラインの通知音。

見る富永。東雲から。

『明日、ホームルームで話す』

ちょっとふざけた了解スタンプを返す富永。

富　永「……」

25　隣徳学院・空撮（日替わり・朝）

26　同・職員室（朝）

ホームルームに行こうとしている御上。

ふと気づいたように立ち止まり。

御　上「（是枝に）前から言おうと思ってたんですが、ホームルーム参加したらどうですか」

是　枝「え？」

御　上「たまにドアの外で窺ってますよね。ヨシゴイみたいに」

是　枝「え…ヨシゴイ」

是枝、慌ててタブレットで調べる。

御　上「ヨシの葉っぱを擬態する鳥なんですけどね。擬態がヘタで有名なんです」

奇妙なガニマタの鳥が出てくる。

是　枝「…これほんとに鳥ですか」

御　上「ミョウガの妖精って言われてるらしいです」

是　枝「ミョウガって…」

御　上「そろそろそうめんの季節ですからね」
是　枝「失礼すぎる…」
御　上「…こないんですか」
是　枝「行きます」
　ガタリと立ち上がりむしろ御上より先に歩き出す是枝。

27　同・教室（朝）

　5月14日（火）
　ホームルーム中。
　是枝、緊張の面持ちで後ろに立っている。
　富永は、東雲を気にし、いつになくきちんと話を聞いている。
御　上「……というわけで、来週から三者面談をリモートで実施します。予定をシステムに入力してもらってください……もし何も質問なければこれで…」
　と、東雲、立ち上がり、鞄からいかにも手作りな教科書のようなものを出し、御上の前に、静かに置く。
是　枝「（昨日、富永が言っていたことと繋がり）！」
　生徒たち、何が始まったのかと驚いて。
御　上「……」
東　雲「これ、なんだかわかりますか…」
富　永「……」
御　上「東雲さんのお父さんが作った教科書だよね」
生徒たち「！」
東　雲「……知ってて知らんぷりしてたんですね…」
御　上「別に、知らんぷりはしてないよ」

東　雲「（見据えて）御上先生にも責任、ありますよね」
御　上「どうして？」
　生徒たち、なにがなにやらわからず唖然としている。
東　雲「（当惑している生徒たちに）昨日、うちの父が倒れました。一緒にいた富永が助けてくれて、幸い命はとりとめましたが…あと少し発見が遅かったら命はなかったそうです。父は中学校の教師でした。過去形なのは…もう教師じゃないから。（おもむろに父が作った国語の教材を生徒たちに見せ）独自の教材で授業を行っていたことが発覚して、文科省から学習指導要領違反を問われたんです」
御　上「そうだね」
東　雲「（あっさりとした言い方に憤りを増幅させて）……」
是　枝「（東雲の入学前なのではじめて事情をしっかり知り）……」
　神崎、意外なほど真剣に聞いている。
次　元「え。独自の教材、ダメなの？　是枝先生、使ってません？」
是　枝「え…あ…」
御　上「…副教材として使う分には構わないよ。でも日本の学校は、義務教育の間、教科書検定に通った教科書を使用しなければならないんだ」
倉　吉「え…教科書検定ってなんですか？」
和久井「検定通らないと使用できないんだよ。民間の教科書は」
倉　吉「へえ…そうなんだ〜」
御　上「なのに東雲さんのお父さんはまったく教科書を使用せず、独自の教材を使っていた」

次　元「まったくかー。そりゃダメかも」

小　栗「だからって…それで先生辞めさせられるなんて…」

東　雲「……問題が発覚して……指導が入って…何度言われてもやめようとしなかったから…授業させてもらえなくなっちゃって…それで結局…自主退職して…」

宮　澤「（東雲が客観性を失っていることを感じ）え。それ、文科省のせいじゃないよね」

東　雲「（痛いところを突かれて瞬間的に反発し）どうして？　うちのお父さんとお母さんは、それが原因で離婚したのに！」

是　枝「東雲さん、いったん落ち着きましょう」

東　雲「（振り切り）御上先生、そういうこと考えたことありますか。文科省が決めたルールのせいでめちゃくちゃになる家庭があるって…」

御　上「…ないかな」

東　雲「そんな…」

御　上「…家庭の平和を守るために、学習指導要領があるわけじゃないからね」

東　雲「……」

と、富永が立ち上がり。

富　永「あのちょっといいですか」

御　上「もちろん」

富　永「わたし昨日、はじめてたずねのおうちの事情ってヤツ、詳しく聞きました」

御　上「それで？」

富　永「これは根本的なところから知らないと何も言えないなと思って、中学の学習指導要領、読んでみたんですよ」

櫻　井「読んだからってなに？」

富　永「そもそも何かわからないと否定も肯定も

できないじゃん」

櫻　井「……」

黒板にツカツカ行く富永。

27A 同・教室（時間経過）

自分のタブレットをプロジェクターに繋ぎ画像を出している。

プロジェクターの画面「『（大きな字で）生きる力』創意工夫を生かした特色ある教育活動を展開する中で、基礎的・基本的な知識及び技能を確実に習得させ、これらを活用して課題を解決するために必要な思考力、判断力、表現力等を育むとともに、主体的に学習に取り組む態度を養い、個性を生かし多様な人々との協働を促す教育の充実に努めること」

富　永「これね、総則の最初の部分なんだけど、すでにわけわかんないでしょ。まずね。この『生きる力』っていうのがこの学習指導要領のテーマです。その上で、じっくり読んでみると～」

と言って、『創意工夫』『判断力、表現力等を育む』『個性を生かす教育』あたりにシュッシュッと蛍光ペンを引いていく。

富　永「たずねのパパがいけない理由がまったくわかんなくなるんだよね。なんかすごくちゃんとやってるなー、ってかんじする。そうそう。たずねパパが作った教材もさ。『生きる力』を常に意識した内容で、こんな教科書で勉強してたら楽しかっただろうなーみたいなすごくいい教材なのよ」

生徒たち熱心に聞いている。

富永「だから、たずねパパの問題って、教科書検定通った教科書を使用する義務を果たさなかった。それだけなんだなって思って」

安西「それにしてもこの文章…確かにわけわかんないな」

御上「特に中学の学習指導要領は、わかりづらいと不評でね。官僚の間でもなんとかしないといけないってよく話題になってる。だから痛快な解説ではあるけど…それで東雲さんのお父さんのやったことがよしとはならないかな」

東雲「…そんなことはわかってます」

御上「(東雲に) じゃあどうしたらいい?」

東雲「え…?」

御上「変えたいからみんなに問題提起したんじゃないの?」

東雲「……」

一同「……」

御上「それともぼくに謝ってほしかっただけ?」

東雲「………」

御上「考えて」

東雲「…少し時間をください」

御上「…そうだね」

東雲「……」

御上「(全体を見て) みんなもちょっと考えてみようか」

丁度という感じで、チャイムが鳴る。
御上、教室を出ていく。
ザワザワしている教室。東雲、ちょっとポツンとしている。富永は倉吉に捕まっていて、東雲を気にしつつ行けない。是枝、東雲に近づいて。

是枝「東雲さんの名前って温故知新の『温』だよね。故きを温ねて新しきを知る。だから、たずね」
東雲「はい…お父さんがつけてくれたんです」
是枝「託されてるね」
東雲「……そうですね。なのに、わたし…お父さん倒れたのに動揺して…怒っただけで…」
是枝「そんなことない。いい問題提起だったと思う」
東雲「ずっとトラウマだったから…お父さんの教科書…昨日ようやくダンボールから引っ張り出して…さっき、富永が見せてっていうから見せたら…うわーっいいね。すごくいいねって言われて…わたし…それさえよくわかってなかった…」
千木良や椎葉、和久井、次元など、何人かの生徒がいつのまにか聞いている。
是枝「そっか」
東雲「なんか…悔しいです」
是枝「…うん」
見ている富永。
富永「……」

27B　同・教室（時間経過）

と、次元が神崎に近寄り。
その様子を見ている富永。
次元「神崎さー。今日、うち来ない？」
神崎「は。なんで」
次元「いいから来てよ。情報、手に入ったんだよ」
神崎「……」

28　次元の家・外観（夕）

板金（とか自動車整備とか）工場的なものを自営しているらしく、３階建て程度の自宅兼オフィスの屋上に建てられたペントハウス。入っていく神崎と次元。

29　同・次元の部屋（夕）

夥しい数のモニター。パソコン。そして、熱帯魚の水槽。人体模型が置かれていたり、世界地図が貼られていたり、キッチュなムードもある不可思議な空間である。

富　永「え。すご。なにこれすごーっ」
神　崎「なんで富永いんだよ」
富　永「これ全部ジゲンが組み立てたの？」
次　元「あ？　うん」
富　永「親がお金出してくれるんだ」
次　元「うちの学校、そもそも戦闘力高めの家のコが多いじゃん。うちは、学歴的には戦闘力ゼロの家に突然変異の如く天才が生まれてしまったわけ。だから、財布の紐もかなり緩め（パソコンに向かい）ヘイ。ルパン、ＰＣオン」

パソコンが突然起動しだす。

富　永「え。え。なにした。いま」
次　元「音声認識してくれる人工知能のオリジナル版作ったんだよね～。俺、ツギモトであだ名は当然のようにジゲンじゃん」
富　永「あー。だからルパン」
ルパン「イエス。アイアムルパン」

噴き出す富永。

次　元「ヘイ、ルパン、ユヅル」

ひとりの女性の顔写真がモニターに

出る。
富永「え。この子、誰」
次元「真山弓弦」
富永「あー」
神崎、食い入るようにモニターを見ている。
次元「ちなみに世間に出回ってるこの写真は中学校の卒アルね。中学校のしかない理由は、高校一年から絶賛引きこもりだから。ルパン。この写真、22歳のユヅルに生成して」
写真が変化して、現在の弓弦になる。
富永「おおおお〜っ」
次元「ルパン。真山弓弦の情報、まとめて」
弓弦の成育歴やら家族図がササッとまとめられる。
次元「引きこもりの原因はもちろんイジメ」

次元の言葉に合わせてスライドショーのようにパソコン画面が切り替わる。
次元「父親は真山隆文。県の教育委員会のお偉いさんだった。そんな家庭で育った娘があろうことか、引きこもりになった。大学は通信制。驚くなかれ、あの殺人事件、引きこもって以降彼女がした初めての外出らしい外出だった」
富永「え。そうなんだ」
富永、興味深く見つめている。
神崎「そんなの、報道記事ちゃんと読んだら書いてあることばっかりだろ」
次元「そうなんだけどね〜これが意外に便利なのよ。例えば〜ヘイ、ルパン、ユヅルの事件のデータ出して」
パソコンを操作すると、さまざまな

人物の顔写真がダーッと出てくる。

富　永「なにこれ、すごっ」

次　元「グーグルくんにできて俺ができないわけはないっていう気合でやらせてもらってます」

29A　隣徳学院・進路資料室（夕）

御上、進路資料室で電話を掛け始める（実は槙野に掛けているがわからない）。

御　上「もしもし御上です…例の件…明日にしようかと思ってるんです……はい。了解」

神崎の声「…結局なにが言いたいわけ」

29B　次元の家・次元の部屋（夕）

次　元「（神崎を見て）こういう末端作業は俺に任せて、神崎は現場取材に集中してはいかがかと。（パソコン指して）電脳世界にない情報はどんな優秀なAＩも探し出せないからさ」

神　崎「なんでそんなにクビ突っ込みたいの」

次　元「俺、検察官になりたいの」

富　永「え。マジで?」

次　元「今回のことも実地で勉強できんじゃん、チャンス！　と思って調べ始めたんだよね」

富　永「へえ」

神　崎「その話続くなら帰るけど」

次　元「まあまあ。俺のセールスポイントとしてはまず（画面を指して）コレね。あと、この部屋、いつでも使ってもらってダイジョブです」

神　崎「……必要ないし」

次　元「ではこんなオプションはどうでしょう。

わたし超優秀なんでとんでもない画像発見しました…」
富　永「え。見せて！」
次　元「俺を助手にしてくれるならお見せします」
富　永「する。する。する。神崎はジゲンのこと助手にするって」
神　崎「……帰れよ。富永」
富　永「残念ながら見るまで帰りません～」
神　崎「……」
次　元「契約成立ってことでいいですかね」
神　崎「……そうするしかないだろ」
富　永「やった！」
次　元「ではここでクイズです」

29 C　隣徳学院・進路資料室（夕）

進路資料室。

御上、電話を切る。
御　上「……」
次元の声「携帯にカメラ機能がついたのは、いったい何年でしょうか」

29 D　次元の家・次元の部屋（夕）

パソコンの前に次元、神崎、富永。
富　永「え…わたしが生まれたときにはたぶん…あったけど…」
次　元「正解は1999年…そして…」
富　永「もったいぶんなー」
次　元「そして、メールに写真が添付できる機能がついたことで、爆発的人気となったのが、2001年」
神　崎「オプションってモバイル端末の歴史を辿るなわけ?」
次　元「まあ待ってくださいよ。そして迎えた2

００2年。この年になんか記憶ないですか」
富永「9.11の次の年か～何かあったかなあ…」
神崎「(思い当たるふしがあって)……」
次元、画面をクリックする。
富永「うわ…」
神崎「……」
粗い画素数の写真。
その真ん中に椅子にうなだれている死体らしきもの。
富永、食い入るように見つめる。
神崎「……」
次元「インターネットの深いところまで潜るとこういう事件現場の写真とかがあがってるんだよね～」
神崎「……」

29E　同・次元の部屋(時間経過・夜)

扉が開く。次元の母珠代が来る。
富永「あ。お邪魔してます！」
珠代「あら…もうひとりいなかった?」
次元「いたけど帰った」
珠代「ごはんよかったら食べてけば」
富永「ちょうど帰るとこなんです…」
珠代「あなた…富永さんとこのお嬢さんよね…」
富永「え?」
珠代「お母さんと一年生のときの保護者会、一緒だったのよ～」
富永「そうなんですね」
珠代「あそこの保護者ってホラ、気取った人が多いでしょ。だからあなたのお母さんいて助かったわー」
次元「もう余計なこと言うなよ。母ちゃん」

珠　代「またぜひ遊びにきて」
富　永「ぜひ！」

30　文部科学省・オフィス（夜）

3人のシーンの最後あたりからセリフに被って。
プリントアウトしたものをわしづかんでファイルに入れる槙野。

31　衆議院会館・前（夜）

自転車で走る槙野。事務所に戻ろうと歩いている中岡を発見し、自転車を止めて、声を掛ける。

槙　野「中岡さん！」
いぶかしそうに見る中岡。ヘルメットを取る槙野。
中　岡「ああ。槙野さん」
槙　野「こんな時間にどうしたんですか」
中　岡「藤岡先生とデートですよ。会いたくなったら何時でも呼び出してくるから。そっちは、明日の国会対策？」
槙　野「はい。通常国会が大詰めなんで…」
中　岡「自転車、ねえ」
槙　野「霞が関と永田町のホットライン。これがいちばん早いので、国家に関わる書類のデリバリー業務は主にこれでやらせてもらってます」
中　岡「アナログですよねえ…永田町はいまだになんでもかんでも対面ですしね」
槙　野「あの中岡さん」
中　岡「なに」
槙　野「今度お時間いただけますか？」
中　岡「もちろん」
槙　野「できれば、ふたりきりで」

中　岡「…お。デートですか。大歓迎ですよ」

槙　野「末長くお付き合いさせていただければと。
　　では また近々」

　　自転車にまたがり、去る槙野。

中　岡「……」

32　隣徳学院・校門・前（夜）

　　御上が出てくる。

御　上「……」

　　校門のところに立っている神崎。
　　神崎と目が合う。
　　神崎、寄ってきて、プリントされた
　　写真を見せる。

神　崎「これ、誰」

御　上「知ってるんだろ」

神　崎「あんたの口から聞きたい」

御　上「22年前、学校の放送室で声明文を全校放
　　送した後、自死を選んだ少年がいた。あ
　　まりに衝撃的な死は当時、後追いまで出
　　るほどの騒ぎになった」

神　崎「……」

32・ins　×××

　　（フラッシュ・回想　第一話より）

御　上「……君、似てるね」

神　崎「え」

御　上「よく似てる」

　　×××

御　上「その少年の名前は御上宏太、僕の実の兄
　　だよ」

神　崎「…同級生によると、天才を超える頭脳の
　　持ち主だった」

御　上「そうだね」

神　崎「中学生のあんたは、この光景を目撃した」

御上「……ああ」

神崎「あんた、なにしにこの学校に来たの？」

御上「……」

神崎「復讐？　それとも…」

御上「まだ話せない」

ふたり、ただ向かい合う。

33　出版社・雑誌編集部（夜）

雑誌社のオフィス。

誰もいない。ＦＡＸが吐き出される。

34　隣徳学院・教室（日替わり・朝）

入ってくる東雲。誰もいない教室。

自分の席に座り、父の教科書を丁寧に読み始める。

35　悠子のアパート・中（朝）

悠子が現金書留を準備している。

宛先は弓弦である。鞄に入れ家を出る。

36　通学路（朝）

御上が学校に向かい歩いている。

37　隣徳学院・教室（朝）

丁寧に教科書を読んでいる東雲。

自習のために入って来た櫻井。

気まずく自分の席に向かう。

38　通学路（朝）

御上の行く手を遮る記者。

記者2「失礼ですが、御上孝さんですよね」

対応している御上の横を、自転車の山添が気にしつつ通り過ぎていく。

39 コンビニ・前（朝）

悠子がコンビニにやってくる。
記者らしき人たちが店長を取り囲んでいるのが見える。今来た道を急ぎ足で逃げる悠子。

40 隣徳学院・職員室（朝）

皆、集まっている前で溝端が話している。

溝端「えー…新年度早々から、記者が来たりして、生徒たち落ち着かないことになっています。なので、スクールカウンセラーの方に入っていただき…」
と、御上が入ってくる。溝端、御上をチラッと見るが話を続ける。
溝端「生徒たちのケアを行います…先生方も、くれぐれも余計な刺激を与えないようにお願いします。以上です」
山添が、御上に近づき。
山添「大丈夫だったんですか」
御上「え？　なんのことですか？」
溝端、目ざとく入ってくる。
溝端「何かあったんですか」
山添「いや。だから御上先生が記者に話しかけられてて…」
溝端、血相を変え。
溝端「御上先生、それほんとですか」
御上「はい。神崎くんの新聞の最新号（自分のことがリークされた新聞を出し）送られてきたとかで」
溝端「すぐ報告してくれないと」
御上「ちょうど話そうとしたところです」
溝端「とにかく、そういうことは、学校を通してください」

名刺を出し。

御上「名刺はいただきましたので、必要であれば学校から正式に抗議を…」

溝端「なんたってこう次から次へ…」

唖然として見ている教師たちに気づき、

溝端「(唖然として見ている教師たちに)…はい。解散。解散っ」

御上「なんで解散なんですか。ここには教師しかいないですよね。誰かこの問題と関係ない教師がいるんでしょうか」

溝端「君、いいかげんに…」

御上「前々から思ってたんです。職員がまずは生徒に模範を示さなきゃいけないのに顔を見合わせあって、時間をやり過ごしていますよね」

教師たち唖然として見ている。

御上「この学校のスローガンは自らを律すると書いて自律ですよね。それ、教師は守らなくていいスローガンなんでしょうか」

溝端「……やめなさい」

御上「この中に(新聞を掲げて)これと自分は関係ないと本気で言える方はいらっしゃいますか」

溝端「…やめろと言ってるんだ」

御上「人の意見に耳を塞いでできる教育なんてありませんよ」

溝端「なんだと!」

溝端、思わず御上に掴みかかる。

教師たちが慌てて止める。

と、古代が入ってくる。

古代「何があったんですか…」

溝端「いや…その…」

古代「…溝端先生、まさかあなた…御上先生に失礼なことしていないでしょうね」

溝端「……」

と、ピーッと場違いな音がしてFAXが送られてくる。

全員の視線がFAXに集まる。

たまたま近くにいた是枝がFAXを見て。

是枝「?」

ザワッとして周りの教師が何人か集まる。

古代「…どうしましたか」

是枝、FAXを音読する。

是枝「『隣徳はくにのまほろば

このくにに、平川門より入りし者たち数多あり。

お前の不正をわたしは観ている』」

古代、そのFAXを手に取り。

古代「…手の込んだイタズラをする人がいるものですね」

是枝に返して出ていく。

溝端「……」

御上「……」

41 墓地（日替わり）

高見《たかみ》家の墓（ということは4話冒頭までわからない）。

やってくる人影。槙野である。

じっと墓を見つめ。

終

御上先生　｜　Episode 4 -fate-

1　病院（回想）

2018年。

病院の廊下。歩いてくる槙野。

扉を開ける。晴れていて、窓が大きく開いている。

カーテンが揺れている。ベッドの上に人はいない。

と、窓の外で騒ぎが起こっている気配。

何が起こったかを察し窓に近づく槙野。下を見て。

槙　野「……」

2　墓地

『高見家之墓』と書かれているのが見て取れる。

見つめている槙野。

槙　野「……」

3　欠番

4　コンビニ

悠子の働いていたコンビニ。息せききってやってくる神崎。見覚えのある店長がいる。

神　崎「あの冴島さんは…」

店　長「君、前も来たことあるよね？　あの人の生徒？」

神　崎「え…はい……引っ越しちゃったみたいで…いま…どこにいるか…」

店　長「知るわけがない……とにかくうちは関係ないから」

神　崎「……」

是枝の声「……冴島先生がいなくなったそうで

す」

5 隣徳学院・進路資料室

話している御上と是枝。

御　上「……そうですか」

是　枝「神崎くんが…知らないかって聞きに来ました」

御　上「是枝先生も知らないんですね」

是　枝「ええ…一色先生にも連絡ないそうです…神崎くんが心配です」

御　上「……」

タイトル『御上先生』

6 隣徳学院・図書館

積み上げた東雲の父の教科書を見ている東雲と富永。

富　永「やっぱ凄いね…たずねパパの教科書」

東　雲「そうかなあ…」

富　永「こういうのとか最高だよね。『さあ。教科書を閉じて考えてみよう』全部、一回考えないと次にいけない構成になってる」

東　雲「お父さんいつも言ってた。考えることとセットでないと勉強しても意味がないって…」

富　永「オカミと同じこと言ってるよね」

東　雲「……え」

富　永「イヤな気持ちになったらごめん」

東　雲「……」

富　永「あのね…オカミはオカミなりに、たずねのこと心配してるし、実は責任も感じちゃったりしてる気がするんだよね。もう少し話してみたら…」

東雲「…そのことは…まだ整理つかない」
富永「そっか…」
東雲「…あのね…やりたいことがあるの。トミナガ、力貸してくれる?」
東雲、富永をじっと見る。
図書館の離れた席で櫻井がそんなふたりを見ている。
櫻井「……」

7 バー(夜)

入ってくる槇野。バーテンが人目を避けられる席(もしくは個室)に案内する。
覗くと中岡が酒を飲んでいる。
しゅっと手を挙げる中岡。
槇野「すみません。こちらがお願いしたのに場所…」
中岡「いやいや。自分が信用できる場所がよくてね。性根が小物なもんで」
槇野「(バーテンに)同じものを…じゃあよくいらっしゃるんですか? ここ」
中岡「ここに来れば会えるとバレ始めたんでそろそろ変え時かな…とは思ってます」
槇野「辛いですねえ。人気者も」
中岡「で、なんですか。話って」
槇野「特に急ぐ案件があるわけじゃないんです。ただ塚田さんがいなくても話せる体制を作りたいなと」
中岡「嬉しいこと言ってくれますねえ」
槇野「…後ろ盾が必要なんです。ご存知のように塚田は、自分のポジションをそれはそれは大切にしています。ここから先、ぼくが汚れ役を引き受けざるを得ません。ぜひ中岡さんの力を貸していただきたい」

バーテンが酒を持ってくる。

中　岡「ド直球ですねえ」

槙　野「はい。それしか球種がないんで」

ふたり乾杯する。

8　隣徳学院・廊下（日替わり・朝）

隣徳祭　6月8日～9日開催というポスター。

9　同・教室（朝）

5月21日（火）

東雲と富永、教壇に立って。

東　雲「ちょっとお話いいですか」

皆、何事、と見る。

東　雲「今度の隣徳祭で自主企画をしようと思っています」

川　島「え。何やるの」

東　雲「教科書検定のこと調べて、展示したいと思ってます。これ企画書です。回してもらえますか」

前列の生徒たちに渡す。紙を回す生徒たち。騒めきが大きくなる。

安　西「3年生は自習って決まってるのに大丈夫なの？」

富　永「参加は有志なので、学校も止められないハズです」

櫻　井「許可するとかありえないと思うけど……」

東　雲「……まずは見てもらってもいいかな」

配られた紙を見つつ様々な反応。

村　岡「こういうザワつくの勘弁してよ～」

高　梨「マジそれな」

口々に否定的な言葉を言う者が多い

中、和久井がサラッと。

和久井「俺、やるよ」

晴　山「え。和久井、嘘でしょ」

和久井「私立は3年生、参加しないのが当たり前みたいに思ってるけど、フツーに参加してる高校もあるし」

全国模試一位の和久井に言われて、皆、反対できなくなり、顔を見合わせいったん黙る。

富　永「他にも希望者いたら遠慮なく言ってくださいっ！」

ザワザワする中、席につく富永と東雲。次元、富永に。

次　元「これ、俺、いるでしょ」

富　永「ジゲンは強制参加」

次　元「ラジャッ。おーい、伊原ソラっ」

伊　原「え。なに?」

次　元「お前も強制参加」

伊　原「(微妙に怯えて)え。え。強制参加?怖い」

遠藤、波多野にこそっと。

遠　藤「波多野、どうするの」

波多野「もちろん自習」

遠　藤「だよね〜」

富永、神崎をチラッと見るが、紙を見てもいない。

御上が入ってくる。企画書が一枚、教壇に残っている。

チラリと見る。

冬　木「授業、やってくださいね」

御　上「え。なに」

冬　木「その話、しそうな気配がしたんで」

御　上「もちろん授業に来たわけだから…」

黒板に数学の問題を書き始める御上。

9A　欠番

9B　同・教室（時間経過）

（結局、4箇所の間違いがある）

御　上「ただ書き写すだけだったら、スマホで黒板の写真を撮って終わりにすればいい。でも、どこか間違っているところはないかと思って考えながら書き写していくと、自然と頭に入ってくる（企画書をヒラリと見せて）これにもつながってくるのかもしれないけど…」

東　雲「（鋭く）先生は内容に関わらないでください！」

御　上「では内容には触れずにひとつだけ。これだとたぶん教室の使用許可が下りない」

企画書をひらりと見せる。

『教科書検定の罪』とものものしいタイトル。

東　雲「……」

冬　木「自分の話したいことにもってくために授業するのどうなんですか？」

御　上「そんなつもりはなかったけど、ちょっと興味深すぎる案件だから。倉吉さん」

倉　吉「え。わたし？」

御　上「アメリカでは、原爆投下のこと、どう教わった？」

一同、あまりの話題の飛躍に意図を掴み損ね唖然とする。

倉　吉「（ひとりだけ意図をなんとなく察しつつも）…えーと…」

御　上「言いづらい？」

倉　吉「そりゃ言いづらいです」

御　上「なら僕が言おうか」

倉　吉「いえっ。わたし言います。言いたいです」

御　上「どうぞ」

倉　吉「…アメリカでは、原爆投下は仕方なかった、って教えられます」

ザワッとする教室。

宮　澤「…それ、おかしいだろ」

倉　吉「(ポツダム宣言では) アメリカ側は、これ以上日本が戦争続けるなら、壊滅させるような攻撃…つまり原爆を落とすって、通達してるの」

宮　澤「通達したからなんだよ」

倉　吉「教科書には、当時のアメリカ大統領の発言がこう書いてある。このまま戦争を続ければ本土決戦は避けられない。アメリカの若者の犠牲をこれ以上増やさないためには仕方なかった、って……」

遠　藤「(あまりのことに思わず) ふざけてる……」

倉　吉「でも教科書にはそう書いてあるの…ただ、こうも書いてあった。『この大統領の意見は正しかったと思いますか。あなたの意見とその根拠を述べなさい』」

宮　澤「なんて答えたんだよ」

倉　吉「答えられなかった」

遠　藤「え？　ありえないでしょ。クラヨシ、日本人だろ」

倉　吉「いまみたいに、みんなわたしのこと見てた…。たいした知識もない、しかもアメリカ育ちのわたしの意見が日本人全体の意見になっちゃうんだなーって思って怖くて答えられなかった」

宮　澤「……」

遠　藤「……」

倉　吉「(顔をあげ) いまならもうちょっとマシに答えられると思う」

御　上「なんて答える」

倉　吉「…日本はもっと早く戦争をやめるべきだったし、アメリカはそれでも原爆を落とすべきじゃなかった。つまりどっちも間違いだった」

御　上「それはどうして？」

倉　吉「…沖縄では、民間の人も含めてたくさんの人が死にました。それは、日本が自分の判断で戦争をやめなきゃいけないくらいの数だったんです」

御　上「じゃあアメリカは？」

倉　吉「原爆は一瞬でたくさんの命を奪ったから許されない…ってみんな言います。でも人数の問題だけなのかなってグルグルして…すごく悩みました…だけどやっぱり…細胞を破壊して何十年も続く健康被害をもたらす。そんな爆弾はどう考えても使っちゃいけなかった…」

御　上「…そうだね」

倉　吉「だからこそ…これからの授業では、どちらも間違いでしたって伝えてほしいです。日本にもアメリカにも」

御　上「……」

東　雲「なにが言いたいんですか？　クラヨシにこんなことまで言わせて…トラウマほじくり返して」

御上、企画書を手に持って。

御　上「わかってる？　これ、けっこうセンシティブなテーマだってこと」

東　雲「もちろんです」

御　上「倉吉さんの話、聞いてたよね？」

東　雲「……」

御　上「原爆を肯定する言葉が載っている教科書がある。なぜならそれがその国の正義だからだ。同じように人や国の数だけ正義があるんだ。自分の正義だけは通ると信じていたら誰とも話はできないよ」

東雲「じゃあどうしろっていうんですか」

御上「ぼくに指示出されたい？　イヤだよね」

東雲「……」

倉吉「たずね…あのね。トラウマじゃないよ」

東雲「え？」

倉吉「トラウマになりそうだったから、一生懸命勉強したし」

東雲「……」

倉吉「帰国するって決まったときに、同級生とちゃんと話したの。わたし言ったよ。わたしは大好きなみんなと戦争ぜったいしたくないって」

東雲「…みんなどう答えたの」

倉吉「ユメの言う通りだね。ぼくたちは何があっても核のボタンは押しちゃいけない。だから答えた。わたしも日本が核兵器を保有しない原則、ぜったいに守るって。ちゃんと話せた。だからトラウマじゃない」

東雲「……」

倉吉「なのに日本帰ってきたらできない話になっちゃった。そっちのほうが苦しかった」

東雲「……」

倉吉「だからたずねに、ありがとうって気持ち。参加したい」

　櫻井、複雑に見つめて。

富永「よしやるか！」

東雲「…え」

富永「（東雲に）忙しいよ。内容考え直して、許可取って、やるからにはぜったいいいものにしたい。ねえったずねっ」

東　雲「……」

チャイムが鳴る。

御　上「…では授業を終わります」

御上、出ていく。

神崎、その御上の背中を見ている。

富永、神崎に。

富　永「神崎はやらないの」

神　崎「オレはいい」

富　永「……だってさ」

神　崎「やらなきゃいけないことがあるから」

行ってしまう神崎。

富　永「……」

是枝の声「冴島先生のこと？」

10　同・廊下

神崎と是枝が話している。

神　崎「はい。あれから何かわかりましたか」

是　枝「わからない。メールもつながらないし、電話も解約しちゃったみたい」

神　崎「……」

是　枝「彼女、本気で娘さんと向き合うつもりなんだと思う」

神　崎「それでも…このままにはできません」

是　枝「…大丈夫？」

神　崎「……はい。大丈夫です」

是　枝「連絡来たら教えるから、神崎くんも何かわかったら教えて」

神　崎「……はい」

11　同・職員室（夜）

勢い込んで溝端がやってきて。

溝　端「…これ、どういうことですか」

『教科書検定を考えよう』という展

示の教室使用許可願いを出す。

御　上「どこか間違いでもありましたか？」

溝　端「3年は原則不参加、説明しましたよね…しかもこのテーマ…」

御　上「…理事長にちょっとお話ししたんです。そしたら…それは素晴らしいからぜひやるべきだっておっしゃってましたけどね」

溝　端「……それほんとですか…」

御　上「はい。ご機嫌でしたよ」

溝　端「…確認します」

御上、仕事に戻る。

11A　同・教室（日替わり・点描）

話し合っている生徒たち。

11B　同・教室（時間経過）

使用許可のハンコが押された紙を持って東雲が戻ってくる。喜ぶ一同。

11C　同・自習できるスペース

法律をタブレットで見ながら、何かノートにまとめている櫻井。

その姿を見ている御上。

御　上「……」

11D　次元の家・次元の部屋

プログラムを組んで見せている次元と伊原。

それに意見を出している和久井と富永。

富　永「もっとクイズっぽいほうがいいかも」

和久井「確かに説明が多すぎるね」

次　元「了解っス」

11E　隣徳学院・教室

東雲のところにやってくる宮澤と徳守。

宮　澤「あのさ。俺たちも参加させてくれるかな」

東　雲「え？　ほんとに」

徳　守「ぼくたち、AO入試を盤石にすべくビジコン出ようと思ってるんです。この文化祭もいろんな意味で役立つかと」

冬　木「その理由、言っちゃうんだ～」

宮　澤「冬木こそビジコンメンバーのくせに参加しないって…」

徳　守「…あの。東雲さん。参加していいですか？」

東　雲「嬉しい。よろしくお願いします」

11F　同・教室（時間経過）

アメリカの教科書を持ってくる倉吉。

倉　吉「…中学のときの先生に頼んだら送ってくれて…」

戸　隠「すごーい。分厚い」

11G　同・教室（時間経過）

盛り上がっている生徒たちを見ている是枝。

是　枝「……」

11H　同・職員室（日替わり）

5月31日（金）

溝端が御上のところに近づいて。

溝　端「御上先生、ちょっといいですか」

御　上「……」

12　同・教室

ホームルーム前。有志たちが御上の

周りに集まっている。

東　雲「それ…どういうことですか」

御　上「言った通りだよ。教室の使用許可、このままだと取り消されるかもしれない」

村　岡「理由は？」

御　上「政治性の強いものは高校生の文化祭にふさわしくない」

香　川「出たよ。じゃあなんで18歳に選挙権くれるんですかって話じゃね？」

遠　田「でもおかしいよね。一回許可下りたのに」

と、櫻井が。

櫻　井「取り消されるの当たり前だよ」

東　雲「なんでよ」

櫻　井「そもそも最初に許可下りた時点で耳を疑った」

東　雲「でも…」

御　上「…みんな、どう思う？」

綾　瀬「…最初は、有志だけだからいいか…って思ってたけど、正直しんどいです」

東　雲「…しんどい？」

市　原「…昼休み、自習したくても居場所ないし…」

東　雲「……」

御　上「他には？　なにかある？」

晴　山「わたしは…ハレヤマやらないんだっけ？　って何度か聞かれて…辛かったです…」

高　梨「わかる。やらない人のこと…余裕ねーなーってバカにしてる気がする……」

東　雲「そんなこと…」

晴　山「でもじっさい…ぜんぜん成績余裕ないし…夏休み前に判定あげなきゃ終わるなって…」

東　雲「……」

生徒たち様々な反応。

チャイムが鳴る。是枝が入ってくる。

御上「じゃあホームルーム始めるけど…ひとつぼくから提案がある…ディベートをしてみよう」

櫻井「?…」

御上「いろんな意見があるわけだから…教室許可のこと抗議する前に一回、考えてみる必要があるんじゃない」

東雲「……」

御上「テーマは、文化祭で教科書についての展示を行うことに賛成か反対か。どうかな?」

皆、一瞬判断に困る。

神崎「やるべきなんじゃない」

一同、神崎が言葉を出したことに驚き、一気に全体がそういう空気になる。

御上「じゃあやってみよう」

御上、生徒を見渡して。

御上「賛成派を櫻井さん、反対派を東雲さん」

是枝「!」

ザワッとする生徒たち。

櫻井「え…なんで」

御上「ディベートは、自分のほんとうの意見を話す場ではないんだよね。あくまで賛成派は賛成派としてその理由を示す。反対派は反対派としてその理由を示せばいい」

冬木「…その組み合わせ、めっちゃ悪意感じますけど～」

富永「いいじゃん。たずねが反対派の時点でお互い様だもん」

櫻井「……」

御　上「ふたりには準備してもらって…机ちょっと動かそうか」

教室のレイアウトをディベート用に変え出す生徒たち。

櫻井はタブレットで何か確認を始める。呆然としている東雲。

東　雲「……」

12A　同・教室（時間経過）

黒板にテーマ『隣徳祭での教科書についての展示に賛成？　反対？』

御　上「じゃあ賛成派から。櫻井さん」

櫻　井「（憮然とした表情ながら論理的に）そもそも国が教科書を検定することやその教科書に使用義務があることを知らない人もいると思うし、教科書検定をやってる国が少ないってことも知られていないと思います。自分たちの学習の基礎となるものの成り立ちを知ることは有意義なことです。なので展示に賛成です」

香　川「おおっ。確かに…」

晴　山「しっ。うるさい」

御　上「では次は東雲さん。反対派は、いまの賛成派の意見を踏まえて、反対意見を言うルールなんだよね」

東　雲「…そもそも3年が文化祭をやらないのは受験に集中するための配慮なのに、有志だからいいか、意義があるからいいかとクラスの合意も得ないで進めることで…勉強に集中したい人たちの権利を奪っていることになるのではないでしょうか。なので…私は…反対です」

先ほど反対をした人たちが反応する。中心になって進めていた生徒たちも東雲の戦いをじっと見つめている。

御上「じゃあそのまま討論に移ろうか。櫻井さんからいいかな」

櫻井「(さらに憮然としつつも)…これは学校教育法の34条です。(プロジェクターに映す)『文部科学大臣の検定を経た教科用図書又は文部科学省が著作の名義を有する教科用図書を使用しなければならない』(検定と使用しなければならないに○をする)しかし、いちばん新しい学習指導要領では個別最適化、つまり、生徒それぞれの理解に合わせた教育が大切な柱となっており、共通の教科書で学習を進めることと矛盾していますよね。それを考える機会として展示、するべきではないでしょうか。賛成です」

安西「…そんな調べてたんだ…すげー…」

皆、展示に対して怒りを見せていた櫻井が内容をきちんと調べていたことに驚く。富永、御上をチラッと見る。

御上「……」

富永「(御上はそれを知っていたことに気づき)……」

前のめりになっていく生徒たち。

東雲「(必死で言葉を繋ぎ)…学校教育法は教育の基本となるべき法律です。そこに疑いを持ったら、教育の根本が崩壊します。反対です」

櫻井「東雲さんのお父さんのクラスの状況を調べました」

東雲「え?」

東雲驚いて櫻井を見る。

富永、神崎、次元も鋭く反応する。

櫻井「多くの人がハイレベルな高校へ進学しています。新聞記事によると豊かな授業で勉学の楽しみを教わったと卒業生含めて庇う声が多かったです。そのような教師が学習指導要領違反で職を失ったことは教育において大きな損失です。考える意義があるのではないでしょうか」

櫻井、東雲を見て、怒りとも願いともつかぬ表情をして。

櫻井「企画はやるべきだと思います」

かなり長い時間がある。ようやく話し出す東雲。

東雲「…櫻井さんの言葉に応えるような意見がわたしの中に……ありません……父と母が離婚して3年、わたしは…何もしませんでした…父が学校でなにをやっていたのか知ろうともしなかった。御上先生に対して怒りをぶつける権利は…ないんだと思います。わたしは…そんな人間がリーダーをやる企画には…価値がないと思う。だから…反対です」

皆、シーンとなる。

千木良「……」

神崎「……」

しばらくの間。御上が静かに口を開く。

御上「賛成派は、企画の意義という観点で賛成し、反対派は、学習をしたい人への配慮のなさや、参加しない人たちが感じる疎外感を理由に反対していた。…やるべきことは、見えたんじゃないか?」

生徒たち、御上を見つめる。

御上「そうだ…今日うちうちに知らせがあった。文化祭に文科省の滝沢副大臣…つまり政治家が視察に来る」

富　永「え。マジ」

和久井「教科書検定に踏み込んだ展示をしたということが、政治や行政に知られたら困る。だから横ヤリが入った？」

御　上「そうだね」

宮　澤「だからっていったん出した許可取り消すっておかしいだろ」

生徒たち、東雲そして櫻井の切実なやりとりとのあまりのギャップに様々な反応。

御　上「（東雲に）どうする？」

東　雲「（しばらく考えているが）…いちばん見てもらうべき人が来るってことですよね。…やりたいです」

生徒たち東雲をジッと見る。

東　雲「でもその前に…ちゃんと話をさせてほしい」

東雲、皆を見つめる。

御　上「じゃあとはみんなで話して」

御上、出ていく。

うしろで富永の「話そうぜ諸君！」という明るい声が聞こえる。

御　上「……」

12B　同・教室

活発に話している生徒たち。

東雲、そっと櫻井の近くに行き。

東　雲「あの…ありがとう」

櫻　井「……法律に関わることは調べる習慣がある。それだけ」

富　永「櫻井さー。ツンデレすぎるって。たずね、櫻井ね。このあいだ、たずねパパの教科書、見せてほしいって…」

櫻　井「それも…行政処分になった教科書がどんなものか…参考に見ておきたかったってだけ…」

東　雲「そういう興味の持ち方がいちばん嬉しい…ほんとに…ありがとう」

櫻　井「……」

13　次元の家・次元の部屋（夜）

次元が入ってくると神崎がいて調べものをしている。

次　元「ただいま〜」

神　崎「ただいまとか言われる筋合いねーけど」

次　元「つれないな〜さすが神崎」

冷蔵庫を開け飲み物を出し、飲む。

次　元「神崎はやんないの文化祭」

神　崎「富永が、取材しにこいってうるさいけど…」

次　元「まあね〜。そうだ。御上宏太続報あるんだけど、聞きたい？」

神　崎「…なに」

次　元「放送室での声明文、音声データとか落ちてないかな、と思って探したんだけどそっちはなくて…」

と言いながらパソコンを操作する。

次　元「でも2ちゃんねるのスレッド見つけてさ」

画面にスクショされたスレッドがバッと出てくる。

『M・K放送室自死事件の顛末』というタイトル。

『スレッド全体を表示』と書かれたところをクリックする。読み進めるにつれ真剣な表情になる神崎。

次　元「デジタルタトゥーばっちり残ってました

〜」

神崎、食いつくような勢いで見ている。

次　元「オカミやべーと思ってたけど、兄ちゃんそれどころじゃない。ガチ勢すぎた」

神　崎「（楽し気な次元に違和感を感じ）……」

14　隣徳学院・職員室（日替わり）

ペコッと挨拶して溝端の席に行く東雲。

東　雲「溝端先生、いま、いいでしょうか」

溝　端「ああ。例の…取り下げますか」

東　雲「いえ。やりたいと思ってます。なので企画自体を見直しました」

企画書を出す。『世界の教科書』となっている。

溝端、パラパラと見る。

溝　端「だいぶ変えたんですね」

東　雲「はい」

溝　端「……検討して戻します」

東　雲「よろしくお願いします」

15　同・廊下

職員室から出てくる東雲。一瞬、力が抜けた顔になるが気合を入れて歩き出す。

16　同・進路資料室

いつものように入ってくる御上。

是枝が待っている。

是　枝「今、ちょっといいですか？」

御　上「はい。なんでしょうか」

古事記の資料とヤマトタケルのＦＡＸと資料のコピーを見せて。

是　枝「ヤマトタケルが蝦夷の襲来に備えて作った関所があるんです……それがあったのが…」

資料のある個所を指差して。

是　枝「つまりヤマトタケルは官僚だって意味かなって…」

御　上「……」

是　枝「霞が関…」

御　上「……」

是　枝「ヤマトタケル、御上先生ですか?」

御　上「違います」

是　枝「でも…」

御　上「話は終わりですか」

是　枝「…いえ…まだ…（FAXを指して）この平川門…霞が関のある桜田門のちょうど反対側にあるんです…江戸城の裏門と言われています…つまり隣徳に裏口から入った人が多数いる…」

御　上「……なるほど…」

是　枝「そして…『隣徳は国のまほろば』…これは、ヤマトタケルの辞世の句のパロディです…もともとは『ヤマトは国のまほろば』…つまりヤマトはとてもよい国ですって意味で…この『まほろば』…漢字で書くと…」

『真秀ろば』と書く。

是　枝「気づいてらっしゃいましたか。古代理事長の名前…この字を書いてマサヒデと読む…」

御　上「……そうですね……」

17　同・廊下

富永、神崎を見つけて走り寄る。

富　永「神崎さ、文化祭、こない気なの」

神崎「予定、あるから」
富永「なに意地になってんの?」
神崎「平日じゃないとできないことがあるんだよ」
　ふと教室を見やると、付箋で整理しながら、計画を立てているクラスメートたち。
富永「聞いてるよね。ウソの企画書で展示許可通したって」
神崎「……」
　その生徒たちの真ん中に東雲がいる。
富永「信じられる? あのマジメなたずねがそんなことするなんて。報道部としてやるべきことあると思うんだけど」
　答えず行ってしまう神崎。
富永「……」

18 文部科学省・局長室

　塚田に槙野が呼ばれている。
塚田「滝沢副大臣の隣徳の視察だけどね。槙野くん、同行してもらえるかな」
槙野「はい。よろこんで」
　予定の紙をチェックしつつ。
槙野「それにしても凄いですね。副大臣が視察…」
塚田「それだけ注目されてる高校なんだよ。文化祭の地域住民の集まり方も凄くてね…」
槙野「そうみたいですね」
塚田「滝沢さんは御上のこと可愛がってたからね…ぜったいに恥をかかせないでくれよ」
槙野「承知しました」

19　隣徳学院・教室（夕方）

生徒たちは準備をしている。御上、入ってきてその様子を見ている。
そこに近づいてくる東雲。

東雲「…ダミーの企画書に正式に許可がでました」
御上「そう。よかった」
東雲「ただし前日に学校側のチェックが入ります」
御上「まあそうなるだろうね……東雲さん…クラス全員とひとりずつ話したんだって？」
東雲「はい」
御上「どうだった」
東雲「参加しない人たちはやる人の自由を認めるって言ってくれました…それに、あらたに参加してくれる人も何人か…」
御上「そうか」
東雲「だから、なんとしても成功させたいです」
東雲、企画書を出して。
東雲「これが実際にやるほうの企画書です」
実際にやるための企画書を出す。
御上「いいテーマだね。『教科書から世界を見渡す』」
東雲「気に入ってます」
御上「（企画書の内容を見ている）……」
東雲「クラヨシに言われてハッとしました。日本人はテーマをすぐブラしちゃう…って。テーマって何度でもそこに立ち返るために作るのになーって…」
御上「『生きる力』とか、ね」
東雲「はい。学習指導要領の柱にするなら、中身を全とっかえしなきゃいけないくらい、重たい言葉です。なのにツギハギしてなんとかしようとしてるから…ブレブレになっちゃう」

御上「耳が痛いな…文科省のヤツらに聞かせたいね」

東雲「だからそうならないように頑張ります」

東雲、紙を差し出す。御上、紙を見る。

東雲「進行表です。見ていただけますか…」

御上「いいアイデアだとは思うけど…」

東雲「ダメですか」

御上「いや。でも、ぼくならこうするけどね…」

紙に何かを書き込む御上。東雲、それを見て頷き。

東雲「先生、ネズミを罠におびき寄せてください」

御上「了解」

19A 同・教室

準備する生徒たち。模造紙に何かを書いている。

安西「え。綾瀬、めっちゃ字、綺麗」

綾瀬「ダミー用なのにね」

皆笑う。

19B 次元の家・次元の部屋

次元の部屋。伊原と次元が何かをプログラミングしている。富永がそれを覗き込みながらいろいろ言っている。

19C 隣徳学院・図書館

図書館で調べものをしている村岡と和久井と市原と戸隠。

市原「(資料を見て) あーフランス語…ムズい」

和久井「え？　どこ？」

戸　隠「フランス語もいけちゃうんだ〜」

19D　同・教室

教室で準備する生徒たち。人が更に増えている。

作られた進行表を手にして打ち合わせ中。

次　元「ここでプランオオカミ発動ね」

安　西「え。なに。プランオオカミ、ダサッ」

笑う生徒たち。出ていく神崎。

19E　ラーメン屋

行きつけのラーメン屋で一色とラーメンを食べている是枝。プランの紙を見ながら。

一　色「え？　プランオオカミ？」

是　枝「そうなんですよ〜…生徒たち頑張ってます」

ふたりラーメンを啜り。

是　枝「愛されてますよね…」

一　色「そうだね」

是　枝「愛されてます。悔しいけど」

20　隣徳学院・教室（日替わり）

T『隣徳祭前日』

教室で参加する生徒たちが模造紙を壁やパネルに貼っている。皆、クラスTを着ている。

20A　欠番

20B　隣徳学院・教室

入ってきた富永。見渡す。スマホを

チラッと見る。

神崎への『来ないの？』というラインに既読がついていない。是枝がクラスTを着て入ってくる。

是　枝「手伝わせて」

倉　吉「大歓迎です！」

富永、まだラインが気になって見るが未読。

倉　吉「富永、これどうすればいいの？」

富　永「ああ、それはね…」

スマホをポケットに入れて皆のところに行く富永。

20C　欠番

20D　欠番

20E　東京拘置所・前

東京拘置所前で建物を見上げ息を吐き入っていく神崎。

21　同・ロビー

神崎が椅子に座って順番を待っている。

面会の順番が来た者は、番号が電光掲示板に出るが、神崎の番号は呼ばれない。番号が呼ばれて窓口に行く。

職　員「真山弓弦さん、面会されないそうです」

神　崎「あの…どうすれば…」

職　員「手紙で意思確認するしかないですね」

仕方なく帰ろうとする神崎。

と、差し入れの列に並んでいる悠子を発見する。

神　崎「！」

悠子、じっと神崎を見つめる。

22　同・近くの土手

荒川の土手を歩きながら神崎と悠子が話している。

神崎「面会、できてるんですか？」
悠子「……」

沈黙によって会えてないことを理解する神崎。

神崎「…前の家、住めなくなっちゃったんですよね」
悠子「いいのよ。どうせここに近いところに越そうと思ってたところだったの」

河川敷で子供たちが遊んでいる。

悠子「…忘れなさいって言ったよね」
神崎「できないから足掻いてます」
悠子「……」
神崎「ぼく、昨日、18になりました」
悠子「え。そうなの？」
神崎「はい」
悠子「そっか…大人の顔になるはずだ」
神崎「……」

悠子、川を見る。その横顔を見て神崎。

神崎「弓弦さんは人を殺した…でも…ぼくもある意味同じことをしたんです…文字を使って…人の心を殺した。このまま忘れて生きていくなんてできません」
悠子「……」
神崎「真実を教えてください」
悠子「真実なんてない」
神崎「あります。隠してるだけだ」
悠子「……」

22・ins 同・独房

母からの差し入れ。衣類と好物のお菓子。

弓弦「……」

23 欠番

24 隣徳学院・教室

溝端と片桐が最終チェックにやってくる。入ると、普通に模造紙に書かれた発表。教科書比較や海外事例をまとめてある無難なもの。

溝端「…これなら…まあ…問題ないでしょう」

片桐「(嬉しそうに)いい展示だ……副大臣にもお見せしたいですよね！」

東雲「ありがとうございます」

片桐、溝端、去る。

24A 同・廊下

廊下で窺っている安西。溝端、片桐、他の教室も見つつ遠ざかる。安西、教室に入り。

24B 同・教室

安西「行った！」

東雲、敢えて御上の手書き文字のあるプリントを見ながら。

東雲「では予定通り、プランオカミ発動します」

安西「プランオカミ……だっさー」

動き始める生徒たち。

24' 同・校門（夜）

スマホでラインを見ている富永。
「こちら準備完了。明日、取材お願いします」という神崎へのラインに既読がついていない。

富　永「……」

25 神崎の家・神崎の部屋（夜）

神崎、弓弦への手紙を書き始める。

神　崎「……」

26 隣徳学院・校舎外観（日替わり・朝）

『隣徳祭』の横断幕が校舎に張られている。

27 同・教室（朝）

生徒たちが教室で準備している。

27A 同・廊下（朝）

溝端、廊下を歩いてくる。
発見する安西。走り出して。

27B 同・教室（朝）

扉をあけて飛び込んでくる安西。

安　西「溝端、来た！」

富　永「え。ヤバ」

と、ガラリと扉を開ける溝端。
生徒たちは陰に隠れたらしい。
前日とまったく変わらない展示光景。

溝　端「（見渡し）ふむ…」

と、御上が入ってくる。

御　上「溝端主任、いらしてたんですか」

溝　端「…御上先生、お忙しいようなので今日は滝沢副大臣とは、面会はなしでお願いします」

御　上「……承知しました」

28　同・車寄せ（朝）

古代、片桐が待ち受けている。
車が止まる。槙野、助手席から降りてきて、後ろの扉を開ける。滝沢が降りてくる。

溝端の声「本日は、文部科学副大臣　滝沢雄一郎様が視察にお越しくださいました」

29　同・中庭特設ステージ

開会式。
壇上では溝端が司会をしている。

溝　端「それでは、開会のご祝辞を賜りたいと存じます」

出てきて挨拶を始める滝沢。

滝　沢「このたびは、隣徳祭の開催おめでとうございます。こちらの文化祭は高校の文化祭でありながら高い発想力で地元の皆さまからも…」

見ている御上。槙野と目が合う。

29A　同・教室（朝）

滝沢の挨拶に、模造紙を剥がす手元やパネルを片付け、別な仕込みをする生徒の姿がカットバックで。

次　元「さすがだなー…プランオカミ大成功じゃん」

倉　吉「そうだよね～溝端のことだからぜったい朝もチェックするって…」

29B　同・中庭特設ステージ

開会式終わり。
舞台から降りてくる滝沢。

古　代「では滝沢副大臣、校内をご案内します」
滝　沢「ああ。ありがとう。ありがとう」
　片桐、溝端、槙野を伴い、校内案内へ。

30　同・廊下

　待っている東雲、御上。
　と、是枝が、東雲の父を車椅子で押して現れる。
東　雲「お父さん…来られたんだ…」
東雲父「ああ。病院の許可がようやく取れてね…」
東　雲「(是枝に) ありがとうございます」
是　枝「すごく楽しみにしてらしたみたい」
東　雲「まずはお父さんと御上先生に、見てほしいです」
　案内する東雲。

31　同・別教室

　視察している滝沢。
古　代「ええ。朝早くから並んでくださるんですよ。地域密着の高校は理想でしたから…」
　槙野、チラリとスマートウォッチを見る。実は御上と連携を取っているがそれは見せない。
滝　沢「そうだ。隣徳には御上くんが来てるんだよね」
溝　端「え！　あ…はい…」
槙　野「どうかされましたか?」
溝　端「いや…その…」
滝　沢「そういえば顔を見てないね」
古　代「隣徳は3年生は原則不参加なんですが、御上さんのクラスはどうしてもやりたいと…こんな短い間に生徒の自主性を開花させるとはさすがですね」

滝沢「(満足げに)展示、何をやってるの」
槙野「(プログラムを示し)『世界の教科書』、だそうですよ」
滝沢「それは観てみないと…」
片桐「実にいい展示でした。ぜひ…」
溝端「(片桐を軽く制し)いや…そんな呼んで参りますので」
滝沢「うちの人間が来たことで生徒が積極的になっている。素晴らしいことだからね。この目で確かめますよ」
溝端「では…副大臣がいらっしゃると先に行ってお伝えしておきます」
冷静を装い離れる溝端。

32 同・廊下

出てくる東雲の父と御上、そして是枝。
是枝、順番待ちの長蛇の列ができていることに驚く。
是枝「凄い人数」
富永「和久井が、クイズ界隈ではちょっと有名なインフルエンサーで声かけてくれたんです。これで学校も止められないです」
と、溝端が急いでやってくる。御上に近寄ってきて。
溝端「御上くん、滝沢副大臣がこちらにいらっしゃるそうだ…それで…」
東雲父「いやあ驚いたよ。教科書検定をこんな風に伝えるやり方があるんだね」
教科書検定という言葉が溝端に聞こえてしまう。
溝端「え? 教科書検定って…」
自分がハメられたことに気付く。
溝端「御上くん展示の一時中止を…」

御上「無理じゃないですかね」
御上、目で長蛇の列を指し示す。
溝端、苛立って、列のほうへ行き。
溝端「たいへん申し訳ありません。機材トラブルがあったらしくて一時中止を…」
と、すかさず富永が大声で。
富永「機材トラブル直りました〜」
溝端「おい…君！」
滝沢「御上くん！」
と、いつのまにか滝沢がやってきている。御上にこやかに近づいていき。
御上「滝沢副大臣…おひさしぶりです」
滝沢「隣徳に来てるって聞いてたから楽しみにしていたんだ」
御上「はい。現場の空気を思う存分吸わせていただいて感謝しています」
相変わらずの豹変ぶりだが生徒たちははじめて見る姿にややドン引き。
古代「御上先生にはいろいろ刺激をいただいていますよ」
滝沢「そうかね。そうかね。まあ頑張ってくれたまえよ」
溝端「副大臣そろそろお時間では…」
御上「よかったら、ぜひ見ていってください。槙野さん。時間は…」
槙野「(困った顔で)…少しであれば」
御上「こちらです。どうぞ」
展示に入っていく副大臣。槙野。仕方なく同行する溝端。

33　同・教室

教室内部。前日とも朝ともまったく違う様子に唖然とする溝端。と、いきなり暗闇になる。

パッと明るくなると壁に様々な言葉があり、その中から教科書検定という言葉が浮かび上がる。
『あなたはこの言葉を知っていますか』

滝沢「…これは…どういうことだね」
槙野「出ますか」
滝沢「いや…」

NOのボタンを押す滝沢。
教科書検定の説明が壁いっぱいに投射される。

古代「(溝端に) なんだね。これは」
溝端「いや…その…」

と、畳みかけるように『必要ですか』と質問。
槙野おもむろにYESのボタンを押す。

溝端「!」
槙野「(怒りを堪えた顔で) 当然ですよね。副大臣」
滝沢「…うむ」

次元がクリックする手元。
と、教室の壁に、世界地図が投射され、教科書検定がある国とない国がバーッと色分けされていく。

一同「……」

34 同・廊下

憮然とした顔で出てくる滝沢。
とカシャリとカメラの音。振り向く富永。
と、神崎、臆することなく滝沢のところに歩み寄る。

神崎「報道部の神崎です。展示をご覧になっての感想、お聞きしてもよいですか」溝端「…ちょっと神崎くん」

神崎「（溝端を見て）副大臣にお聞きしています」

威厳を保とうとする古代。困り果てる片桐。

仏頂面を作り笑顔に変えて滝沢、話し出す。

神崎「（滝沢をじっと見て）お願いできますか？」

滝沢「内容もですがデジタルを駆使してイベント性を加えた展示の方法に感心しました…そして…」

槙野「（御上を睨み小声で）何考えてるんだ」

御上「……」

溝端「……」

溝端の声「どういうことですか。御上さん」

35　同・職員室（夕方）

溝端が御上に激高している。

御上「内容までは存じ上げなかったとはいえたいへん…」

溝端「ここは教育現場です。霞が関文学控えていただきたいっ！」

と、またＦＡＸがピーッと鳴る。吐き出される文書。

山添「……なんだこれ…」

かざす山添。

是枝、駆け寄り見る。

是枝「『我は平川門より入る人々にを振り下ろす者なり。お前の不正はまもなく白日のもとに晒される　倭建命』」

山添「え？　不正って…」

一同の視線集まる。

溝端、いきなり山添からそれを奪い

　　取り、シュレッダーにかける。唖然とする職員たち。と、ガラリと戸が開いて富永と東雲が入ってくる。
富永「オカミ！　みんな待ってる！」
御上「(溝端に) 行っても大丈夫ですか」
溝端「…どうぞ」
　　出ていく御上と是枝。
溝端「……」

36　同・教室（夕方）

　　皆、ジュースを手に持っている。
富永「じゃあ乾杯いっちゃいますか。たずね！」
東雲「今回はわたしのワガママに付き合わせてしまってごめんなさい…でも素晴らしい展示だったと思います。そして…父が…ほんとに喜んでくれて…生きててよかったって…何度も…」
　　泣きそうになる東雲の肩を抱く富永。
倉吉「楽しかった！　すっごく楽しかったよ」
徳守「この素晴らしい経験を必ずやビジコンに繋げます」
次元「空気読めよ。ビジコンいま関係ないでしょ」
　　笑う一同。東雲涙をぬぐい。
東雲「ほんとにありがとうございました！　乾杯！」
　　みんなでジュースを合わせる。
　　御上と是枝、生徒たちを見つめる。
是枝「……」
御上「……」
　　近づいてきた東雲。小さな声で。
東雲「わたし…わかった気がします」
御上「え」
東雲「パーソナルイズポリティカル…個人的な

　　　　ことは政治的なこと…」
御　上「…そうだね…だから…学習指導要領は、家庭の平和も守らないといけないのかもしれないね」
東　雲「…見逃さないようにしたいです。自分の生きづらさも。隣の人の生きづらさも…」
是　枝「……」
御　上「……」

37　御上のマンション・御上の部屋（夜）

帰ってくる御上。ソファに座る。電話が鳴る。
『槙野』の表示。出る御上。

槙野の声「文化祭お疲れ様」
御　上「視察、ご苦労様」
槙野の声「伝えたいことがある。せっかく教育改革のド真ん中に飛び込んだんだから好きにやっていい。しかし、教科書検定に踏み込むのは少しはしゃぎすぎなんじゃないか」
御　上「…冷静ないい展示だったと思うけど」
槙野の声「そうかな」
御　上「何が問題？」
槙野の声「副大臣がいたことに決まってるだろ…内閣人事局ができて以来、官僚人事は永田町に握られてる。御上だって知ってるはずだ」
御　上「それ脅し？」
槙野の声「まさか」
御　上「何をしてもいい。でも生徒に手を出したら許さない」
御上、電話を切る。

38　文部科学省・局長室（夜）

通話が切れる。スピーカーにしてかけていたため、塚田もそれを聞いている。

塚田「……好きにしたまえ」

39 御上のマンション・御上の部屋（夜）

電話を切った御上。恐竜のフィギュアを見つめて。

御上「……」

終

槙野「……お聞きのとおりです」

塚田「どうしちゃったのかなあ…御上くん…」

槙野「ちょっと気を付けないと足を掬《すく》われるかもしれませんね」

塚田「それにしてもまずいよ。槙野くん。人事の話までしてくれとは言ってない」

槙野「だって……まんまとハメられたんですよ。人をダシに使いやがって」

塚田「止められなかったのは槙野くんの責任もあるだろ」

槙野「……はい。ですからこのままでは済ませません…御上の好きにはさせない…いいですよね」

槙野、怒りに満ちた顔で。

御上先生 | Episode 5 -confidence-

1　啓陵学園高等部・放送室（回想・2002年）

宏太の放送部の部室。署名の整理をしている宏太。中学生の御上が話している。

中学生の御上「……兄ちゃん。もう止めなよ」
宏　太「え。なんのこと？」
中学生の御上「……署名とかさ……」
宏　太「え。どうして」
中学生の御上「友達から言われたんだよ…お前の兄さん、この頃おかしいぞって…」
宏　太「…孝にそんな思いさせてるのは申し訳ないと思ってるよ」
中学生の御上「そんなのはいいんだけど…」
宏　太「…でも…それやらないと自分じゃなくなっちゃうから…」

と、高校生の一色が元気に入ってくる。

高校生の一色「あれ、孝くん来てたんだ」
中学生の御上「あ…うん」
高校生の一色「どうしたの？　空気ビミョー？」
宏　太「あれ…これから昼の放送？」
高校生の一色「うんそう…あのさ…」

と話す宏太の足元のあたりに不可思議な配線みたいなものが詰め込まれた紙袋がある。それが目に留まって。

中学生の御上「……？」

（フラッシュ）

パリン、と何かがはじける音。

2　御上のマンション・御上の部屋（夜）

ステゴサウルスのフィギュアがある。

御　上「……」

3　隣徳学院・職員室（夜）

誰もいない職員室。
複合コピー機の前で誰かが何かを印刷している。
保存文書の項目を見つけ探す。スイッチを押す。
学校に送られてきたFAXの複写が印刷される。

是枝「……」

4 東京拘置所前（日替わり・夏休み）

面会に向かい歩いている神崎。
入口のところに立っている青年がいる。
後に戸倉樹とわかる青年である。

神崎「面会ならこの先ですよ」
戸倉「いえ…違います」
行ってしまう。
神崎「……」
セミの声煩すぎるくらいに鳴いて。
日差し。

5 欠番

6 隣徳学院・教室（日替わり）

9月10日（火）
とつぜん荒ぶった声がする。
見ると宮澤と徳守、冬木が不穏な空気になっている。

宮澤「だから、俺は反対だよ」
冬木「え。どうして」
宮澤「おかしいだろ。金融商品って…」
次元「（割って入って）え。なに揉めてるの」
宮澤「いや…その…」
徳守「コレです（タブレットを見せる。花宝財

団主催　高校生ビジネスプロジェクトコンクールのウェブ)」

次元「あー。え。花宝財団《カホザイダン》のビジコン出るの？　これ、高校生のビジコンでは日本最大だよね」

御上が入ってくる。

徳守「そうなんですよ。悲願の決勝進出、狙ってます」

宮澤「(次元に)なのに冬木が勝手なこと言いだしてさ。とつぜん金融商品にしようって…」

冬木「AO入試の一次免除してもらうために出るわけでしょ。そのくらい攻めないと意味ないじゃん」

と、聞いていた御上。

御上「悪いけど、それ、どうせ勝てないよ」

冬木「入ってくんなよ」

徳守「(駆け寄りメモを構え)聞きたいですね。理由とか。そう理由とか」

御上「このビジコン、歴代の優勝校見てヘンだと思わない？」

次元「(タブレットのウェブを操作して優勝校を見せ)確かに偏ってるよね。歴代の優勝校…」

御上「そうなんだよね」

徳守「もしかしてオトナの忖度ですか！」

御上「花宝財団と政府の関係は…知らないか」

宮澤「聞いたことはあります。癒着ヤバいって」

御上「それでも圧倒的なアイデアを出せれば奇跡もおこるだろうけど…」

宮澤「もちろん、そのつもりで進めてます」

御上「冬木くんは…なに。金融商品？」

冬木「…そうですけど」

嫌々まとめた資料を出す。

御　上「高校生が安全に投資を学べる元本確保型ファンド…。で、宮澤くんは」
宮　澤「俺は社会貢献を視野に入れた製品の開発プランを出したいんです…」
御　上「具体的には？」
宮　澤「夏休み中、ＳＤＧｓに留意した産廃業者とか、高齢者のためのオーダーメイドシューズ作ってる会社とか見学させてもらったんですけど、なかなかアイデアが…」
御　上「なるほどー。冬木くんは高校生向けの金融商品を作りたくて、宮澤くんは社会に役立つ製品開発がしたいってことだね。…和久井くんどう思う」
丁度近くにいた和久井に振る御上。
和久井「どっちもどっちですよね」
徳　守「（メモを構えて）理由説明お願いします！」
和久井「冬木の案だけど…（冬木に）…この元本確保型っていうのがありえないからさ」
徳　守「え。でも冬木くんがいま、いちばん人気の金融商品だって…」
和久井「あれは、ハイリスクハイリターンの海外のヘッジファンドに投資することで成立する金融商品だよ」
冬　木「とうぜん投資比率は考え直さないとだけど…」
和久井「ちゃんとファンドの説明読んだ？　素人の高校生にどうこうできる内容じゃないから」
徳　守「あの和久井先生、何言ってるかほぼまったくわからないです。（メモを構えて）日本語で説明お願いします」
和久井「ほら、こういう人もチームにいるしね」

と言いつつ説明しだす和久井。
宮澤が苛立ち。

宮　澤「…な。だから無理なんだよ。そもそも。高校生のビジコンなんだから社会に役立つ製品開発が鉄板なんだよ」

和久井「…でも宮澤のほうは具体的なアイデア浮かんでないんだから話にならないでしょ」

宮　澤「……」

和久井「しかも製品開発系はかなり遡って調べないと、すでに出てるアイデアってことになりかねないよ。いったいいくつビジコンあると思ってるの」

波多野「審査員も気づかないこともあるだろうからなー…」

徳　守「盗作疑われてネットで炎上したりしちゃったら…」

波多野「ＡＯ入試…むしろ不利になるよね」

徳　守「せっかく苦労してもそれではなんの意味もないですよね…」

宮　澤「……」

しびれを切らした櫻井が。

櫻　井「あの…授業やらないんですか」

御　上「ごめん。ごめん。はじめようか」

タイトル『御上先生』

7　隣徳学院・教室（時間経過）

授業後。
富永がとつぜん宮澤や冬木のところに来て。

富　永「あのさ。さっきのアレだけど、合体させられないの」

徳　守「え。え。合体」

富　永「社会貢献と、金融」
宮　澤「え。無理でしょ」
富　永「そうやってすぐ無理って言う。頭硬いなー宮澤」
徳　守「社会貢献と金融の合体…それ面白いかもしれませんね…」
富　永「ね。わたし、手伝おっか」
次　元「ほんとなんでも首突っ込むよねー」
徳　守「富永さんのパワフルさは買いです。ぜひお願いしたい」
富　永「まかせろ！」
楽しそうな富永。
近くで若干複雑な表情の椎葉（この頃になると家庭のことで手一杯の椎葉と周りの状況が乖離しだしている）。
辛そうな椎葉に気づいた千木良。
千木良「シイバ、屋上でお弁当たべよ」
椎　葉「あ。うん」
千木良「行こ」
宮澤心配そうに見送り。
宮　澤「……」

8　同・廊下

神崎と是枝が話している。
神　崎「冴島先生から連絡ありましたか？」
是　枝「ないの。神崎くんは？」
神　崎「ないです…あんときなんとしても連絡先聞くべきでした…」
是　枝「弓弦さんは？」

8・ins　×××

（回想・夏休み中）
ベンチに座っている神崎。

電光掲示板に自分の面会番号が表示されない。

神崎「……」

神崎の声「夏休み何度か拘置所まで行ってはみたんですけど面会してもらえませんでした」

8A　同・廊下

是枝「…そっか」

神崎「なので、手紙出してます」

是枝「返事来るといいね」

神崎「……はい」

中岡の声「聞きましたよ。文化祭のこと」

9　バー（夜）

前回と同じバーで槙野と中岡が話している。

槙野「うわっ。中岡さんの耳にも入ってましたか」

中岡「たかが高校の文化祭でここまで騒つかせるとは御上さん、なかなかやりますねえ」

槙野「副大臣直撃ですからね…教科書検定、必要か必要じゃないか、と来たときには、槙野恭介終了のお知らせかと思いましたよ」

中岡「そんなにヤバいんですか？」

槙野「まあ、永田町からウチにお叱りがくるとしたらたいていそのヘンというか…」

中岡「生徒が暴走したって聞きましたけど」

槙野「そうなんですけどね…でも、俺これ拾っちゃったんですよ」

槙野、生徒が落としたらしき進行表を出す。展示を入れ替える指示が書かれている（実際は御上から貰っている)。

槙野「ここ、展示を入れ替えるところに『プランオカミ』って書いてあるんです…つまり御上がやらせたってことですよね」

中岡、紙を見て苦笑いをする。

槙野「さすがの俺も塚田さんには言えませんでしたよ…」

中岡「でもまあ…いざってときには役立ちそうですね…」

槙野「そうですね~。御上がこれ以上調子に乗りやがったときのために…大切に保管します」

中岡「……」

10 神崎の家・リビング(夜)

神崎、帰ってくる。

知恵「拓斗、手紙来てたわよ」

神崎「!」

母、手紙を台所の引き出しから出して渡す。

裏を見る。真山弓弦の署名。

知恵「お父さんには言わないほうがいい」

神崎「……」

11 同・神崎の部屋(夜)

部屋に入り、急いだかんじで、しかし丁寧に開く。中の手紙を見て。

神崎「……」

12 欠番

13 隣徳学院・理事長室(日替わり・朝)

理事長室の扉が開けられていて、生徒1がソファで寛ぎながら古代と話している。

生徒1「リジチョー、ここがぜんぜんわかんない」

ノートのある個所を指し示す。

古　代「あー、これは引っ掛けだね…if we were toっていうのは仮定法未来だから…」

生徒1「あー。そんなのあったかも…」

古　代「英語は直接、英語で考えたほうが早いんだけどねえ…」

生徒1「わっかりました〜」

御上入ってくる。

古　代「ああ。御上先生…（前室のほうを指して）あちらで話しましょうか」

古代、生徒1を残し前室へ。

14　同・理事長室前室

御　上「あの生徒確か…」

古　代「そうそう。1年生なんですが、学校に来られなくなってしまってねえ。理事長室登校ならできるっていうんで来てもらってるんです」

御　上「へえ」

古　代「うちの高校にくるくらいの子でもそういうことが起こりますからね。教育もなかなか、一筋縄ではいかない」

御　上「あの…話っていうのは」

古　代「いやいや。花宝財団のビジネスコンクール、あのコンクールで優勝するのは悲願でね。なのに優勝校にローテーションがあって、うちみたいな新しい学校はなかなか入る余地がない…」

御　上「……」

古　代「なので思う存分やっていただきたいんです。ただ、テーマをね。うまく導いてあげてください」

御上「え？　テーマですか」
古代「文化祭のこともありますし、あまり刺激が強いようだと…」
御上「…また霞が関からお叱りを受ける」
古代「まあねえ。たかが高校生のビジコンですが、あのコンクールの審査員、内閣府管轄のシンクタンクの人が入ってるんですよ」
御上「つまり内容次第で永田町方面からもお叱りが…」
古代「生徒の自主性は大切にしたいんですがねえ……」
御上「わかりました。気をつけておきます」
古代「よろしくお願いします」

15　同・職員室前廊下

御上を待っている一色。戻ってきた御上に声をかける。
一色「御上先生」
御上「なんでしょう」
一色「先生のクラスの椎葉さん、春から体調不良が続いてて…」
御上「え。学校には毎日来てますが…」
一色「あの…生理がちょっときびしいみたいで」
御上「え。生理ですか…」
一色「ここのところずっとなのでお伝えしといたほうがいいかなと…」
御上「わかりました…ありがとうございます」
一色「よろしくお願いします」
一色、行ってしまう。
御上「……」

16 同・教室

授業をしている是枝。

是枝「では授業を終わります」

富永が近づいてきて。

富永「是枝先生、投資してますか」

是枝「え。なに。とつぜん」

富永「チーム宮澤が、ビジコンに出るんです」

是枝「あー。うん。知ってるよ。もしかして投資関係のプランを出すの？」

富永「はい。金融商品と社会貢献を繋げようっていうプランで…儲けたお金で社会貢献する方法はいくらでも考えつくんですけど、社会貢献に役立つ方法で儲けるアイデアが思いつかなくて…なにかないですか。是枝先生」

是枝「あのね。わたしが投資していそうなタイプの人間に見えますか？」

富永「え。じゃあ、老後の資金は…」

是枝「…手堅く定期預金で…」

富永「あー。ダメダメ話になんない」

冬木「何偉そうに言ってんだよ。自分だって金融素人だったくせに」

宮澤、出てきて、黒板に書きながら。

宮澤「いい機会なので聞いてもらいましょう。もし銀行に100万円預けたとして、倍になるのに何年かかるでしょうか？」

是枝「え。ぜんぜんわからない」

徳守「72の法則っていうのがあるんですよ」

是枝「え。72の法則？」

宮澤「いま、定期預金の利子が高い銀行でも年利0・5パーセントくらいなんですね。それで…」

徳守「（スマホを出し）元本が倍になるのに必要な年月は、72を金利で割ることで求め

られます。なので、72を0・5で割ると
なんと…144年!」

是枝「えーっ。ほんとに」

徳守「これが72の法則です」

と、とつぜん御上の声。

御上「しかも大手銀行の場合、いまだいたい年利0・125%ですからね」

是枝「え。え…72÷0・125は…」

富永「576年」

是枝「わー。そりゃ無理だ…って御上先生いつのまに」

御上「ビジコンの話だよね? 何か起死回生のアイデア、出ました? 是枝先生」

是枝「勘弁してください。経済関係は…ほんとムリで…」

御上「ご実家はそうとうお金儲けが上手みたいですが」

是枝「(不愉快に) だからアレルギーがあるんです」

富永「そこ!」

是枝「え?」

富永「お金に対してのアレルギーの理由、聞きたいです」

徳守「確かに!」

是枝「いや…わたしは何の役にも立たないから…」

富永「役に立たない人のほうが役に立つんです」

是枝「酷い…」

話し始めるチーム。

御上「……」

御上に神崎が寄っていく。

神崎「(御上に) ちょっと話、いいですか」

御上「もちろん…どうぞ」

神崎「ここじゃちょっと」

御上「……」

ふたり出ていく。是枝一瞬気にかかって。

是枝「……」

17　同・屋上

御上と神崎が屋上に入ってくる。

神崎、封筒を渡す。御上、中から手紙を出してみる。

神崎「オカミといっしょなら会うって…」

御上「……平日じゃないと面会できないんじゃない？」

神崎「来週、創立記念日、学校休みですよね」

御上「ああそうか…」

神崎「あんたに頭下げたくないけど、どうしても会わなきゃいけないから…」

御上「…わかった」

神崎「…よろしくお願いします」

神崎戻っていく。

御上「……」

18　東京拘置所・実景（日替わり・朝）

19　同・ロビー（朝）

待っている御上と神崎。神崎さすがに緊張の面持ち。

掲示板に番号が出る。

20　同・面会室（朝）

座っている御上と神崎、無言で待つ。

入ってくる弓弦。

神崎「……」

椅子に座る。

御上「ひさしぶり」
弓弦「……」
神崎、ふたりが会ったことがある様子に一瞬驚くが言葉には出さない。
弓弦「ねえこの子が神崎くん？」
神崎「…そうです」
弓弦「言いたいことなら3秒で終わる。もう二度とわたしの人生に関わらないで」
神崎「なんでぼくを殺さなかったんですか？」
弓弦「は？」
神崎「だってあなたの家をぶち壊したのはぼくです。彼じゃない」
弓弦「知らなかったから」
神崎「え？」
弓弦「あんたの手紙が来るまで…あんたの新聞のことなんて知らなかった」
御上「…冴島先生は（新聞を出し）この新聞のことを弓弦さんに言わなかった。そうだね」
神崎「……」

20・ins　弓弦の家（回想・2023年春）

弓弦の部屋の扉の前に食事が置かれている。そっと中から手だけ出して取ろうとする弓弦。と、そのとき、何かを投げつけて砕ける音がする。
顔を出す弓弦。
隆文の声「なんであんな男と…」
悠子の声「すみません」
隆文の声「出てけ」
悠子の声「弓弦と話をさせてください」
隆文の声「話す必要はない！　出ていけ！」
また何かが投げられる音。
自室の扉のところで、出ていくこと

もできず、フードを目深く被って蹲《うずくま》っている弓弦。

20A　東京拘置所・面会室（朝）

神崎「（思い切ったように）…あんなことした理由がぼくじゃないとしたら…目的はお父さんへの復讐ですか？」
弓弦「……まさか」
神崎「ぼくはそうでした」
弓弦「は？」
神崎「新聞記者の父親への当てつけに、冴島先生のスキャンダルをスクープしたんです」
弓弦「だからあんたのダセー新聞とか関係ないって言ってんだろ」
御上「…でも、辛かったよね」
弓弦「……は？」
御上「唯一信じていた母親に裏切られ、母親がいなくなった家で、父親に詰《なじ》られ続けた」
弓弦「……うるさいな」
御上「彼の性質を考えると、暴力があったかもしれない」
弓弦「……だからなんだよ」
御上「辛くないはずがない」
弓弦「メチャクチャうるさい。黙れ！」
　耳をふさぐ弓弦。神崎ポケットから手紙を出して。
神崎「渋谷加奈子さん。わかりますか？」
　さすがの御上も不意を突かれる。
　チラリと神崎を見る弓弦。
弓弦「…シブタニって苗字には聞き覚えがある」
神崎「会ってきました」
弓弦「シブタニカナコに？」

神崎「なんて言ってたか、聞きたいですか？」
弓弦「必要ない」
神崎「…伝えてほしいって言われたんです」
弓弦「必要ないから！」

神崎、できるかぎり冷静に読み始める。

神崎「いま、いちばん憎い人は誰かと言われたら、間違いなくマヤマユヅルと答えると思います。息子のいない部屋であなたの極刑だけを願い、わたしは生きながら死んでいます」
弓弦「……」
御上「……」
神崎「だからあなたに言いたいことなんて何もないと思ってた。ただ消えてくれればそれでいいと」

20・ins2 渋谷の家・一室

手紙を書く加奈子の後ろ姿。

神崎の声「でも、神崎くんに何か言いたいことはないかと聞かれたときに、どうしても伝えたいことがあると気づきました」

20B 東京拘置所・面会室（朝）

神崎「新聞やテレビを通して、あなたがどんな境遇で生きてきたのかを知ったとき…」

20・ins3 渋谷の家・玄関〜表

試験の日、友介にお弁当とお守りを渡す加奈子の後ろ姿。
笑顔で受け取る友介。

神崎の声「わたしはどうしてあなたがあんなことをしてしまったのか、…わかったような気がしてしまったのです。あなたがいた場所は…わたしと友介が逃げ出してきた場所とすごく似てたから」

振り返らず手を振って歩いていく友介の後ろ姿。

弓弦の声「やめろ…」

20C20D　東京拘置所・面会室（朝）

弓弦、神崎を睨んでいる。

神崎「…弓弦さん。あなたが殺した人の背中には、父親が押し付けたタバコの火傷のあとがあるのよ…わたしは、それをどうしてもあなたに伝えたいと思ったのです」

弓弦の顔が歪む。

神崎「そしてこの手紙を書きながら、あなたがなぜそんな風になってしまったのか、考えずにはいられません」

弓弦「……」

神崎「考えたくない。でも考えずにはいられない…」

弓弦「…やめろって言ってるの聞こえない？」

神崎「…たぶん…これからも…ずっと…渋谷加奈子」

長い時間、誰も話さない。

神崎「この人が考えてる。考え続けてる。ぼくたちがやめていいハズがないんです」

弓弦「偉そうに。ガキが」

神崎「偉くねえよ！　あんたも俺も同罪だって言ってんだよ！」

弓弦「……」

神崎「……」

ふたり行き詰まり黙る。

虚勢を張れるだけ張りながら細かく震える弓弦。

御上「…ある映画で、高級ホテルが少年テロリストに占拠され客が次々に殺された…でもその虐殺の最中、テロリストの少年が、客の食い残しのピザを食べるんだ」

神崎「……」

御上「たぶん生まれて初めてのピザだ…彼はそのあまりの旨さに無邪気に笑いだす。自分が虐殺した死体の前で…ほんとに悪いヤツはきっとそのホテルにはいない。そこにいるのはピザを食ったことのない貧しい少年とたまたま観光にやってきた人よりちょっと金持ちなだけのただの客だ…」

神崎「…ほんとに悪いヤツは、ここにもいないって言ってくれてるんですよね」

御上「……」

神崎「でも…自分の責任だと思わないと進めないです。オレも…弓弦さんも…」

弓弦「……」

神崎「弓弦さん…冴島先生がほんとに不倫したと思ってますか?」

弓弦「……」

神崎「……ぼくは…信じてます。ぼくの知ってるあの人は……」

20 ins4 ×××

（フラッシュ・回想・第二話より）

雨の中、傘を置き走り出す悠子。

×××

神崎「そんなことする人じゃない」

弓弦、はじめてまともに神崎を見る。

弓弦「……」

弓弦、立ち上がり、振り返りもせず出ていく。ノロノロと立ち上がる神崎。ドアを開け出ていく。

20E　同・廊下

廊下で座り込んでしまう神崎。

20F　同・独房

独房に戻り座り込む弓弦。

20G　同・廊下

神崎を立ち上がらせ支えながら無機質な廊下を歩く御上。無表情ではあるがしっかりと抱えて。

御　上「……」

21　特別養護老人ホーム・廊下〜苑子の部屋

廊下を歩く御上。ドアを開ける御上。夥しい数の折り鶴が下がった無人の部屋。

御　上「……」

22　隣徳学院・教室（日替わり）

休み時間。

神崎、昨日のことがあまりに鮮烈で、ぼんやりと考えごとをしている。

宮澤・徳守・冬木・富永、そして次元が話している。

宮　澤「ヤバいって。書類エントリーしないといけないのに…」

徳　守「（タブレットを見つつ）もう十分実現可能なフロー書けてるのではと思いますが…」

冬　木「だめでしょ。このままじゃ書類で落ちる」

富　永「ねえ。クラヨシ〜。アメリカでは投資の勉強するんだよね。なんかいいアイデアない？」

倉　吉「基礎から勉強させられるけど、やってるのは結局、リサーチちゃんとしましょうとか、そういうのだよ」

富永「なるほど〜」

倉吉「でもね。みんなが作ろうとしてるものはすごくいいとは思うんだよね」

徳守「え。どこがいいですか（メモを構え）お願いします！」

倉吉「欧米だと、森林保護にお金出してる会社が、大気汚染の原因になる製品作ったりしてると矛盾してるからダメって言われちゃうんだけど」

富永「企業の理念とやってること、一致しないといけないってことか〜」

徳守「まさにウィンウィンですね」

とホームルームをしに、御上と是枝が入ってくる。

倉吉「そう。でもこれは社会貢献することで利益を生み出したいワケでしょう。すごく正しいって思う」

徳守、黒板に書いた仕組み図を見ながら。

徳守「うわー全部が勝つためにはどうしたら〜」

是枝、思い切ったように声を出す。

是枝「みんなの知恵を借りてみたらいいんじゃない？」

徳守「え？」

是枝「…これからの人生お金が関係ない人なんていないわけだし、金融は必修になったわけだし…どうですか。御上先生」

御上「せっかくですから是枝先生、ファシリテートしてみたらどうですか」

是枝「（提案に胸を打たれ素直に）…やってみたいです（ビジコンチームを見て）いいですか？」

徳　守「ぜひ！　お願いします！」

22A　同・教室（時間経過）

生徒たち席に座っている。

是　枝「わたし…このあいだみんなと話してて、気づいたことがあって…。（財布から1000円札を出して）これをお金にしてるのは、わたしたちなんだってこと…だってこれ、ただの紙じゃないですか。紙で作ったものでモノを買えるようにできたのは、それがまたお金として利用できるっていう約束が守られると信じてるからなんだなって」

是枝のいつにない姿を興味深く見る生徒が多数。

しかしそこで椎葉だけは少々曖昧な表情。

是　枝「わたしはずっとお金って汚いものと思いこんでいました…でも、信じるってことの具現化なんだって思ったら…なんか…お金って…人間って…凄いなって…」

是枝の素朴な、しかし、あまりお金に関して感じたことのない感覚に、いろいろな表情になる生徒たち。

是　枝「ビジコンチームがいまやりたいことはなんですか。冬木くん」

冬　木「え？　俺？」

是　枝「冬木くんから始まったアイデアでしょ。（生徒たちを見て）聞きたいよね？」

冬木、しばらく考えているが立ち上がり、覚悟を決めたという顔で。

冬　木「…オレの父親は、外資系の投資銀行でマネーゲームのド真ん中にいた人だったんです」

ビジコンチームも知らなかった事実に驚く。

東雲「…え。どうして過去形？」

冬木「リーマン・ショックわかるよね？」

東雲「…あ…」

冬木「あれで大きな損害を出して……日本法人自体がなくなっちゃったんだよね」

皆、ちょっと驚いて見つめる。

冬木「いまは、大学時代の同期が起こしたネット証券で働いてる」

是枝「リーマンショックが何か、説明してもらっていい？」

冬木、前に出ていく。黒板に図を書く。

22B 同・教室（時間経過）

黒板に図が書かれている。

冬木「2000年代最初の頃のアメリカは住宅ブームだった。本来なら住宅を買えないサブプライム…返済能力が低い人たちって意味なんだけど…そういう低所得者層の人たちもフツウより高い金利を払えば住宅ローンが組めるようになった。それがサブプライムローンなんだけど…不動産が高騰してるからもし返せなくなっても売れば返済できるでしょ？　そこに投資家が目を付けた」

榎本「え。どういうこと？」

冬木「つまりサブプライムローン自体を投資商品化したわけ。借りた人の金利が投資家のリターンになる仕組みなんだけど…ぜったい損しない投資商品ってことになってどんどん市場が膨れ上がっていったんだよね」

安　西「あー、なるほど！」

冬　木「なのに住宅バブルがはじけて、家は売れなくなった…それでサブプライムローンを組み込んだファンドに多額の投資をしていたリーマン・ブラザーズの業績が悪化して、倒産した…それに連鎖して世界の金融市場が冷え切ったんだよね」

安　西「それがリーマン・ショック。なんとなくわかってたような気がしてたけどそういうことなんだー」

椎　葉「…家を持ちたいっていう低所得者層の夢を利用してお金儲けしようとするなんて…最低だよ」

千木良ハッとして椎葉を見る。

冬　木「父親もそう言ってたよ」

椎　葉「……」

冬　木「金融は本来の使命を忘れてしまったって…俺の父親はその生き証人になってしまったことを後悔してて…もし俺たちがいい金融商品を作れたらぜひ協力させてほしいって言ってた…父親の思いを叶えるためにも…金融商品作りたいなって思ったんだよね」

富　永「えーっ。なんでそんな凄い話、黙ってたの？」

冬　木「え…むしろなんで言うの？」

徳　守「大切なことですよ！　ほら、宮澤くんの顔を見てください！」

宮　澤「は？」

徳　守「感動してましたよね。いま、めっちゃ感動してましたよね。冬木くんの話に」

宮　澤「うるさいんだよ。徳守。静かにしろよ」

冬　木「（宮澤に）リーマン・ショックのときのこと…まだ赤ん坊だったから知らなくて

さ…夏休みに、将来金融行きたいって言ったら初めて教えてくれたんだよ…だから…」
宮澤「……」
宮澤「…最初は、ビジコン勝つためには、福祉とか、社会貢献とかを組み込められれば有利だと思いました……」
宮澤、立ち上がり。
是枝「でもいまは違うんだ?」
宮澤「その考え自体が浅はかだったなって…一生かけて取り組むようなものなのに、AO入試対策にするって…結局自分たちの利益が大切ってことじゃないですか」
是枝「……」
宮澤「ここのところずっとモヤモヤしてたんですけど…冬木の話聞いて、自分たちが思う理想の社会をデザインするための金融商品を作りたいって…ハッキリしました」
宮澤、皆をしっかりと見渡して。
宮澤「ぜひ、アイデア貸してください!」
と、とつぜん神崎が声を上げる。
神崎「宮澤、最初から答え言ってたじゃん」
宮澤「え…?」
神崎「…夏休み、見学行ったんでしょ」
宮澤「あ…」
徳守「(メモを見て)ゴミの再生可能システムを実現した産廃業者や、高齢者のオーダーメイド靴」
富永「なるほど…」
徳守「投資先を考えろってことだ!」
御上「確かにそうだね。リターンの一部を社会貢献に充てるだけじゃなく、作った金融商品そのもので社会貢献できる。つまりそれが、社会をデザインするってことなのかもしれない」

是枝「(感動して)……」

神崎「…あとは自分たちで考えられるよね」

次元「え。なんか、神崎、オカミに似てきてない？」

神崎「うるせーよ」

富永「ちょっと待って。ちょっと待って。キタかもわたし」

わあっとなる一同。

御上「……」

23 次元の家・次元の部屋(夜)

パソコンを覗き込んでいる宮澤、徳守、冬木、富永。

少し離れた場所で見守る神崎。

宮澤「押すよ」

一同、頷く。

宮澤「送信」

ボタンを押す。

沸きたつ一同。

24 隣徳学院・教室(日替わり)

10月21日(月)

宮澤、徳守、前に出てくる。冬木も富永に押されていやいや出てくる。

宮澤「みなさーん。高校生ビジネスプロジェクトコンクール、無事、最終審査まで進みましたァ。これ、けっこう凄くてわが校初の快挙です」

わーっとなるクラス。

徳守「～今週日曜日に決勝プレゼンがあります。一般公開されるので、観客の拍手、大切です。ぜひご参加くださいっ」

拍手が起こる。富永、冬木の頭を下げさせる。

富永「よろしくです〜」

冬木「(ゴニョゴニョと) よろしくおねがいします…」

神崎「……」

25 同・理事長室

溝端と古代が話している。

古代「今度の土曜日は溝端さんもいらっしゃるんですよね」

溝端「え？　まさか理事長も」

古代「隣徳が全国区になる瞬間を目撃しないとね…」

溝端「……」

古代「あのビジコンは他のビジコンとはわけが違う。隣徳の名声を飛び級で上げてくれます…受験だけの学校ではないということを…見せつけたいですね。ぜひ、モノにしたい」

溝端「……」

26 欠番

27 文部科学省・オフィス（夜）

午後9時。津吹が槙野のところに来る。

津吹「槙野さん、(チラシを出して) コレ、行くんですか」

槙野「ああ。塚田さんから言われたよ。え。津吹も」

津吹「御上さんのクラスが出るらしくて…」

槙野「永田町の機嫌を損ねるんじゃないかと塚田さんが戦々恐々だよ」

津　吹「まあ…主催の花宝財団…日本の黒幕って言われてますしね…」

槙　野「それも厄介だけど、審査員に内閣府関係が入ってるだろ」

津　吹「チーム御上が政府にモノ申す発表するんじゃないか警戒してるんですね。塚田さん」

槙　野「そう。そんなことしたら内閣人事局にツツヌケになるから…」

津　吹「…次期事務次官人事に絶大な影響が…」

槙　野「そうそう。塚田事務次官爆誕のカウントダウンに暗雲がね」

津　吹「いやー。凄いですね。御上さん。一私立高校の教師がそこまで影響力、フツー持てないです」

槙　野「そうねー。あいつなんだかんだと生徒の心、掴みはじめてる」

津　吹「ツンデレ爆弾搭載してますからね。あの人」

槙　野「ほんとだよ…腹立たしい」

27' 出版社・雑誌編集部（夜）

午後10時30分。またもFAXが唸りをあげている。

通りかかった残業中の記者、タイクツそうにFAXをとり見る。

記者1「え…ヤバ」

近くでパソコン作業していた記者2、顔を上げて。

記者2「なんスか?」

記者1「天下り斡旋疑惑の官僚先生いたじゃん。その続報」

記者2、覗き込んで。

記者2「うわ…けっこうエグいですね」

28　ビジコン会場（日替わり）

東雲がキョロキョロしながら来る。
富永、それに気づいて。

富　永「来てくれたんだー」
東　雲「けっこう凄い大会なんだね～」
富　永「でしょ。ビックリだよ。５５９３件の応募でファイナリスト10組だって」
ふたり会場に入っていく。

29　同・客席

入ってくる東雲と富永。
会場は満席。古代と溝端の姿も見える。
和久井ら15名ほどの生徒が来ている。お互い、ちょっと挨拶し合ったりする。
ちょっと離れたところに椎葉。
是枝が入ってくる。

30　同・会場の廊下

槙野と津吹がやってくる。反対側から歩いてくる御上。

槙　野「御上！」
御　上「……」
津　吹「（不穏さを取りなすように）ファイナリスト。凄いですね～」
御　上「ぼくはなにもしてないよ」
槙　野「またまた。どうせ暗躍してるんでしょ」
津　吹「（とりなして）興味深いテーマですよね。高校生と金融」
槙　野「まさか金融商品ってのはダミーで、いきなり文化祭のときみたいなことしないよな？」
御　上「そんなことしたら重大な規約違反で大問

題になる。ＡＯ入試をぶっ潰すかもしれないんだぜ。ありえないよ」

と、とつぜん中岡が声を掛ける。

中岡「皆さん、お揃いじゃないですか」

御上「（にこやかな社交モード）中岡さん。おひさしぶりです」

中岡「（負けじと社交モード）お元気そうじゃないですか」

御上「今日は審査員だそうですね」

中岡「ええ。わたしこう見えて、スタートアップ企業のコンサルが本職でして…」

御上「生徒たちをぜひよろしくお願いします」

中岡「言っときますが忖度はできませんよ～」

御上「当然じゃないですか。中岡さんがそういうところ厳しいのはよ～く承知していますす」

槙野「……」

中岡「大会本部の場所、ご存知ですか？」

御上「よかったらご案内します」

仲良さげに立ち去る御上と中岡。

津吹「（プログラムを確認して）中岡壮馬って、もしかしてあの中岡壮馬ですか？」

槙野「もしかしなくても中岡壮馬だよ。なんだろうなー。仲良しこよしな雰囲気だしやがって」

31　同・ステージ

隣徳の前の学校がプレゼンをしている。

司会者「ユニバーサルな社会を音の出るピクトグラムで実現する、素晴らしいアイデアでした」

高校生「いろんな人が街に出てくる障壁が少しでもなくなるよう、役立ててもらいたいです」

司会者「企業の皆さん、ぜひ、実現化にお力を。葛城みらい学園の皆さん、ありがとうございました」

拍手で送られる。

31A ×××

審査員席。

審査員1「これは、葛城みらいで決まりですね」

審査員2「いい発表でしたもんねえ。もしかして中岡さん、アドヴァイスを?」

中　岡「いやいや…そんなインサイダー取引みたいなことはしませんよ」

審査員1「またまた〜」

丁度後ろあたりで御上、見ている。

31B ×××

司会者「では次は、『高校生が夢見る未来の企業応援ファンド』。これは、金融関係かな…楽しみですね。初のファイナリストとなります隣徳学院高校の皆さん、どうぞ」

出てくる宮澤、徳守、冬木、富永。

神崎が客席にフラリと現れる。誰かを探している。

気づく富永。御上もチラリと見る。

御上と神崎目が合う。

宮澤、操作する伊原と次元に目で合図。

プロジェクターが『2008年リーマンショック』と映し出す。

冬　木「この言葉を知らない人はいないと思いますが、実際のところ何が起こったか知っていますか」

皆、意外な始まりに驚いている。

徳守「1980年代、優れた物理学者や数学者たちが金融業界に流れ込み、コンピューターを駆使して金融商品を作りました……」

31C ×××

（時間経過）

100万→200万。

576年という文字がプロジェクターで映し出される。

ドッと沸く会場。

宮澤「定期預金で実直に暮らしていく道も72の法則によってこうして断たれたのです」

目配せし合う審査員たち。

31D ×××

宮澤「この金融商品プランをたてるにあたり僕たちは考えました。金融がいまなすべきことはマネーゲームではないはずだと」

冬木「高校生も金融を学ぶことが必修になりました。政策金利も給与も先進国で最低水準のまま、自分たちの努力でなんとかしろと放り出された。国の借金が1000兆円を超える中、もしも将来、財政が破綻するようなことになったら、『預金封鎖』だって絶対にないとは言い切れない。それがぼくたちのこれからです」

徳守「なら僕たち高校生が大人たちに、金融が本来持つ力を提案したい。これは高校生が毎月少額を積み立てていく方式の堅実な、しかし社会の役に立つ金融商品の提案です」

会場がどんどんのめりこんでいる。

当惑する津吹。どこかしらイキイキ

としだす槙野。
神崎が手元でメモにペンを走らせている。
審査員が当惑の表情を浮かべ耳打ちを始める。
祈るように見つめる是枝。

31E ×××

会場が非常に熱心に見ている。
冬　木「ぼくたちのファンドは投資をしてもらいたい企業を公募するところから始まります。その中から、ぼくたち高校生がほんとうに未来に残したいと思える企業を専門家と共に選び投資先にします」
富　永「わたしたちの投資で日本の未来に残したい企業が成長する。これがひとつめのウィンです」

31F ×××

宮　澤「そして得た利益の一部を教育が思うように受けられない地域への教育支援などへと使用します」
富　永「リターンが個人の私利私欲のためならず、社会貢献へと使用される。これがふたつめのウィンです」
徳　守「そして残りがリターンとして投資家に分配されます」
富　永「わたしたちは投資をすることで、自分たちのお金で社会がよいものになっていく実感を受け取ることができる。これがみっつめのウィンです」
審査員たち目を合わせる。
槙野のスマートウォッチに内閣府木本、という着信があるが無視する。
冬　木「うちの父は金融関係者ですが、このプランを聞いて言いました。それは、ぼくたち金融マンの誇りを取り戻せるファンドだねと」

しっかりと観客を見つめる富永。

富　永「思いがけなく4つめのウィンまでもが重なりました」

冬　木「金融マン同士で倍返しをし合っている場合ではありません。学校も金融ドラマもぼくたちに金融のほんとの意味を教えてくれない。金融の本来の意味。それは信用と助け合いです。お金とは信じることが形になったものなんです」

是　枝「(冬木が自分を見て言ってくれた気がして)……」

冬　木「ぼくたちは金融のいちばん始まりに立ち戻りたい。そう思ってこのプランを作りました」

集中した場内。

宮　澤「大人たちが忘れた投資の意味を問いかける。未来を作る金融投資。そんなビジネスプランを僕たちは考えました。これで僕たちの発表を終わります」

誰より先に拍手する中岡。

それを潮に割れるような拍手が響き渡る。

発表をしおわった生徒たちの上気した顔。壇上で神崎に小さくグッドサインを送る富永。神崎、カメラで壇上の4人を撮る。槙野、悠々と拍手をしている。

中岡が立ち上がる。

中　岡「ちょっと講評まとめてきます」

審査員1「え。話し合いは…」

中　岡「(紙を渡し)…これ以外の順位あります

か？」

審査員2「いや…でも…」

中　岡「…わたしね。信用で仕事させてもらって
るので…」

審査員たち「……」

中　岡「結果発表までに戻ります」
行ってしまう中岡。
御上、それを見送り。

御　上「……」

32　同・ステージ

司　会「そして優勝は、隣徳学院高校です」
ワーッと拍手。
出てくるビジコンチーム。
トロフィーを受け取る。

33　同・ロビー（夕方）

優勝して盛り上がっている3年2組
の生徒たち。
大泣きしている是枝を富永発見し。

富　永「泣きすぎだよー」

是　枝「だって…」

御　上「……」
と、御上がやってくる。生徒たちに
囲まれる御上。

徳　守「ありがとうございます！　この優勝は御
上先生がいたからこそっ！」

御　上「いやいや。チームの力だろ」
と、それを遠くから見ている槙野と
津吹。

津　吹「囲まれてんなー。御上さん。すっかり人
気者じゃないスか」

槙　野「まさかほんとに優勝しちゃうとはねー」

津　吹「気のせいかなー気のせいだよなー」

槙　野「え？　なに」

33A　欠番

33・ins　ビジコン会場・客席

観客席で見ている御上。
目尻を指でぬぐう。

津吹の声「泣いてるみたいに見えたんですよね〜」

33B　同・ロビー（夕方）

槙　野「まさか。ゴミでも目に入ったんだろ」
津　吹「そうですよねえ。まあぜったいそうですよねえ…」
富永が楽しそうに。
富　永「そうだ。そこのファミレスで祝勝会しようって言ってるんです。御上先生、是枝先生、行きませんか？」
御　上「先、行ってて。ちょっと事務局に行かないといけないから」
富　永「はーい。行きましょっ是枝先生」
是　枝「うん！　行こっか！」
是枝と生徒たちワーワーと行ってしまう。
御　上「……」
その姿を遠くから見ている槙野。
槙　野「……」

34　同・廊下

歩く御上。ドアをあけて。

35　同・外

出てくる御上。神崎がいる。
神　崎「話があるんだけど…」

御　上「何？」
神　崎「父親から言われた……来週、あんたの兄さんの件…雑誌に出るって……」
御　上「……そう」
神　崎「どうすんだよ」
御　上「どうもしないよ」
神　崎「どうもしないって…」
御　上「もう…終わったことだ」
神　崎「終わってないでしょ」
御　上「……」
神　崎「俺があんたなら…そうかんたんに終われないから……」
御　上「……」
神　崎「どうするつもり？」
御　上「……」
神　崎「俺はもう大丈夫…だから…あんたが今度は…」

御　上「……」

終

御上先生 | Episode 6 -confession-

1　啓陵学園高等部（回想・2002年秋）

２００２年秋。

御上宏太と御上が通っていた中高一貫校。

階段を駆け上がる中学生の御上。声が響く。

中学生の御上の声「……友達から言われたんだよ…なんかお前の兄さん、この頃おかしいぞって…」

駆け上がる中学生の御上。

宏太の声「…孝にそんな思いさせてるのは申し訳ないと思ってるよ」

上り切ったところに人だかりができている。

中学生の御上「兄ちゃん！　兄ちゃんっ」

教師の声「見るなっ！」

掻き分ける。兄の変わり果てた姿と対峙する。

（兄の遺体は見えない）呆然としている御上の背中。

宏太の声「…でも…それやらないと自分じゃなくなっちゃうから…」

高校生の一色「孝くん見ちゃダメ！」

中学生の御上を抱えるようにして引きずり出す高校生の一色。

高校生の一色「大丈夫…大丈夫…大丈夫だから…」

御上を抱えて離さない高校生の一色。

2　ビジコン会場・外

御上と神崎、ただ向き合っている。

神　崎「……」

御　上「……」

御上、立ち去る。

タイトル『御上先生』

3　コンビニ（日替わり・朝）

コンビニの生理用品のコーナーでじっと商品を見ている椎葉。ひとつを手に取り、見つめ、結局戻す。

出ようとして、雑誌コーナーを通る。

ふと、官僚というタイトルが目に留まり雑誌を見る。

『天下り斡旋疑惑の官僚教師の壮絶な過去』というタイトルが躍る週刊誌が目に留まる。

椎　葉「……」
一色の声「生理のときって、どうしても不安定になるから、いろいろあってもおかしくはないんだけど…」

4　隣徳学院・保健室（朝）

一色、是枝が面談中である。（御上もいるが見えない）

是　枝「でも生理用品なら購買でも売ってるし…トイレにも多少は設置してありますよね」
一　色「なのにここのところ毎回貰いに来てたのは気になってた…でも…」

4・ins　同・保健室（回想・朝）

保健室で寝ている椎葉の背中。

一　色「毎月辛いよねえ。クリニックに行って低用量ピル処方してもらってもいいかもしれない」
椎　葉「……」
一　色「ちょっと職員室に行ってくるけど、誰か来たら、すぐ戻るって伝えてくれる？」

出ていく一色。椎葉、起き上がり、一色の机のところにある戸棚の鍵を取り、戸棚を開ける。

生理用品を漁り、持っていたポーチに詰め込む。さらにポケットにまで入れる。無表情な顔。

忘れ物をして踵を返す一色。

保健室の扉を開けようとして中の様子がおかしいことに気づき、少しだけ扉を開けて中を窺う。

生理用品を盗っている椎葉の背中。

一　色「……」

一色の声「…その場は気づかなかったふりをしたんだけど、早めの対応が必要だと思ってお話しすることにしたの」

4A　同・保健室（回想明け・朝）

是　枝「…もしかして買えなかった?」

一　色「その可能性あると思うのよね」

是　枝「……」

一　色「お地蔵さんみたいに固まってますけど大丈夫ですか」

御上が同席していることがわかる。

御　上「いや。スミマセン…男兄弟で育っているので…」

一　色「教師をやるなら避けて通れない問題ですよ」

御　上「いや…でも買えないって…そんなに高いものなんですか」

一　色「高いもので500円くらい」

是　枝「生理の貧困……」

御　上「…!」

一　色「そうかなって…（御上に）椎葉さんの家庭環境は?」

御上「…交通事故で小さい頃にご両親を亡くし、いまは和菓子屋を営む父方の祖父母に育てられている」
一色「家庭環境、急激に変化していてもおかしくないですよね？」
御上「…是枝先生…椎葉さんの三者面談、いつも誰がいらしてましたか？」
是枝「おじいさまです…あ…」
御上「一学期の面談はおばあさまがいらして…慣れてなくてとおっしゃってました……迂闊でした…すぐ面談の段取り組みます」
是枝「わたし、週末に、家の状況見に行ってみますね」
御上「助かります」
と、扉がガラリと開く。溝端である。
溝端「こんなところにいたんですか」
一色「どうされました？」
週刊誌を御上に渡す。
溝端「これはどういうことですか！」
御上「……」

5 同・教室（朝）

10月22日（火）
波多野に週刊誌を見せている安西。
波多野「え…あ〜」
振り返り覗く晴山。
晴山「…なにこれ…」
何人かがザワザワと見に来る。
晴山「ほんとなの…？」
すでに知っている次元と富永、軽く目配せ。富永は神崎を見るが無表情。
自分でスマホを開く者もいる。
御上が入ってくる。週刊誌に気付く。

御上「それ…20年以上前のことだから」
櫻井「でもこんなこと書くなんて…」
御上「こんなゴシップ記事、相手にする価値はないよ」
櫻井「……」
神崎「……」
御上「…授業始めていいかな」
次元、すばしこく皆の表情を見ている。
神崎は御上がどう答えるか睨んでいる。
東雲、立ち上がる。
東雲「こんなこと書かれて先生、平気なんですか?」
御上「君たちには関係ない」
東雲「わたしは許せないです」
御上「……」

東雲「…関係…ありますから」

硬直する空気。

御上「じゃあ、今日は、昨日の続き…」

御上、淡々と板書を始める。

東雲、硬い表情で俯いている。

神崎、怒りに満ちて御上を睨んでいる。富永は、そのふたりの表情を見て傷ついていることを感じる。

富永「……」

6　文部科学省・オフィス

津吹が槙野のところに行き御上の週刊誌を見せる。
津吹「これ、ほんとなんですかね」
槙野「なんだろーなー。官僚、こんなときばっかり、スポットライト浴びちゃうの」
津吹「マジ、それ」

槙　野「悪い奴らであってほしいという、大衆の欲望を感じるわけですよ。批判はされるけど、評価はされない仕事。それが官僚」
津　吹「なりたい人が減るはずだ」
槙　野「学習指導要領のキーワードは『生きる力』。なのに教師の離職も子供の自殺も増加の一途。せっかくのキーワードがブラックジョークになっちゃってるからねえ。そりゃ批判もされますよ」
古代の声「…また誰かが密告したらしいじゃない」

7　隣徳学院・理事長室

古代と溝端がネットニュースを見ながら話している。

溝　端「はい…困りました」
古　代「こんな悪趣味なこと誰がしてるんでしょうね。いくら官僚とはいえ、こんな過去まで晒されて。気の毒だよ…」
溝　端「…どうしましょうか」
古　代「どうするもこうするも教師のプライベートはお答えできません、でいいでしょう。それは」
溝　端「いや…しかしですね」
古　代「生徒の家族がご自分で死を選んだとする。その責任を取れと溝端先生は生徒に言えますか?」
溝　端「……いや。その…」
古　代「教師が人権意識を持たずしてどうするんですか」
溝　端「(思わず) 人権って…」
古　代「何度も言いましたよね? 変わるべきは…御上先生ではなくあなたのほうなんじゃないですか」

溝端「（忸怩《じくじ》たる思いを抱えて）……」

8　同・廊下

放課後。御上、椎葉に声を掛ける。

御上「椎葉さん、ちょっと時間貰っていいかな」

それを見かけた宮澤。

宮澤「……」

9　同・面談室

向かい合って話している御上と椎葉。

御上「体調大丈夫？　何か…家で問題が起こってるんじゃないのかって……」

椎葉「（イラッと）なんで男の先生に生理のこととか聞かれなきゃならないんですか」

御上「……」

椎葉「女友達にだって…なかなか言えないんですよ。そういうのわかってますか」

御上「…それは…うん……」

椎葉「自分は何もかも隠してるくせに」

御上「……え？」

椎葉「人にばっかり…話せっていうの…暴力です」

御上「……」

椎葉「もういいですか？　予定あるんで…」

椎葉、行ってしまう。

御上「……」

10　同・廊下

歩いている御上。
後ろから拳がつきつけられる。
振り向くと富永がいる。

富永「勝負しよ」

11　ゲームセンター（夕方）

格闘ゲームをしている富永と御上。

富　永「…授業中、たずね、ずっと泣いてたよ。
　気づいてた？」
御　上「だから呼び出し？」
富　永「そ。説教するから覚悟しといて」
御　上「……」
富　永「なんで泣いてたかわかる？」
御　上「……」
富　永「あーっもう」

富永、御上を必殺技で倒す。

御　上「…さすが」
富　永「考えろ、考えて、自分の頭で！」
御　上「なに。とつぜん」
富　永「それはいいんです。間違ってない」
御　上「なにが問題」
富　永「教師と生徒ならこれ大正解です。でも、
　人と人ならどうですか？」
御　上「……」
富　永「わたしたち素っ裸です。服着こんでたら、
　オカミが出してくる難問、答えられない。
　みんな丸腰丸裸で戦ってる。それ、わかっ
　てます？」
御　上「……」
富　永「なのになんであんただけ、鋼の鎧、着こ
　んでるんですか？」
御　上「……うまいこと言うね」
富　永「(頭を指して) ここのデキが違うんで」
御　上「……」
富　永「みんなわかってますよ。…あの記事見て
　…オカミがどんな思いで『考えろ』って
　言ってたか、わかんないヤツなんていな
　いです」
御　上「……」
富　永「なのに、関係ねえって、鎧着たままカッ

コつけて意味わかんないです。ちゃんと向き合ってください」
御上「……」
富永「…20年も昔のことって思えてないのはオカミ自身なんじゃないですか」
御上「……」

12 料亭（夜）

塚田と中岡が会食している。御上の記事を見ながら。
中岡「…困りましたね。こんなことがあるとまた古代さんが…」
塚田「そうなんだよ。ようやく真山弓弦の事件が下火になってきたタイミングで…」
中岡「実際のところ、どうなんですか。古代さんは？」
ふたりの視線が向かう先に溝端がいる。
溝端「…いやーそれが…」
中岡「まさか東《あずま》元官房長官のお孫さんの件、お断りとか言い出してる？」
溝端「まさかではないですね。まさにです。マスコミが学校の周りをうろついてる状況ではとてもできないと…」
塚田「え？　それは困るよ…」
中岡「東さんは内閣人事局の裏のドンって言われてますからね…事務次官を視野に入れているなら機嫌そこねていい人ではないですね」
塚田「そんな露骨な言い方しなくても…」
中岡「でも実際そうでしょう？」
塚田「そうなんだよ。あの人、何かにつけては、人事をちらつかせて…恫喝してくる。官僚であの人好きだって人、聞いたことがないよ」

中岡「隣徳にしたって何もいいことないですよ。それはわかってるんですよね？」

溝端「もろちんそう言ってますよ…でも…慎重になるべきだと譲らないんです…」

中岡「いいんですか。東さん怒らせたら、来年度の助成金も…どうなるかわかりませんよ」

溝端「え。それは困ります」

塚田「でしょう？　ここにいる3人、誰もいいことがない」

溝端「…わかりました…なんとか説得します」

塚田「（ちょっと怖い笑顔で）じゃあ乾杯しましょうか」

塚田自ら溝端に注いでやる。へこへこと注がれる溝端。

13　料亭前・路上（夜）

出てくる塚田と中岡。そして溝端。

へつらいつつも機嫌よく笑っている。

シャッターが切られる。

（実は槙野であることが後にわかる）

14　御上のマンション・御上の部屋（夜）

帰ってくる御上。

ステゴサウルスのフィギュアを見る。

フィギュアを手に取る。

14・ins　啓陵学園高等部・放送室（回想・2002年）

弁当を食べている中学生の御上と宏太。

宏　太「（フィギュアを見ながら）恐竜ってさ、体の大きさの割に脳が小さいから尻尾踏まれてから10分くらいして、ギャアッていうらしいんだよね。それ、いまの日本みたいじゃない？」

×××

御上「…（フィギュアにポツリと）学説変わってさ。だいぶ素早く動けるらしいぜ。兄ちゃん」

15 東京拘置所・外観（日替わり・朝）

16 同・面会室（朝）

緊張を押さえつけるように深く息をする神崎。
入ってくる弓弦。椅子に座り睨みつけるように神崎を見つめる。神崎はその姿に不安が滲んでいるようにも感じ。

神崎「…ちゃんと寝られてますか？」

弓弦「余計なお世話」

神崎「…俺もそうだったから」

弓弦「……」

16・ins ×××

（回想　第一話より）

御上「ならどうしてただゴシップを垂れ流した…そこに想像力を使わなかった」

神崎「……」

×××

（回想明け）

神崎「足掻いて…吠えて…歯向かって…でも、なにをどう都合よく解釈しても、自分が間違ってるってことがあるんだって初めて知った。…そしたら眠れなくなった」

弓弦「……」

神崎「書かないとって思ったんです」

弓弦「わたしは書かれたくない」

神崎「俺には責任があると思うから」

弓弦「……そういうのいらない」

神崎「見えちゃうんです」

弓弦「……」

神崎「…苛められた。引きこもった。信じてた母親に裏切られた。父親の鬱憤のはけ口にされた。恨みが社会へと向かった。方法が見つからなくてシブタニユウスケさんを殺した…こんな無意味な事実の羅列のあいだで切り捨てられてったものが…あなたのほんとの気持ちが…見える。だから俺は書かなきゃいけない」

弓弦「うぬぼれんな」

神崎「うぬぼれでもしないと、いま、立ってられないです」

弓弦「……」

神崎「ずっと見て見ないふりをしてました…。父親に対しての劣等感も…周りの人間への根拠のない優越感も…自分のことだけど気味が悪い…弓弦さんも、そうなんじゃないかなって…」

弓弦「……」

神崎「それを御上先生に見抜かれた。俺もあなたも。もう戻れない」

弓弦「……」

神崎「このままでいいんですか?」

弓弦「もう遅いんだよ…」

神崎「遅くても…遅いけど…」

弓弦「……」

神崎「書かないと…」

弓弦「……」

神崎「聞きたいんです」

弓弦「……」

ふたり、黙る。長い沈黙。

17　路上・和菓子店『椎の葉』前

是枝がいる。
そこには『椎の葉』という和菓子店。
シャッターが閉まっている。
『しばらく休業致します　店主』、と張り紙。
是枝がそれを見ている。
近所の人が声を掛ける。

隣人「椎の葉さんね、休業中なんだよねえ」
是枝「あの…いつから?」
隣人「半年くらい前かなあ…」
是枝「あの…事情ご存知ですか…」
隣人「ご主人の認知症が悪化しちゃったらしくて…」
是枝「…そうなんですね…あの奥様は…?」
隣人「それが奥さんのほうも…夏頃、倒れちゃって…」
是枝「……もしかしてお孫さんが介護…」
隣人「そうそう。たいへんだよ」
是枝「……」
隣人「心配だよねえ」

18　特別養護老人ホーム・廊下

歩いてくる一色（一色とはわからない）。
個室の前で止まる。『御上苑子』と名札。
扉を開ける。夥しい折り鶴。宏太の写真が飾られている。
しかし苑子はいない。

19　同・談話室

様々に過ごしている老人たち。その中のひとりの60代後半の女が折り鶴を折っている。

御《み》上《かみ》苑《その》子《こ》（68）。御上の母である。

御上、隣に座っている。と、そこにやってくる一色。

一色（声のみ）「おひさしぶりです」

と、苑子が見上げる。

苑子「宏太…この方誰？」

一色「え？」

御上、見上げる。そこには御上を宏太と呼んだことに驚いている一色真由美。

御上「…すみません。こんなところに呼んじゃって…」

一色「ううん。週末は毎週？」

御上「できる限りは」

一色と話をしていることに焦れたように。

苑子「宏太、どなたなの」

御上「一色真由美さん？　覚えてる？」

名前に記憶があるのかむしろ興味を失いまた折り鶴に戻る。

一色「…ずっとなの？」

御上「なにがですか」

一色「だって…宏太って…」

御上、外のベンチを指し、

御上「あっちで話しましょうか？」

一色「え？」

御上、スタスタと行ってしまう。

一色、あとを追うが、2・3歩歩き振り返る。

苑子は行ってしまったことも気づかぬように鶴を折り続けている。

一　色「……」

20　同・庭

御上と一色、ベンチに座る。

一　色「大丈夫？」
御　上「なにがですか？」
一　色「孝くんだって、わかるときもあるの？」
御　上「…ないですね」
一　色「そっか…」
御　上「もう慣れました」
一　色「…慣れちゃだめ…だと思う」
御　上「……慣れるしかない。だってもう20年以上そうなんですから」
一　色「宏太は…酷いね」
御　上「なんですか。いまさら」
一　色「さっき苑子さんの個室に行ってきたの」
御　上「ジャングルみたいだったでしょう」

一　色「…死んでから20年もたつのに、いろんな人の心を独占して…ニュースになったりして…目立ちたがりもたいがいにしろって思うよね」
御　上「その言い方…真由美さんも同じじゃないですか」
一　色「そうね…」

20A　啓陵学園高等部・放送室（回想・２００２年）

高校生の一色が、宏太に声をかける。

高校生の一色「宏太は、間違ってない」

その手を振り払い。

宏　太「気休め言うなよ」

行ってしまう。

高校生の一色「……」

20B　特別養護老人ホーム・庭（回想明け）

御　上「……」
一　色「孝くんはでも、凄いよね」
御　上「?」
一　色「学校が、動きはじめてる」
御　上「真由美さんがけしかけたのに、いまさら何言ってるんですか」

20C　文部科学省・道（回想）

T　一年前
文科省前。佇んでいる一色。

出てくる御上。

声を掛ける一色。
一　色「御上孝くん?」
眩しいものを見るように見る御上。

20D　特別養護老人ホーム・庭（回想明け）

御　上「にしても勇敢すぎますよ。文科省の前で…うちの学校に来て！　闇を暴いてってって…」
一　色「生徒たちが苦しんでるの知って…見過ごすわけにはいかないって思ったのよね…」

21　高見家の墓

槙野、墓の掃除をしはじめる。

御上の声「文科省…隣徳…そして永田町…繋がってるのは確実なのに決定的な証拠が出てこない…」

裏に回ったときに、高見唯人　享年26というひときわ若い死者が埋葬されていることがわかる。

その名前を見つめる槙野。

槙　野「……」

22　特別養護老人ホーム・庭

一　色「…歯がゆいわね」

御　上「そうですね。でも必ず全容、明らかにしますよ」

掃き出し窓の向こうで苑子が居眠りをしている。

一　色「あなたも…」

御　上「……え」

一　色「…わたしをここに呼んだってことは先に進もうとしてるのかなって…」

御　上「……そうですね」

23　隣徳学院・廊下（日替わり）

千木良が切羽詰まった表情で速足で歩いている。

24　同・保健室

椎葉が腰掛けている。

一　色「これね…わたしのなんだけど、カイロ…あったためれば少しは楽になるから…」

カイロを渡し。

椎　葉「……ありがとうございます」

と、千木良が入ってくる。

椎　葉「千木良」

千木良「また具合悪いって聞いて…」

椎　葉「大丈夫。ただの生理痛」

千木良「でもここのところずっとじゃん」

椎　葉「ごめん。千木良。これ、貼ってくれる？」

カイロを出す。

千木良「（ちょっとホッとした顔で）うん。もちろん」

千木良、背中にカイロを貼ってやる。

それを見ている一色。一色のスマホにラインが来る。

見る一色。御上からのライン。

『いまから生徒に話します』

一色「……」

25 同・教室

ホームルーム。

御上が来ている。是枝は後ろの席の生徒と話している。

チャイムがなる。

戻ってきた千木良が慌てて席につく。

御上、千木良が席についたのを確認すると、教壇に立ち生徒たちをまっすぐ見て話し出す。

御上「兄の話をする」
神崎「(目をあげて見つめる) ……」
東雲「(しっかりと聞かなければという表情)
……」

是枝「(不意をつかれて) ……」
御上「伝えるべき話だった。なのにごまかした。時間をもらいたい」
御上、神崎を見て、それから富永を見る。
富永「(自分も共に話すというような表情で)
……」
皆、御上をじっと見る。

26 同・廊下

一色が歩いてきて扉のところで止まる。

御上の声「…死因は、学校への抗議行動による自死」
一色「……」

27　同・教室

御　上「放送部だった兄は、学校への抗議を全校放送したのちに、自ら作った装置を発動させて…」

28　啓陵学園高等部・放送室（回想・2002年）

コンセントから直接伸びたコード。

それをセッティングしていく宏太。

29　隣徳学院・教室（回想明け）

御　上「感電死した」
生徒たち、じっと見つめている。
御　上「…君たちは、兄の行動をどう考える？」
生徒たち、まさかここで質問が来るとは思わず息を呑む。
気圧される空気に風穴をあけるように和久井が、さらりと。
和久井「理由はわかっているんでしょうか？」
御　上「理由？」
和久井「…記事には抗議の内容までは書かれてなかったから…」
御　上「…次元くん」
次　元「え？」
御　上「情報集めてるんだろ？　知ってるよね」
次元、珍しく逡巡しているが思い切って立ち上がり。
次　元「抗議の内容は…」

30　啓陵学園高等部・放送室（回想・2002年）

放送用マイクのスイッチ、高等部・中等部・中高等部のスイッチのうち高等部のみのスイッチを入れる。

口元。話し出す。

宏　太「今回、中等部から高等部への進学にあたり、学校側は、発達障害のある生徒を落としました。テストの点数には問題ないのに、おそらくは扱いづらいという理由で、排除した。これは、重大な人権問題であり、平等な社会の実現というわが校の校訓に反しています」

31 隣徳学院・教室（回想明け）

次　元「御上宏太さんは、署名活動を行いましたが、当時は発達障害という言葉も一般的ではない時代で…」

生徒たち、無言ではあるがザワザワした気持ちが見て取れる。

次　元「クラスメートの理解は得られず、クラスのなかで透明化していったそうです…精神に不調を来し、ある日、誰もが考えもしなかった極端な行動に出てしまった…」

32 啓陵学園高等部・放送室（回想・2002年）

話し続けている宏太。

宏　太「ぼくはこの状況を生み出した学校に抗議します。声を上げたぼくに対しての冷淡な無視に抗議します。そんな環境を生み出した社会に対して抗議します。死をもって…ぼくは…」

ドア外でドアを叩いている教師たち。

教　師「御上くん、開けて！　御上くんっ」

宏太の放送の声「その抗議を完遂する！」

宏太のスイッチを押す手元。

衝撃で蛍光管が割れる。扉を強制的に開ける音。

教師たちの声「御上くん？　開けて御上くん！」

扉を体当たりで開ける音。女性教諭

らしき叫び声。

駆けつけてきたらしき御上の声。

中学生の御上の声「兄ちゃん！　兄ちゃんっ」

教師の声「見るなっ！」

呆然と入口で立ち尽くす御上。

33　隣徳学院・教室（回想明け）

次　元「（御上を見て）…ぼくが知ってるのはここまでです。ネット情報のツギハギで…ほんとかどうかも…」

御　上「大丈夫。事実通りだ」

皆、しばらく考えているが。

和久井「…責任があると思うので最初に言います。抗議内容は、理解できます…間違ってないとも思います…」

34　同・廊下

気づくと扉のところに立っている少年がいる。御上宏太である。一色と目が合う。

一　色「……」

和久井の声「そして…そこまで考えられる人が死を選んだことが残念です。…ひとごとにはできません…」

教室へと入っていく宏太。

35　同・教室

入ってくる宏太。教室後方に立ち、御上を見る。

もちろん御上と一色以外には宏太の姿は見えない。

御上、一瞬目を閉じる。その表情になにかを感じ振り向く神崎。誰もいない。

御　上「（目を開き）他には」

倉　吉「学校は宏太さんの心のケアをしてくれていたんでしょうか」

御　上「担任は熱心で、家にまで来て相談に乗ってくれていた」

倉　吉「でも思いとどまらすこと、できなかった」

御　上「…担任が来たことで、兄にベッタリだった母が状況を知ってしまい、兄に泣いて縋《すが》った」

36　御上の実家（回想・2002年）

宏　太「誰かがやらなきゃならないことなんだよ！」

苑　子「もういいでしょう。そんな子たちのために、自分の人生を犠牲にする必要なんてない！」

呆然とする宏太。

その傍らで、どうにもできず立ち尽くす中学生の御上。

中学生の御上「……」

37　隣徳学院・教室（回想明け）

生徒たち、母からのその言葉がひとつの引き金になってしまったことを察知し、様々な表情になる。

と、富永が声を上げる。

富　永「オカミはどう思ってるの？」

富永、御上をじっと見つめてそらさない。

富　永「授業の範囲で収めるつもりなら許さないから！」

シーンとしずまり返る教室。

宏　太「……（御上をじっと見ている）」

御　上「……」

東雲が勇気を持って声をあげる。

東　雲「わたしは御上先生のおかげで父のことと向き合えました。聞くことしかできないけど…あの…」

長い沈黙。

じっと見つめている神崎と目が合う。

その向こうに宏太がいて姿が重なる。

覚悟を決めて話し出す御上。

御　上「…兄はぼくのすべてだった」

皆、見つめる。

御　上「ぼくは…すべての価値観が兄の影響で成り立っている。…成り立っていた。読む本…見る映画…音楽…社会への眼差しすべてを尊敬していた。だから小さい頃から…兄のようになりたいと思って生きてきたんだ」

38　啓陵学園高等部・放送室（回想・２００２年）

もう片付けられた放送室。

中学生の御上、呆然と立っている。

ステゴサウルスのフィギュアを手に取る。

御上の声「…あの日まで」

39　隣徳学院・教室（回想明け）

御　上「人生のモデルが…とつぜん消えた。正直、恨んだよ…母はおかしくなり、家は崩壊した」

生徒たち様々な表情で見ている。

御　上「兄の葬式が終わり登校したぼくの居場所はどこにもなかった…いたたまれなくなって、別の高校を受験し、ぼくは逃げた。それでも……引きこもりもせずここまで生きてきたわけなので、根が鈍感なのかもしれない。それさえも…劣等感だった」

御上、教室のうしろに立つ宏太を見つめる。

40　同・廊下

扉の外の一色。しずかに涙を流している。

41　同・教室

御　上「兄のような聡明な人間がどこで歪んでしまったのかと…考え続けていた」

42　特別養護老人ホーム・苑子の部屋

施設で折り鶴を折っている母。

御上の声「…いつも自分のことよりも、立場の弱い人たちのことを気に掛けていた…それが偽善でないことを、誰よりぼくが知っていた」

43　隣徳学院・教室

教室で生徒たちに話している御上。

御　上「なぜなら兄とぼくは3つ違いで…でも兄は…どんなときもぼくの速度を優先できる人だったから…」

真剣に聞いている生徒たちの向こうで、宏太がじっと御上を見ている。

43A　啓陵学園高等部・放送室（フラッシュ・一話回想）

宏　太「いつか孝にもわかると思う」

御上の声「なのにぼくは…兄の思いを汲み取ろうともせず…言ったんだ」

43B　同・放送室（フラッシュ・五話回想）

中学生の御上「友達から言われたんだよ…お前の兄さん、この頃おかしいぞって…」

宏太署名を整理する手を止めて。

宏　太「…孝にそんな思いさせてるのは申し訳ないと思ってるよ」

御上の声「…兄に最後の絶望を与えたのは母じゃない…」

44　隣徳学院・教室（回想明け）

生徒たち、じっと見ている。

御　上「…ぼくなんだ」

東　雲「……」

富　永「……」

神　崎「……」

御　上「そして…いまならわかる。兄が歪んでたんじゃない…世界のかたちが歪《いびつ》だっただけだ。兄はその歪な世界に形を合わせることができずに…死んだんだ」

教室にいる宏太があのときとも違う静かな、しかし、御上に届いたことがわかっているよという表情で。

宏　太「…でも…それやらないと自分じゃなくなっちゃうんだよ」

御　上「…そうだね」

宏太、来たときと同じようにそっと出ていく。

その空気をどこかで感じる神崎。

是　枝「……」

生徒たち、ただ御上を見つめる。

御　上「…兄のような存在を繰り返してはならないとぼくは思った。そのためには教育を変えなければ、と文科省を目指した」

45 同・廊下

出てきた宏太は一色を見ず、どこに行くのかも決めていないというように歩いていく。その行方を見る一色。

一　色「……」
御上の声「そこにあったのは巨大すぎる…思考を停止した組織だった」

46 同・教室

御　上「…小さな細胞のいくつかは…必死で動こうとしているけど…硬直していく本体は…どうやったって動かなかった…」
是枝、御上の目を見つめる。
是　枝「……」
御　上「ここの学校のことを知らせてくれた人がいた。いちもにもなく行くべきだとわかった……小さな細胞は…小さな細胞とせめて向き合うしかないと…」
生徒たち、自分たちが御上にとっての小さな細胞なのだと気づく。
富　永「……」
次　元「……」
東　雲「……」
神　崎「……」
御上の声「でもまったく向き合えていなかったと気づいた。君たちは…こんなにも向き合ってくれていたのに」
外は晴れている。
御　上「これからは、ぜったいに目をそらさない。約束する」
神　崎「……」
富　永「……」
皆が御上を見つめている。

47　同・保健室

戻ってくる一色。

誰もいない。『早退します』と椎葉のメモ。

一　色「……」

48　同・教室

ホームルームが終わった教室。

シンとしている。と、その空気を打ち消すように安西が立ち上がる。手に例の雑誌を持っている。

ゴミ箱のところでわざとらしく雑誌を破き、捨てる。

安　西「さてー。弁当食うか！」
次　元「なんだよ。それ」
皆、思わず笑ったり、気を取り直したりして、それぞれの昼休みの時間を始める。

49　同・廊下

ホームルームを終えて歩いている御上に声をかける神崎。

神　崎「オカミ！」
御　上「…なに？」
神　崎「このあいだ……弓弦さんに会ってきた」
御　上「…会えたんだ」
神　崎「それだけなんだけど」
御　上「…どうだった」
神　崎「相変わらず」
御　上「……」
神　崎「でも…（言葉を探す）ちょっと話せた」
御　上「そうか」
神　崎「じゃ……」
神崎、ぶっきらぼうに行ってしまう。

御上「……」

50 同・理事長室（夕方）

古代と溝端が向かい合っている。

古代「…わざわざ東京まで出向いて…結局、わたしに聞いてみます…って子供のお使いですか？」

溝端「しかしですね……来年度の予算がそろそろですし…」

古代「そろそろだからなんですか」

溝端「東さんが予算面に絶大な影響力を持っているのは古代理事長もご存知のはずです。だから…」

古代「……そうやって…物欲しそうな犬みたいな顔をしているから付け込まれるんです」

溝端「は？」

古代「この学校が不正をやっているとなったら…積み上げてきた隣徳ブランドはどうなりますか？」

溝端「…いや。しかし…」

古代「……東さんも塚田さんも、うちのこのブランドが欲しいんです。うちもそういうところまで来ているということなんです。そう簡単には手に入らないと…思い知らせてやらないと」

溝端「……」

古代「隣徳に相応しい人間になってください。溝端さん」

溝端「……」

51 同・理事長室前室（夕方）

溝端、出てくる。無人の前室で声に出さず吠える。

52　和菓子店『椎の葉』・前（夕方）

老人がフラフラと家から出てくる。
飛び出してくる椎葉。

椎　葉「外、行っちゃダメ！」
家へと押し込む椎葉。
椎葉、ドアを抑える。どうにもならない気持ちでドアをバンッと叩く椎葉。

次元の声「ヘイ・ルパン、御上宏太のプロファイル」

椎　葉「……」

53　次元の家・次元の部屋（夕方）

次元がパソコンを操作しているところに富永が入ってくる。

次　元「お。どした〜」
富永、慣れたかんじで冷蔵庫から飲み物を出しつつ。
集められた御上宏太の画像やデータがパアッと展開されている。〇で囲まれた卒業アルバムの写真。そして、粗い自殺現場の写真。それに気づいた富永。

富　永「え。なにするの」

次　元「その関係の情報、消そうとしてたとこ」

富　永「消すんだ」

次　元「そ。インターネット上のも消せるだけ消そうとは思ってる」

富　永「…そうね」

次　元「あの話聞いたらさ。せめて心意気で」

富　永「ジゲーン、いい男じゃあん」

次　元「インターネット見てるとさー。人がいかに間違う生き物かよくわかるよね〜」

富　永「…そうだね。インターネットのなかで浮かんでは消えていくご意見とやらが…命も心もたくさん殺してる」

次元「そ。これぞほんとのサイレント・キラー」

富永「日本でインターネットできてどれくらい?」

次元「ぼくらみたいな一般ピーポーが手軽に触りだして30年」

富永「うわー。それでこの存在感か…乗っ取られすぎじゃないか。世界」

次元「便利なんだよ。便利だし、ない世界が想像つかないけどさー」

富永「ほんとだねー」

次元「そうだ…消す前に…」

次元、宏太の写真を出して。

次元「ヘイ。ルパン、御上宏太の写真を39歳に生成して」

写真が変化する。

御上に似ている。

富永「…なんだよ。これ…ちょっと老けたオカミじゃん…」

富永の目に涙が浮かぶ。

泣く富永に、箱ティッシュを投げる次元。

富永、ティッシュをとり鼻をかむ。

ふたり、なんとも言えない思いで、しばらくその写真を見つめる。

次元「ヘイ。ルパン、御上宏太プロファイル、オールデリート」

『完全に削除しますか』のメッセージにイエスを押す。

次元「よしっ…ヨシッ…よーしッ」

富永「なんだよ~ジゲン~」

次元「なんだよ~トミナガ~」

ふたり、泣き笑い。

54　悠子のアパート・前（夕方）

質素なアパートの前に佇んでいる神崎。
スーパーの袋を下げ、パートから戻ってきた悠子。

悠子「……」

55　同・中（夕方）

相変わらず質素だが丁寧にしつらえられた部屋。同じように勉強しているあとがある。
悠子、お茶を入れてもってくる。

悠子「よくここがわかったわね。探偵になれるわよ」
神崎「弓弦さんに聞きました」
悠子「…面会、できたんだ」
神崎「はい。それで手紙の住所、教えてもらって」
悠子「…あの子、手紙読んでくれてた?」
神崎「…いや…あの…」
悠子「…そっか」
神崎「ガンコですよね」
悠子「そうね」
神崎「冴島先生に似てます」
悠子「……」
神崎「会えてないんですか」
悠子「……（頷く）」
神崎「大丈夫です」
悠子「え?」
神崎「会いたいと思ってるはずです」
悠子「やだ。成人すると、そんな急に大人のやさしさ身につくもの?」
神崎「（ぶっきらぼうに）もともと備わったスペックです。出してなかっただけで」

悠　子「（少し表情が緩み）……」
神　崎「……教師になったのはどうしてですか？」
悠　子「言ったでしょ。元教師よ」
神　崎「でも、こころが辞めてないじゃないですか」
　悠子、しばらく考えているが、神崎を見て。
神　崎「え？」
悠　子「誰かが変わる瞬間を、見続けていられる仕事だから」
神　崎「…暗い場所に堕ちていくのを見てるしかないことだってありますよね」

56　東京拘置所・独房

　薄い毛布を被り蹲っている弓弦の背中。

57　悠子のアパート・中

悠　子「自分のせいだって、眠れない夜のほうが多いかもしれない。でもこんなふうに…誰かの人生と……関わらせてもらえる仕事はたぶん他にないから…」
神　崎「ぼくはそれを…冴島先生から奪ったんですね」
悠　子「（しばらく考えているが神崎を見て）御上先生、とてもいい先生なのね」
神　崎「知ってるんですか……」
悠　子「一色さんから、前に…会ってみたいわ」
神　崎「会ったらぜったい後悔しますよ」
悠　子「なに、その言い方。大好きじゃない」
神　崎「ほんとのことを教えてください」
悠　子「…それを話したら、わたしは元教師でさえなくなるの」
神　崎「……」

58　バー（夜）

中岡行きつけのバー。
入ってくる槙野。

槙　野「（バーテンに）今日は中岡さんは？」
バーテン「いらしてないですね」
槙　野「残念…あー。ハイボールください」
（槙野、あとで思うと盗聴器を仕掛けたとわかる動き）

59　隣徳学院・職員室（夜）

御上と是枝が話している。

御　上「なるほど…ずっと休業中……」
是　枝「椎葉さんがひた隠しにしてる以上、どこから介入したらいいのか…」
御　上「そうですね…」
是　枝「バイトも、いくつか掛け持ちしてるみたいなんです。そのあいまに介護も…学校ほんとによく来てると思います」
御　上「こちらはまったくうまくヒアリングできませんでした…とはいえ、見過ごせる状況ではないですね」
是　枝「それは…はい…そう思います」
御　上「しかるべき対応を…」
是　枝「…教師ってほんとに大切な仕事なんですね」
御　上「どうしたんですか。とつぜん」
是　枝「今日…御上先生のお話聞いて…もしかして御上先生がそのときいたら…お兄さんのこととめられたかもしれないって思ってしまって…」
御　上「……そんなふうには思えません」
是　枝「……でも…そうかなって……」
御　上「……」
是　枝「なんとしても…椎葉さんの命は…繋がな

いと…」

御　上「……」

是　枝「今日の授業…椎葉さんにも…聞かせたかったです」

電話が鳴る。御上、電話に出る。

御　上「はい。隣徳学院、御上です……はい…はい…え?…」

60　ドラッグストア・バックヤード（夜）

ひとり思いつめた表情で座っている椎葉。

61　隣徳学院・職員室（夜）

電話対応をしている御上。

御　上「すぐ行きますので…警察に連絡はしないでいただけると…椎葉春乃はぼくの生徒です」

終

御上先生 | Episode 7 -delusion-

1　ドラッグストア・バックヤード・中（夜）

ドアが開き、御上と是枝が入ってくる。

椎　葉「……」

御上、店員と店長に頭を下げる。

御　上「うちの生徒がご迷惑お掛けして、たいへん申し訳ありませんでした」

椎　葉「帰らせてください」

店　員「さっきからこの調子です。謝りもせずに…」

御上、椎葉のところに行き。

御　上「もしかしてヘルパーさんが帰っちゃう時間？」

椎葉、ワッと泣き出す。

御上、是枝を見て。

御　上「行ってもらっていいですか？」

是　枝「…はい」

是枝、急ぎ出ていく。

御　上「（椎葉に）是枝先生が行ってくれたから」

椎葉、泣き続けている。

御　上「（店長に）…5分だけ…この場所を貸していただけますか？」

店　員「え。それありえないでしょ」

店　長「（制して）まあ…5分なら…」

店　員「貸すんですか」

店　長「隣徳の先生が逃げないでしょ。さすがに」

御　上「よろしくお願いします」

店長、店員に目配せをして出ていく。

店員も続く。ふたりきりになる椎葉と御上。

御　上「…早退したのは知っていたのに、自分のことで手一杯になっていて…すまない」

椎葉、うつろなかんじで御上を見る。

御　上「どれだけギリギリかわかっていたのに」

え、という顔になる椎葉。

御上が本気で言ってるのがわかりかすかに頷く。

御　上「ひとりで抱えてしまう気持ちはわかる」

椎　葉「……」

御　上「ぼくもそうだったから…」

2　御上の実家（回想）

宏太の遺影と夥しい数の折り鶴。

それを呆然と見ている中学生の御上。

御上の声「当時はヤングケアラーなんて言葉もなかったけど…」

3　ドラッグストア・バックヤード・中（回想明け・夜）

御　上「でも…まあ…先輩ではあるから」

椎　葉「……」

御　上「生理のことは…よくわかってないから教えてもらわないとなんだけどね」

椎葉、しばらく沈黙しているが。

椎　葉「もともと…軽いほうじゃなかったんです…でも…おじいちゃんの認知症が重くなってから…PMSが酷くなって…」

御　上「PMS？　ああ…月経前症候群ってヤツか」

椎　葉「わたしの場合は気分が…イライラしたり…意味もなく涙が出たり…抑えられなくて…」

御　上「…そうか」

椎　葉「…生理自体もどんどん重くなっちゃって…PMSがあるともうすぐ生理くるかも…って思ってそれもまた不安で…」

御　上「…ああ」

椎　葉「…今日…バイト前におじいちゃんのこと…ちょっと…突き飛ばしたみたいになっ

御　上「……」

ちゃって…それで……気づいたら…」

4　同・店内（夜）

閉店後。

レジのところに椎葉が盗んだナプキンが置いてある。

それを挟んで店長と御上、そして椎葉。

店　長「今回は警察には届けないので…」

御　上「ありがとうございます」

椎　葉「……すみませんでした」

店　長「これの代金だけ支払っていただいて…」

御　上「もちろん…（と、財布を出しかけて）ちょっと待ってください…」

店　長「え？」

御上、どこかに行ってしまう。

椎葉とふたり。店長は若干気まずい間。

と、御上が大量のナプキンを持ってやってくる。

御　上「これもいいですか？」

店　長「いや…かまわないですけど。え？」

御　上「（椎葉に）これだけあれば卒業まで足りる？」

椎葉、俯いているが小さく頷く。

店　長「レジ袋は？　有料ですが」

御　上「あ…お願いします」

わたわたとレジをする店長。

御　上「（椎葉に）……生まれてはじめて買ったよ」

椎　葉「……」

タイトル『御上先生』

5　道（夜）

大きな袋を持ち、歩いているふたり。

御　上「……たくさん掛け持ちしてたんだよね？　バイト」
椎　葉「いままだ少しはお金ありますけど…減ってく一方なので不安で…」
御　上「……それに…バイトしてたほうが気がまぎれるもんな」
椎　葉「……先生も…そうでしたか？」
御　上「…勉強、アルバイト…詰め込んでたね」
椎　葉「うちは、おじいちゃんとおばあちゃんだからそれなりに介護の覚悟もしてたけど…お母さんだと…受け止めきれないですよね」
御　上「……」
椎　葉「…あの…お母さんのは…」
御　上「え？」
椎　葉「（袋を見せて）はじめてって…」
御　上「…ああ…」

しばらく黙って歩く。

御　上「…それだけはぜったいに、人に買ってもらってたよ…」
椎　葉「……」
御　上「（笑って）ダメすぎだな」
椎　葉「（心打たれるが泣いてしまいそうなので精一杯ふざけ）……先生、キャラ変してないですか？」
御　上「……今日……みんなに聞いてもらったんだよ」
椎　葉「え？」
御　上「雑誌に載せられた兄の件をね…」
椎　葉「……あ…」
御　上「キャラ変？　してるとしたらそのせいかもね」

椎葉「わたしも聞きたいです…」
御上「…ああ…そうだね…」

6 文部科学省・オフィス（夜）

働いている槙野とちょっと疲れた様子の津吹。

槙野「津吹、昨日も徹夜だろ。帰ったほうがいいんじゃないの」
津吹「えー。槙野さんらしくないこと言いますね」
槙野「だってほらもうすぐ麻衣ちゃん出産だろ？」
津吹「だからですよ」
槙野「え？　どゆこと」
津吹「出産予定日、何が何でも休みたいんで」
槙野「いやいや。そりゃ休めるようにしますよ」
津吹「でもまあ…生まれてくる子のためにあと
ひと頑張り」
槙野「……」

7 和菓子店『椎の葉』・中（夜）

戻ってくる椎葉と御上。
椎葉、急ぎ是枝のところへ。

椎葉「あの…すみません…」
是枝「もうおふたりとも眠ってる」
椎葉「…ありがとうございます」
是枝「ほんとに頑張ってたんだね、椎葉さん」
椎葉「……」
是枝「（目を見て）わたしになにかできることないかな？」
椎葉「……わたし…退学ですか？」
御上「…やれるだけのことはやるから」
椎葉「……はい」

椎葉の背中が震えている。気遣う是

枝。

是　枝「……」

溝端の声「事情はどうあれ、隣徳の生徒が万引きというのは…許すわけにはいきませんね」

8　隣徳学院・職員室（日替わり・朝）

御　上「お店の方も警察には届けないと言ってくれましたし…彼女が抱えてる事情を考えると、今回処分は…」

溝　端「軽微な校則違反なら過去にもありますが…万引きだなんて、開校以来はじめてです。なんの処分もないでは示しがつきません」

と、ＦＡＸが音を立てる。山添が、ＦＡＸを取る。

山　添「え…ええっ？」

溝　端「なんだね。騒がしい」

山　添「えーと…コレ…」

山添、ＦＡＸを持ってくる。

そこには塚田・中岡・溝端が写った写真がある。

山　添「『ナゾは解けた？　こちらは話す準備がある。倭建命』だそうです」

溝　端「わざわざ読み上げる必要はないっ」

御　上「（写真を見て）え…。溝端主任、塚田さんとお知り合いなんですか？」

溝　端「……いや。知人の紹介で先日はじめて…」

御　上「知人？　まさか中岡さんのことですか？」

鋭く見る御上の視線を断つように溝端、ＦＡＸを掴み。

溝　端「椎葉さんのことについては上と検討します」

溝端、行ってしまう。

御上「……」

9　同・保健室（朝）

保健室に一色と是枝と神崎。

是枝、神崎にＦＡＸのコピーを渡す。

是枝「これ…頼まれてた倭建命からのＦＡＸ…今日来たのもあってぜんぶで３通」

神崎、中身を確かめている。

一色「（覗いて）…これと冴島先生が関係あるとは思えないけど…」

神崎「…いろんな角度から検証してみたいんです」

是枝「……」

神崎「おふたりは、弓弦さんの事件のこと…冴島先生から聞いたんですよね」

一色「…事件が起こってすぐ…。そのうちマスコミに知られて生徒たちが動揺するかもしれないから生徒たちの心のケア…お願いしますって…」

神崎「……なんなんですかね。あの人…自分のこと後回しにしすぎじゃないですか」

是枝「神崎くんのことも…心配してたわ」

神崎「…心配してもらう資格ないです」

一色「……でも、そういう人なの」

神崎「…もしかしたら……同じように…誰かを庇ってる？」

是枝「え？　なに？」

神崎「何度聞いてもただの不倫だって…」

是枝「（ハッとして）確かにそうかも…」

一色「……」

神崎「……」

10　同・理事長室（朝）

　ＦＡＸを間に置いて不穏な空気の溝端と古代。

古代「…（満面の笑顔で写っている溝端を見て）ずいぶん楽しそうじゃないですか」
溝端「いや…そんなことは…」
古代「この料亭はそれでなくても有名ですからね……いろんな記者が張り込みしまくってる…」
溝端「すみません…」
古代「たかが高校教師が官僚と料亭で密会って…身の丈に合わないとは思わなかったんですか」
溝端「……直接会って話したほうがいいと思ったんです」
古代「…目立ちたがりですねぇ溝端さんは…困ったものだ」
溝端「……」

　溝端、ＦＡＸを握りしめる。

古代「ところで、例の万引きの件はどうなりますか…」
溝端「……いや…その」
古代「隣徳のブランドに泥を塗った…最低でも退学…」
溝端「万引きで……退学ですか」
古代「……彼女がやったのはそれくらいのことだとわたしは思っていますよ」

　憮然とした溝端、一礼して去る。

11　同・教室（朝）

　11月7日（木）
　ひとつだけ席が空いている。椎葉の席である。
　その席を見つめる千木良。

千木良「……」

倉吉、その様子が気になるがさりげなく。

倉　吉「あれ、シイバ休み？」

千木良「え…あ…そうみたいだね」

富　永「どうした～。そんな泣きそうな顔してぇ」

千木良「ちょっと心配で…」

と、クラスの隅で。

市　原「え？　嘘」

波多野「…うちの親戚、ドラッグストアやっててさ…そこで」

安　西「え。なになに？」

波多野「お前みたいな、ドデカスピーカーには言えまっせーん」

安　西「ひでー」

その様子を見ていた千木良、不安になりスマホを開き、ラインを見る。

大丈夫？　という椎葉へのラインに既読がついていない。

千木良「……」

スマホを閉じる千木良。

富　永「……」

12　次元の家・次元の部屋（夜）

作業している次元。入ってくる神崎。

どんっと卒業アルバムを積み上げ。

次　元「え。なに、これ。卒アル？」

神　崎「ちょっと調べてほしいことがあるんだけど」

次　元「お。やったね」

神　崎「お前さ迷惑とかいう感情はないわけ？」

次　元「失礼だな。あるよ。フツーに」

神　崎「ふーん」

次　元「でもカンザキから頼られるのは、正直、ちょっとキュンとしちゃうよね」

神　崎「まずは聞けよ。何頼みたいか」
次　元「人探し、違う?」
神　崎「……違いません」
次　元「キュンですゥ」
　神崎、パカッと次元の頭を叩く。
次　元「イテッ。なにすんだよ～」
　少し和んだ空気。神崎、アルバムに手を置いて。
神　崎「冴島先生が庇うとしたら生徒…それ以外、ありえない」
次　元「詳しく説明してくれる?」

13　ゲームセンター（夜）

　ゲームをしている富永と御上。
富　永「なんの用?」
御　上「ちょっと頼みたいことがあって」
富　永「え。すご」
御　上「なんだよ」
富　永「成長したね」
　と言いつつ、御上に勝つ富永。
御　上「それ、教師が生徒に言う言葉だから」
富　永「だってさー。オカミから頼みごとって…」
御　上「ダメ?」
富　永「いやいや～、大歓迎です。頼みごとってもしかして椎葉のことですか?」
御　上「さすが鋭いね…」

14　バー（夜）

　中岡と塚田が話している。FAXをスマホで見ながら。
中　岡「困りましたねえ…」
塚　田「誰がやったんだか…こんなものニュースにしても観たい人なんていないでしょうに…」

中岡「とはいえ、古代さんに対しては効果絶大みたいで…」

塚田「そうなんだよねえ…また慎重になっちゃって…」

中岡「そういえば…東元官房長官から連絡が来ましたよ」

塚田「…いい知らせじゃなさそうだね」

中岡「孫娘は隣徳以外はぜったいにイヤだと言ってる。裏口をこじ開けろ、だそうです」

塚田「やっぱり」

中岡「塚田さんにも伝言言付かりました。事務次官になりたいなら、年齢的にもラスト・チャンスになるって……」

塚田「……ぜったいに諦める気はないってことですね…自分の身に危険が及ぶとは考えないのかなあ…」

中岡「いくらでももみ消せる…そう思っているんでしょう…実際、そうですしね。どうしますか？」

塚田「…古代さんにのんでもらうしかないけど…」

中岡「……塚田さんからもう一押ししてもらえますか？」

塚田「え……それ、中岡さんの仕事でしょ？」

中岡「……」

塚田「よろしく頼みますよ」

（実は槙野によってバーカウンター下に盗聴器が仕込まれ、録音されていることがのちにわかる）

15　文部科学省・オフィス（夜）

時計は夜10時を過ぎている。

まだまだ仕事をしている職員たち。

　永田町に出かけていく人もいる。

　槙野も津吹も仕事をしている。津吹、コピーするのに立ち上がる。槙野の近くを通る。見るともなしに見る槙野。

　コピー機に近づく足取りがおかしい。

槙　野「津吹？」

　津吹、振り返ろうとするがもつれるかんじで倒れる。

槙　野「津吹っ！」

　走り寄る槙野。ざわつく職員たち。

16　救急病院・廊下（夜）

　ベンチに座っている槙野。
　と、津吹の妻・津吹麻衣（24）がタオルや下着が入った袋を持って慌ててやってくる。お腹が膨らんでおり、妊婦というのが見て取れる。
槙　野「麻衣ちゃん。こっち」
麻　衣「槙野さん…すみません…」
槙　野「過労からくる眩暈だろうって。念のためMRIを撮るって言ってた。でも明日、」
麻　衣「会えますか」
槙　野「もちろん」
　ふたり病室に向かう。

17　同・病室（夜）

　入ってくる麻衣と槙野。
津　吹「なんで来たんだよ」
麻　衣「くるよ。とうぜんでしょ」
津　吹「大丈夫だから、もう帰れよ」
麻　衣「無理ばっかりするからこんなことになったんだよ」
津　吹「まあ…うん」

麻　衣「この子に会えなかったらどうするのよ…」

津　吹「おおげさだな」

麻　衣「でも…よかった…」

泣き始める麻衣。

津　吹「ごめん」

槙　野「……」

18　同じ病院（回想・2018年頃）

ストレッチャーに乗せられて運ばれてくる若い男性。

救急の医師が声掛けをしている。

医　師「高見さーん。大丈夫ですか？　聞こえてますか？」

後ろからついてきた槙野。

看護師「付き添いの方はこちらで」

ストレッチャーが手術室に入る。取り残されている槙野。

槙　野「……」

19　同・病室（回想明け）

槙　野「じゃあ俺、帰ります」

麻　衣「（我に返り）ありがとうございました」

槙　野「津吹、明日、検査終わって退院になったとしても、絶対に仕事来んなよ」

津　吹「いや…でも…」

槙　野「明日、金曜だし、少なくとも週末は霞が関に近づくな…これ業務命令だから」

ぺこりと頭を下げる麻衣。出ていく槙野。

20　隣徳学院・職員室（日替わり・朝）

週明け。溝端が教師たちを集め話している。

溝端「……先日、3年2組の椎葉春乃がドラッグストアで万引きをして捕まりました。家庭状況の逼迫《ひっぱく》が原因ですが、同時に校則で禁じられているバイトを多数掛け持ちしていることも発覚しました。なので処分を検討し、退学ということで決定しました。本人にも先ほど通達済みです」

御上、冷静に口を開く。

御上「…なぜ担任に相談もなく処分を決定したんですか」

溝端「御上先生は当校の正式な職員ではありませんから」

御上「おかしいですよね。彼女の窮状《きゅうじょう》に手を差し伸べるべきときに…退学って…」

溝端「…椎葉春乃がやっていたバイトの中に、出会い系のサクラがありました。ご存知でしたか?」

御上「!」

是枝「……え?」

溝端「下手したら詐欺罪に問われていたかもしれない…それを知って決意せざるを得ないということになったんです…」

御上「……」

21 同・教室（朝）

11月12日（火）

騒ぎになっている教室。

椎葉はあの日以来欠席しているため席は空いている。不安げな千木良。

倉吉「千木良、なにか聞いてる?」

千木良「…休んでからラインも電話も繋がらなくて…今日もそうだったら行ってみようかと思ってた…だから何も…」

東雲「今日放課後行ってみようよ。わたしもいっしょに行くから」

千木良「……うん」

と、御上と是枝が入ってくる。

次　元「椎葉が退学処分になったってウワサになってます。ホントなんですか?」

御　上「ああ…」

神崎、鋭い目を向ける。

神　崎「どうしてですか?」

御　上「学校側は…個人に関わることだから理由を開示することはしないと…」

千木良「このままにしとくんですか?」

御　上「どう思う?」

千木良「ありえないです」

御上、突然、黒板に文字を書き始める。

3／7

是枝、予想しない展開に驚く。

御　上「これ、何かわかる?」

和久井「分母が何かわかれば」

御　上「G7…世界の先進国トップ7だね」

和久井「ならたぶん、国内総生産、つまりGDPがG7中3位ってことです」

御上、次に7／7と書く。

御　上「ではこれは」

和久井「国民ひとりあたりのGDPがじつは最下位」

御　上「それも正解ではあるんだけど…」

神崎がボソリと。

神　崎「相対的貧困率」

徳　守「え。え?　相対的貧困率とは何ですか」

神崎、黒板にツカツカと行き。

『絶対的貧困』と書く。

神　崎「世界には明日の食べ物や飲み水さえない国がある。それは国全体が貧しいってことで、それを絶対的貧困っていう。そして…」

神崎『相対的貧困』と書く。

神崎「貧困線っていうのがある。それは、これを下回ったら、生活必需品を買うのが難しいとされる手取り収入の額なんだけど…そういう…貧困線を下回る世帯割合がG7で、いちばん多いってこと」

ザワッとする教室。神崎、席に戻り座る。

御上「日本は長らく一億総中流と言われていた。ところが気づかないうちにこの中流層から転がり落ちる人たちが増加している。つまり…」

御上、黒板に『格差社会』と書く。

御上「日本はこうなっているということだ。しかもかなりエグめのね」

生徒たち、じっと見つめている。と、突然教室の扉が開く。椎葉が立っている。

生徒たち騒つく。

千木良「椎葉…」

是枝「……」

椎葉、若干青ざめた顔だが、静まりかえる生徒たちの間をしっかりと歩き、自分の席に着く。

御上「調べてみた。隣徳の場合、入学した時点で経済的に困窮している家庭はとうぜんだけど限りなくゼロに近い。ここの学校にいるのは、私立のなかでも破格に高い授業料を払える、格差社会の上位の人間ばかりなんだ」

椎葉、じっと見ている。

御上「しかし、3年間のうちに経済状況が悪くなる生徒は当然だけどいる。過去には、退学を選ばざるをえなかった生徒もいた…椎葉さん」
椎葉「…はい」
御上「話したいことはある？」
椎葉「あります」
御上「…どうぞ」
椎葉、立ち上がる。
椎葉「大切なときにこんなことで時間もらってスミマセン…でも少し話をさせてください」
生徒たち「……」
椎葉「わたしは…幼稚園のときにお父さんとお母さんを交通事故で亡くしました。でもおじいちゃんとおばあちゃんが…何不自由なく育ててくれた…そのおじいちゃんが今年に入ってから認知症が悪化しました。店が続けられなくなり…そして…一緒に介護していたおばあちゃんが夏休みに倒れて…なにもかも…わたしひとりですべてやらなくてはいけなくなった…毎日…手一杯でした」
知らなかった事実を聞き、涙を浮かべる千木良。
椎葉「わたしがいい大学に行くのがおじいちゃんの夢だったので…頑張りたいって思ってました…。…前向きなつもりでいたんです…でも…こんなことになってしまって…学校にも…みんなにも…迷惑かけて…」
富永「迷惑とかさ。そんな気遣いいらないから」
椎葉「でも…」
富永、黒板に駆け寄るようにして、『相対的貧困』に○を書く。

富永「わたしたちの国のはなしでしょ？　それを椎葉がさ。身を削って…削りまくって、わたしたちに伝えようとしてくれてたんじゃん」

椎葉「……」

富永「迷惑とか言われたらホンキで悲しくなるし、いま椎葉からその話聞くより大切なことなんて少なくともわたしはない」

御上「パーソナルイズポリティカルは亡くなった兄が僕に教えてくれた言葉だ…椎葉さんの抱える生きづらさは、社会と繋がっている。政治と繋がってる。ぼくたちの未来がいいものになるかどうかに繋がっている。決して椎葉さんだけの問題じゃない」

富永、席に戻り、椎葉を見て座る。

椎葉、しばらく考えているが決意した顔で話しはじめる。

椎葉「今回の処分のきっかけは…ドラッグストアでの万引きでした」

驚く者、知っていて、やっぱりほんとだったんだ、という顔をする者。

椎葉「でも…決定的だったのは…マッチングアプリのサクラのバイトをしていたことです」

シーンとなる教室。ショックを受ける千木良。

神崎、ジッとなにか考えている。

椎葉「詐欺罪で告発される可能性があるバイトです……学校としても見過ごすわけにいかないと。わたしもわかってました。でも…家でできて…時給もよかったので…引き返せなかった」

千木良、ただ見つめるしかない。

御上「…なんで生理用品だったの？」
ざわつく教室。
御上「椎葉さんがドラッグストアでとったものは、生理用品だった。そうだよね？」
黙ってずっと聞いていた是枝。さすがにガマンできず。
是枝「やめてください！」
御上「どうしてですか？」
是枝「女性に対してそんな質問…見過ごせません！」
富永「（制するように）椎葉が決めていい」
是枝「…え？」
富永「質問に怒るのも、答えるのも椎葉が決めていいと思う。だって椎葉のことなんだから」
是枝「……」
椎葉、是枝を見て。

椎葉「わたし、今日は、その話をしに来たんです」
是枝「！」
椎葉「…御上先生が、聞いてくれたから」

22 道（回想）

御上「ひとつ聞きたいことがあるんだけど…」
椎葉「……はい」
御上「みんなの前で、話せる？　話したいと思う？」
椎葉「…なにをですか？」
御上「（袋を見せて）どうしてこれを盗まなければならなかったのか」

23 隣徳学院・教室（回想あけ・朝）

椎葉「おじいちゃんは和菓子屋さんです。和菓子屋さんでは…お赤飯も売ってます…すごく美味しい。うちの近所の人たちはみんな…うちのお赤飯で初潮を祝うんです…お赤飯恥ずかしいっていう子がいるの知ってます…でもわたしはそのおかげで……お母さんいなかったけど…生理っていいものなんだ、女の子にとって大切なものなんだって信じることができたんです。おじいちゃんが…小豆丁寧に丁寧に茹でて…お赤飯炊いてくれたから…」

椎葉、一瞬、俯くがまた前を向き。

椎　葉「…大切に思ってたものが…ただ辛いだけになってしまったのは…家がこんなことになってからです…ぜんぶ自分で考えないと、なんにも先に進まなくて…お金のことがいちばん怖い……店を売らなきゃいけないことも…おじいちゃんやおばあちゃんを施設に入れなきゃいけないこともわかってる…でも…考えようと思うと頭がゴチャゴチャになって…どんどん身体もキツくなって…」

千木良「…ごめん…椎葉…気づけなくてごめん…」

椎　葉「謝らないで…千木良。いっぱい心配してくれてたのわかってた…でも…（みんなのほうを見て）ほんとにほんとに困ってると、自分の中の何かを鈍らせないと生きてることが無理になるんだよ。相談できる人がいるってことも…気づけなくなる」

千木良「……」

椎　葉「なのに…生理がくる。わたし生きてるんだって…思い知らされて…わたしはここで血を流してるのに…誰も気づいてくれないって…苦しくて…御上先生にどうして生理用品だったか話したい？　って聞かれたときに……わたしがここにいることを…見つけてほしかったんだって…気づいたんです」

椎葉、一瞬俯いてしまうが気丈に顔をあげ。

椎葉「処分を受ける覚悟ならできてます。でも……それを伝えずにいなくなることは、したくないって」

椎葉、皆を見て。

椎葉「聞いてくれてありがとう」

御上「こちらこそ…大切な話をありがとう」

櫻井が立ち上がり御上を見て。

櫻井「あの」

御上「なに？」

櫻井「こういう場合、わたしたちはどこに抗議に行けばいいんでしょうか」

御上「…考えようか。方法を」

次元「よしっ！　よしっ！」

櫻井「え。なに？」

次元「ここで乗り遅れたら、男ども一生乗り遅れる案件なんでちょっと気合入れてみた」

富永「世界中ただのひとりも、生理と無関係な人間なんていないし、いたらホラーだから！」

千木良と椎葉、目が合う。

千木良「……」

椎葉「……」

是枝、生徒たちの想定以上の成長を目の当たりにしてただ見つめるしかない。

是枝「……」

その是枝の表情を見逃さない御上。

御上「……」

24 同・教室（時間経過・夕方）

誰もいない教室に是枝が佇んで黒板を見ている。
黒板に板書されている担当分け。
『署名』『調査』『資金』など書かれている。
富永、急ぎ足で戻ってくるが是枝を発見し見つめる。
是枝は黒板をスマホのカメラで撮り、板書を消そうとする。

富永「（見ていなかったふりで）スミマセン！　消し忘れちゃって」
是枝「いいの。いいの。みんな、やることいっぱいだもん。このくらいやるよ」
そう言いながら、黒板を消しはじめる是枝。
富永「ああっ」
是枝「え。え。何。消しちゃダメだった？」
富永「言うべきか！　言わざるべきか！」
是枝「もう。わからないなー」
いたずらっぽく笑った富永。
富永「コレエダ先生さー、落ち込んでるでしょ？」
是枝「べつに落ち込んでなんて…」
富永「あそこで、止めたの、ヤボだったたって反省とかしちゃってるんでしょー」
是枝「…どうしてもう少し待てないんだろうね…」
富永「わたし、オカミに頼まれたんです」
是枝「え？」
富永「ぜったいコレエダ先生が止めるから、そしたらすかさず出てくれって」
是枝「……」
富永「ならそうならないように、最初から話つけとけばいいじゃないですかって言ったら、オカミ、なんて言ったと思います?」

25　ゲームセンター（回想・夜）

御　上「同じことを話すとしても、全力で庇ってくれる人がいるのといないのとでは…たぶん違うから」

26　隣徳学院・教室（回想あけ・夕方）

富　永「オカミ、ぜったいコレエダ先生が椎葉を庇うって信じてるんだもん」

是　枝「……」

窓から差し込む夕日がふたりを照らしている。

27　同・どこか（日替わり）

プリンターから吐き出される署名用紙。

28　同・どこか（時間経過）

署名用紙を持って署名を頼む生徒たち。

和久井「学校の相談窓口や制度があれば、こんなことにはならなかったと思うんだ」

29　同・教室（時間経過）

和久井の声「ぼくたちのこれからにとって重要なことだと思う。協力してくれないかな」

『相対的貧困はわたしたちの問題です』のチラシがクラスに貼られている。

30　同・どこか（時間経過）

署名用紙を持って署名を頼む生徒たち。

富　永「これって、女性にとって切実な問題だと思う。他人事にしないでほしいなって…」

31　同・どこか（時間経過）

下級生に頭を下げている千木良。

千木良「親友なんです。こんなこと、ほんとはする子ではないんです。よろしくお願いします」

32　同・理事長室前廊下（日替わり）

揉めている和久井・千木良と溝端・片桐。

溝　端「いったんこっちで預かるから！」

千木良「いいえ。直接渡したいんです」

溝　端「片桐校長、なんとか言ってください！」

片　桐「え…なんとかってなんて…」

と理事長室の扉があき。

古　代「どうぞ入ってください」

溝　端「！」

33　同・理事長室

理事長机に積み上げられた署名。

古代と向かい合っている千木良・和久井。それを見つめている溝端と片桐。

古　代「…素晴らしいですね。ほぼ全生徒です」

和久井「皆、この問題は自分たちの問題だというぼくたちからの提案に賛成してくれました…」

千木良「椎葉春乃の処分取り消しと家庭環境が悪化した生徒の救済システム構築をお願いしたいです」

古　代「…検討しましょう」

溝　端「！」

和久井「…託しますので、よろしくお願いします」

出ていく和久井。軽く礼をしてから続く千木良。

古　代「うちの生徒たちは、政治意識が高い。３年２組にあんなアプローチをされたら、こうなることはわかっていたでしょう」

溝　端「……退学処分にしろとおっしゃったのは古代理事長じゃないですか」

古　代「…彼女がやったことはそれくらいのことだ、とは言いましたが…」

署名の山をパンと叩き。

古　代「いずれにしてもこれが結果です」

溝　端「……」

古　代「しかし面白い人ですね。御上先生は」

溝　端「面白い？」

古　代「生徒を信じ戦う…わたしの…若い頃を思い出しますよ」

片　桐「確かに！」

片桐を思わず睨む溝端。

古　代「片桐さんもそう思いますか」

片　桐「はい……この学校を作った頃の理想に燃えてらした古代理事長を思い出しますねえ」

満足そうな古代。

溝　端「……」

34　救急病院・病室（夕方）

津吹、窓の外を見ている。

入ってくる槙野。

槙　野「よお…」

津　吹「槙野さん」

槙　野「検査結果出たんだって？」

津　吹「脳の血管が、詰まりかけてたらしいです
…思ったよりヤバい状況みたいで…手術
まで絶対安静って言われました」
槇　野「…そうか」
津　吹「若さを過信しすぎですって言われちゃい
ました。どう考えても焼肉の食いすぎで
すね」
槇　野「身銭切って、部下殺しかけたってことか
…やんなるなあ」
津　吹「…手術日と出産予定日が…丸被りなんで
すよ」
槇　野「……」
津　吹「なんのために仕事してるんですかね。俺
たち…」
津吹、窓の外を見る。
津　吹「……」
槇野、そっと扉をあけて出ていく。

35　同・廊下（夕方）

槇野、廊下に出てくる。
ベンチにへたりこむように座り、目
頭を押さえる。

36　隣徳学院・教室（日替わり・朝）

11月15日（金）
教室に次元、飛び込んでくる。
次　元「なんかさ。理事長から談話があるらし
い！」
千木良「え…もしかして椎葉のこと？」
次　元「それは、わかんないけど！」
騒つく生徒たち。入ってくる御上と
是枝。
御　上「椎葉さんのこと、結論が出た」
ワッとなる生徒たち。
御　上「そのことで、古代理事長が君たちに伝え

たいことがあるそうだ」

プロジェクターを繋げる。古代が映し出される。

37　同・理事長室（朝）

カメラが設置されている。話をはじめる古代。

以下、古代の談話がフラッシュに被って流れながら、

古　代「このたびは、皆さんからの署名を理事会、評議委員会、教師一同、驚きと喜びと共に拝見しました」

38　同・教室（朝）

モニターを見る生徒たち。皆、ひとことも聞き漏らすまいとして。

古代の映像「今回のことは、隣徳としてはあってはならないことであり、わたしとしても厳しい処分を下さざるをえないものでした」

古代の声「しかし、この署名を目の当たりにし、自分たちがいかに浅はかだったかに気づきました」

見ている生徒たち。様々な反応。

いい結果になったことを確信し、嬉しそうにする者。

古代に対しての不信感が生まれてきた者。

冷静に聞いている者。他の人の反応をチラチラ見る者。

古代の声「『徳は孤ならず必ず隣あり』これは我が校の名前の由来となった孔子の言葉です」

39 和菓子店『椎の葉』・外（朝）

シャッターを開け、店を見る椎葉。

古代の声「徳を積んだ者にはどんな場合にも必ず助ける者が現れる…」

40 隣徳学院・職員室

睨むようにモニターを見ている溝端。

古代の声「わたしは皆さんに徳を積むことを願うと同時に、隣人として助ける精神をもってもらう教育を行いたいと思ってきました」

41 同・教室

古代の声「今回のことはこの創立の精神を、皆さんから教わったという思いです。よって椎葉春乃さんの処分は撤回。入学後に経済状況が変わった生徒の支援システムを整えていくことをお約束します」

皆、上気した顔で聞いていたがわあっと歓声を上げるもの。かみしめるようにするもの。泣き出す千木良。

是枝「（嬉しい結末ではあるがちょっと複雑で）……」

御上「……」

42 同・進路資料室

御上が調べものをしている。入ってくる是枝。

是枝「ちょっとお話、いいでしょうか」

御上「はい」

是枝「（処分撤回の紙を出して）…こんなことできるなんて考えもしませんでした。生徒たち…いつの間にこんなに成長してたんでしょうか」
御上「…そうですね」
是枝「ただ、ひとつ気になっていることがあって」
御上「なんですか」
是枝「富永さんから聞きました。富永さんに裏でお願いしてたって。わたしに直接言ってくれればいいじゃないですか」
御上「富永さん…それ話しちゃうか～」
是枝「わたしだってそうだと知っていれば…」
御上「是枝先生にも力を借りないと解決しないのはわかってました。ただ…」
是枝「ただ…なんですか」
御上「…嘘でやれるほど器用な人じゃないですよね」
是枝「……確かに無理だったかも…」
御上「だからこそ…是枝先生には同じ目線で生徒に寄り添う力がある」
是枝「……そんなことありません」
御上「ありますよ。是枝先生は素敵なサポートができる方です」
是枝「御上先生も女性はサポート役に回れって思ってるんですね」
御上「いえ。そうは思いません」
是枝「だって…」
御上「女性だから担任を替わられたことは理不尽です。戦うべきだとも思います。でも…是枝先生が副担任としてよい仕事をしていることは分けて考えるべきだ」
是枝「……」
御上「……この学校のどこに、すべてのホームルームに立ち会う副担任がいますか?」
是枝「……それは御上先生が…」
御上「確かにぼくが提案しました。でも…つまらない意地より、生徒の傍にいることを選んだのは是枝先生ですよ」

是枝「……」

ふたり、やや黙る。

是枝「…男並みに仕事ができるが褒め言葉だと思ってました。そうありたいって肩肘張って…でも違いますね…」

御上「その結果の社会が、イマココですからね」

是枝「そうですよね…わたしはわたしの仕事するしかないのに…」

御上「…それが…いちばん難しいですよね」

是枝「はい…あの」

御上「なんでしょう?」

是枝「わたしが家の力でここに来たのは、ご存知ですよね」

御上「ええ」

是枝「母が厳格で…そもそも教師になることにも反対してました。でも、わたしは勉強を教えるだけじゃなくて、子供たちの抱える問題と向き合いたいと思って教師になったので…地域の…ちょっと荒れてるって言われてる高校を敢えて選んだんです…そうしたら怒ってしまって」

御上「…そうなんですね」

是枝「その高校を勝手に断って…かわりにここを…」

御上「もしかして、スーパー熱血教師になりたかった」

是枝「そう言われると思ってました!」

御上「スミマセン…」

是枝「…でも…そうですね。正直、なりたかったです。スーパー熱血教師…」

御上「……」

是枝「そんなわけで…いやいや来た隣徳ですけ

ど……いい学校だと思ってたんです。理念は誇るべきものだし、古代理事長は尊敬できる方だって…」

御上「……」

是枝「でも……FAXのことがあって…そして、今日のあの放送……なんだろう…生徒のことより自分が結局主役なんだって思ってしまって…なんだか自分に酔ってるっていうか…」

御上「……」

是枝「わたし…母と話してみようかと思ってます。…古代理事長は生徒たちから搾取している…だとしたらわたしは生徒たちを守らないといけない」

御上「……」

是枝「…そして…自分の人生を…先に進めたいと思っているって…」

御上「……」

43 和菓子店『椎の葉』・中（夕方）

チャイムが鳴る。インターフォンで確認する椎葉。千木良と徳守、宮澤、冬木がひしめきあっている。

椎葉「え…？」

千木良「とつぜんごめんね」

徳守「椎葉さんにプレゼンしたいことがあるんです」

椎葉「…いま開ける」

44 同・作業場（夕方）

資料を出す徳守。
それを見る椎葉。
『椎の葉の継続と有効活用』というタイトル。

椎　葉「……なにこれ…」
千木良「チームビジコンが考えてくれて…」
宮　澤「椎葉が、勇気出してくれたから、たくさんわかったことがあった…女子はもちろんだと思うけど…男子にとっても…すごく大切なことだった」
椎　葉「……」
宮　澤「みんな、そう思ってる。だから…せめてと思って…」
冬木がプレゼン資料を捲《めく》り。
冬　木「ここが椎の葉っていう名前のままで和菓子店、続けられたらいいと思わない？」
椎　葉「そんなの無理だよ」
千木良「どうして？」
椎　葉「和菓子は、いま、それでなくても厳しいの。売上が減少してるし…後継者もいないし…」
宮　澤「でも、椎の葉は、売上減少してなかったでしょ？」
椎　葉「昔からの繋がりがあったから…でももうそれも切れちゃったし…」
徳　守「…ここ！　見てほしいんです！」
資料を捲りあるページを指す。
椎葉、資料を見る。
徳　守「椎の葉の顧客は皆さん、もしここが継続するなら力になりたいと言ってくれてます。地元の力…これからの日本に一番、必要なものだと思うんですよ！」
椎　葉「…わたしに和菓子屋はできないよ」
徳　守「（ページを捲り）だから、店を探している和菓子職人とマッチングして、クラウドファンディングを…」
椎　葉「…ありがとう…でも…」
宮　澤「え。なに？」

椎　葉「もう決めたから」
宮　澤「どういうこと？」
椎　葉「母方の叔父が、不動産屋さんなの。ずっと連絡も取ってなかったから、当然うちの状況も知らなかったんだけど、思い切って連絡したの…」
千木良「それ、椎の葉を売るってこと？　椎葉それでいいの？」
椎　葉「…ずっと意地張って、助けてって言えなかった。ちゃんと言えたのは、みんなが頼る勇気を教えてくれたから…」
千木良「おじさん、なんて言ってた？」
椎　葉「…春乃がなにか困ったらなんでもするって決めてたよって……」
徳　守「では、その叔父さんに、この資料見てもらったらきっと…」
冬　木「父親にも聞いてみた。実現可能だって…」
椎　葉「…すごいね。みんな。こんなアイデア、わたしぜったい思いつかない」
徳　守「ですよね！」
椎　葉「…正直まったく追いつけてない…でも…これからでも追いつきたいんだよ」
千木良「……だから…やろうよ。シイバ」
椎　葉「…だけど…おじいちゃんの味じゃない椎の葉は、椎の葉じゃないって、思うから…」
徳　守「……」
冬　木「……」
宮　澤「……」
千木良「……」
椎　葉「でも…すごく嬉しい。嬉しいって思う気持ちを感じられることが嬉しい…」
千木良「…うん」
椎　葉「まだまだたくさん決めなきゃいけないこ

とがある…迷ったら、みんなに相談していい？」

椎葉を抱きしめる千木良。

千木良「ぜったいだからね」

宮澤、冬木、徳守、それを見守る。

45 文部科学省・局長室（夕方）

塚　田「万引きの件ではご迷惑掛けましたね…それ以上に…聞きましたよ。御上の担当クラスの成績が下がっていること…それでひとつご提案があって…」

46 隣徳学院・理事長室（夕方）

古　代「え…御上先生を文科省に戻す？」

47 文部科学省・局長室（夕方）

塚　田「はい。ひとり倒れてしまった者がおりまして…」

48 隣徳学院・理事長室（夕方）

古　代「それは得策とは思えませんねえ。生徒が間違いなく騒ぎ出します…」

49 文部科学省・局長室（夕方）

塚　田「御上がこれ以上ご迷惑かけてしまってはと心配なんですよ」

50 隣徳学院・理事長室（夕方）

古　代「わたしね御上さんには可能性を感じているんです。隣徳をもうひとつ上にひきあげてくれるんじゃないかとね」

51 文部科学省・局長室（夕方）

塚　田「確かにその可能性はある男です。そんなこと言っていただいてわたしとしても嬉しいですよ。もし古代さんが本気でそう思ってくださってるなら、ここから先うまく取り込むというのもひとつのやり方ですよね。彼はいま、隣徳を離れたくないはずだ。だからまずは成績をあげてもらって」

52　隣徳学院・理事長室（夕方）

古　代「そのあと…こちらに引き込むか…切るか…」

53　文部科学省・局長室（夕方）

塚　田「御上…槙野…中岡…溝端…誰を残し、誰を味方にするか…見極めるべきときが来ていますね…」

54　隣徳学院・理事長室（夕方）

古　代「そうですね……了解しました。では…失礼します」

電話を切る古代。

55　文部科学省・局長室（夕方）

塚　田「……」

塚田、電話を切って。

56　御上のマンション・御上の部屋（夕方）

一色が入ってくる。ステゴサウルスが目に留まり。

一　色「……」

御上の部屋の壁に、ホワイトボード。そこには今回の事件の人物相関図のようなものが書かれている。御上、コップにお茶を入れて持ってくる。

一　色「……（? を赤丸で囲み）進んでるようで進んでないのね…」
御　上「…不正入学がもしあったとしても、寄付を貰ったくらいでは検察は取り合ってくれません。永田町からの（図の助成金と塚田の出世に○をつけ）不当な利益を得ていた確証がないと」
一　色「そして…冴島先生が関わっていたのか…いなかったのか」

57　悠子のアパート・中

悠子の部屋。差し入れと思しき冬の衣類を準備している悠子。
ふと、自分の本棚から英語の児童文学らしきものを一冊抜き取り入れる。

58　御上のマンション・御上の部屋

御　上「そうですね…」
一　色「繋がるときは一気に繋がりそうなんだけど…」
御　上「とは言え…このまま手をこまねいてもいられないので…」
スキャンダルのＦＡＸを出す。

58・ins　×××

（回想・第二話より）
御上の前にＦＡＸを持って立ちはだかる記者。
記者３「この件、何か心当たりは」
御　上「（サッと奪い取り）ありません」
×××
御　上「……これを使って…仕掛けてみようかと思っています」

終

御上先生 ｜ Episode 8 -strategy-

1　隣徳学院・廊下（朝）

慌ただしく険しい顔で歩く是枝。
3年2組へと入っていく。

2　同・教室（朝）

11月18日（月）
騒ついている。入ってくる是枝。

是枝「…御上先生、まだ来てない？」
東雲「あの、御上先生いなくなるってウワサほんとですか？」
是枝「…それ…どこで聞いたの？」
川島「部活一緒だったヤツからラインきて職員室で聞いたって…」
是枝「わたしもよくわかってなくて…」
と、御上が入ってくる。
倉吉「先生、文科省戻るってほんとなんですか？」
御上「…情報が早いね」
是枝「！」
富永「説明してもらっていいですか」
御上「…後輩が倒れてね。仕事が回らないから戻ってきてほしい、と学校側に打診があったそうだ」
ガタッと立ち上がる椎葉。
椎葉「…溝端先生に話、聞いてきます」
櫻井、東雲、他何人かが追随する感じで立ち上がる。
御上「その前に話そうか」
椎葉「だって…」
御上「この話には続きがある…もし戻らないなら、担任を下ろされるかもしれないと仄めかされた」
宮澤「なんでですか」
御上「君たちの成績が下がっているから、かな」

東雲「え。ウソ」
御上「保護者から問題視する声があがっているらしい。まあ…受験生なんだから正当な理由ではあるけどね」
冬木「え…でも…そうなったら」
御上「強制的に文科省に戻されるか…是枝先生と担任替わって副担として残るか」
是枝「ちょっと待ってください。わたしは、いつでも担任は引き受ける覚悟で副担任をやってます。でもそれと、学校側の勝手すぎる人事を呑むかは別問題です」
櫻井、立ち上がり。
櫻井「是枝先生の言う通りです。クラスの成績があがらないから担任を替えるなんて前例作ったらぜったいにダメです」
御上「担任替えてくれってあんなに言ってたのに？」
櫻井「（睨みつけて）まだその芸風でいくつもりなんですか？」
富永、噴き出す。御上、少し居住まいを正して。
御上「そうだね。ちゃんと話そう。…こんな話が出ているのも、おそらくは君たちに『考える力』がついているからだ」
徳守「どういうことですか」
御上「前提として、なぜ『考える教育』が浸透しないかというと、それは、暗記力に頼った詰め込み式の教育を変えようとすると一時的に見た目の学力…つまりテストの点数が落ちるからなんだよね」
和久井「思考力が身につけばまたあがるのに待てない。そういうことですよね」
御上「そうだね。ゆとり教育から脱ゆとりがいい例だ。ゆとりの時間をうまく扱えなかったばかりか、成績が下がったことに焦り、脱ゆとりともっともらしいことを言って詰め込み型の教育に戻した」

富永「でも、その制度作ってるのオカミたちじゃん」

御上「確かにそうだね」

和久井「でも、いまの大人も、考える教育、受けられていない。つまり『考える力のない大人』ってことですよね。そんな大人が『考える力』を育てる教育を作る…難しいと思います」

御上「…だから責任はない…なんて言うつもりはないんだけどね。でも中にいたからこそ思う。この国の教育制度を変えていくのにはそれこそ『考える力』が足りなすぎるとね」

東雲「…わたしたち、ちゃんと考えてます。御上先生が教えてくれたことじゃないですか」

御上「ぼくが教えたなんて思ってないけど、この学校に来てからたった半年。君たちがすごいスピードで変化しているのは確かだ」

徳守「でも結果、テストの点数が落ちている。そこを学校は問題視しているってことですよね！」

東雲「……」

神崎「…つまり、一時的に落ちるから仕方ないなんて悠長なこと言ってる場合じゃないってことだよ」

和久井「そうだね…次の試験で結果を出すしかない…」

安西「結果って？」

和久井「判定あげろってことでしょ」

生徒たち、じっと見つめている。
生徒たち、すでに考え始めている顔になっている。

是枝「…どうするか意見出し合いましょうか?」
宮澤「え。意見出し合う必要ありますか?」
是枝「どういう意味?」
宮澤「だって成績あげればいいことでしょ? やるしかないでしょ」

すぐやる気になっている者。違和感があって考えている者。はっきりとそれは違うという顔をする者。様々な反応。

東雲「結論ありきで進めるのはよくない…っていうのも、御上先生が教えてくれたことだよね?」
宮澤「……」

是枝「みんな、どう思う?」
椎葉「わたしはいま……それがたとえオカミのためでも…誰かのために成績あげる気持ちにはなれない」
宮澤「いや。でもさ…」
千木良「(自分に言い聞かせるように) やるなら自分のためと信じたい。そういうことだよね」
椎葉「(千木良を見て頷き)…育った家を売って…おじいちゃん、おばあちゃんを施設に入れて…それでも大学行くことに決めた…もちろん勉強はするよ。でも学校を見返すための点取りゲームには参加したくない」
富永「わたし、オカミが言ったことでスッゲー覚えてることがひとつあって…」
是枝「何?」

富　永「わたしたちが目指してるのは、上級国民だって…」
皆、それがスタートだったことに思い当たるところがあって。
富　永「もし死に際にあんた上級国民だったね、って言われたら屈辱的すぎるって思ったんだよね」
生徒たち、この半年に思いを馳せる。
富　永「真のエリート？　『神に選ばれた者』になりたいってわけでもないんだけど…たった一回しかない人生なんだから、ちょっとは役に立つ人間になりたいなって…思っちゃってる自分もいてさ」
自分の中にある思いが言語化されていくのを見つめる生徒たち。
富　永「（キッパリと）…受験は目的ではなくて手段。だけどっていうか…だからこそ、それを知ったわたしたちが東大に行くことには意味があると思う」
御　上「…それはぼくもそう思う。そして…ぼくの名誉はどうでもいい。…ここからの三か月を、君たちの人生にとって意味のあるものにしてほしい。それだけがぼくの願いだ」
一　同「……」
和久井「ずっと…思っていたことがあるんです」
是　枝「聞かせてくれる？」
和久井「ちょっと前から勉強法…シェアし合えないかなって思ってて…勉強自体を豊かにしたい。そういう意味なら俺…伝えたいことがたくさんあるから…」
椎　葉「それならわたしもやりたい。やってみたい」
次　元「まとめます！　自分たちらしい勉強法を

『考える』。そして『生み出す』そのついでにオオカミを救う！　これでどうだ！」
おおっと全体がどよめく。和久井、御上を見て。
和久井「助けてくれますよね」
御　上「…必要であればもちろん」
富　永「コレエダ先生も！」
是枝、頷く。何度も。
御　上「……」
タイトル『御上先生』
塚田の声「これ以上、御上のことでご迷惑かけるわけにはいかないよ」

3　文部科学省・局長室

塚田の執務室。槙野が呼ばれている。
塚　田「成績について保護者からだいぶ抗議があったらしくてね…」
槙　野「……いやでも……いくらなんでも乱暴すぎませんか。文科省に戻れ。でなければ担任替えるって…」
塚　田「槙野くん、御上くんが戻ってくると何か困ることでもあるの？」
槙　野「いや…そんなものはないですよ…ただ内部的にも外部的にも見え方が…」

4　隣徳学院・理事長室

呼ばれている溝端。
古　代「……溝端さん、わかってますよね？　これがラストチャンスですよ」
溝　端「…もちろん…わかっています」
古　代「官僚派遣で来た教師を降格する…こんなカードを切った以上、あとには引けませんから」

溝端「……古代理事長」

古代「…なんだね」

塚田の声「何が言いたいの?」

5 文部科学省・局長室

塚田の執務室。

槙野「…こんな中途半端な時期に戻したら、私立高校への初の官僚派遣が失敗だったと言って歩いてるようなもんじゃないですか」

塚田「…だから戻すとしたら異例の昇格人事をセットにするしかないよね」

槙野「……え?」

塚田「あれ。もしかして問題はそれかな?」

槙野「…いや。まさか」

塚田「気持ちはわかるけどね。ここで御上くんが昇格するとしたら室長ってことになるし…それは君たちの同期でいちばんの出世頭ってことを意味する…」

槙野「……」

塚田「でも…全体がうまくいくことのほうが大切だよ。それがわからない槙野くんじゃないでしょう」

槙野「(悔しさを滲ませて)……それは…もちろん」

溝端の声「理事長、おっしゃいましたよね。理事長が倒れて、わたしが助かる道があるかって…」

6 隣徳学院・理事長室

古代「……」

溝端「わたし、それを聞いて思ったんですよ。わたしが倒れて理事長だけは無傷なんてことあるのかな〜って…」
古　代「……それがどうかしたのか」
溝　端「わたしは、いろんなことを知っていますからね。トカゲの尻尾を切ってはいおしまい、みたいにはいかないってことです」
古　代「……それ脅してるつもりかな？」
溝　端「……理事長も、自分の言葉に責任持ってくださいね。悪いことだけは人のせいにする…そんなやり方、通用する時代じゃないんですから」
古　代「心外だなあ……そんなこと…ぼくは一度たりともやったことないけどね」
溝　端「（古代の己を全く疑っていない迫力にやたじろいで）……」
塚田の声「御上くんが本気になる。そうすれば成績があがる」

7　文部科学省・局長室

槙　野「……」
塚　田「厄介払いか名誉か…ぼくとしては名誉を取ってくれると信じているが…」
槙　野「……」
塚　田「文科省に戻ったら戻ったで…それなりに利用価値はある男だ…それは槙野くんがいちばん知ってるじゃないか」
槙　野「……」
塚　田「人の心配している場合じゃないよ。槙野くん」
　憮然としつつも一礼し、出ていく槙野。
塚　田「……」
　塚田、古代に電話を掛ける。
塚　田「こちらは槙野と話しました…かなり焦ってましたね…あいつもなかなか強欲な男

ですから」

8　隣徳学院・廊下

廊下を歩く溝端。

古代の声「わたしも溝端さんと話しましたよ。ここから先、誰を残すにしても溝端さんを残す選択肢はないですね…」

9　同・理事長室

古　代「まあでもあの方…家のローンもありますし…お子さんが小学校の受験を控えてますから…そこまで無謀なことはしないと信じてますけどね…」

10　文部科学省・局長室

塚　田「御上を取り込めなかったら槙野ですね……あとは中岡さんをどうするか…いずれ厄介ですよねぇ。知りすぎた男たちは…」

11　隣徳学院・理事長室

電話を切る古代。

古　代「……」

12　是枝の家・外観（夕方）

急ぎ足で帰ってきた是枝、家を見て一瞬足が止まる。

息を深く吸い、入っていく。顔がこわばっている。

13　同・リビング（夕方）

座敷で、和装の母、怜子がお茶をたてて出す。飲む是枝。ひとつ動作を飛ばしてしまう。

怜子「（見逃さず）たまにはお稽古もいらっしゃい…わたしの娘が作法もおぼつかないようでは恥ずかしいわ」
是枝「……」
怜子「…先ほどの話だけれど…学校経営には関与しない、そう決めてますから」
是枝「でも隣徳には継続的に寄付をしてますよね？」
怜子「わたしは古代さんの理念に共感して寄付させていただいているだけ。そして、お金を出したら口を出していいなんてものではないでしょう。教育は」
是枝「でも不正をしているとなったら話は別です」
怜子「そんな証拠もないのに…下品ね…」
是枝「だから証拠を探すためにここに来たんです」

怜子「わたしの信用であなたを預かってもらったのよ」
是枝「頼んでません。そんなこと！」
と、顔を覗かせる是枝の父、雅和。
雅和「怜子さん、生徒さんがいらしてるよ」
怜子「（是枝に）くれぐれもわたしの顔に泥をぬるような真似だけはしないでちょうだいね」
是枝「自分で選んだ学校じゃない。でも隣徳はわたしにとって大切な場所になりました。その大切な場所を…生徒たちを守りたいんです」
怜子、行ってしまう。
是枝「……」
雅和「コーヒー飲むか」
キッチンに行く雅和。

14　同・リビング（時間経過）

ドリップで丁寧に淹れたコーヒーを出す。是枝、飲む。

是枝「おいしい」

雅和「嬉しいねえ。お母さんは飲んでくれないんだよ。茶道の先生はコーヒーなんか飲まないそうだ」

是枝「酷いね」

雅和「まあねえ…」

是枝「よく我慢してるよ。お父さん」

雅和「入り婿だから」

是枝「そんなの関係ないでしょ。ねえ、お父さん、なにか知らない？」

雅和「知らないなあ…」

是枝「でも、このあたりの人、みんな隣徳に寄付してるんでしょ？」

雅和「そういうのもぜんぶお母さんがやってるから…ああ…でも確か…印刷会社の高志《こし》さんが…」

是枝「…高志さん？」

雅和「（掛けられているカレンダーが高志印刷のもので、それを指して）そうそう。高いにこころざしって書いて高志さん。先代の社長が、古代さんをえらく尊敬してて…それでこのあたりの人を取りまとめたんだよね」

是枝、カレンダーの高志という字をじっと見る。

是枝「……」

15　神崎の家・リビング（夜）

リビングで本を読んでいる神崎の父、栄治。

帰ってくる神崎。そのまま部屋に行

こうとするが。

栄治「拓斗」

神崎「なに?」

栄治「お前、真山弓弦の面会に行ってるのか」

神崎「え?」

バサッと分厚い封筒を出す。そこには東京拘置所の住所と真山弓弦という署名。

栄治「こんなものが送られてきた」

神崎「……」

栄治「新聞記者ごっこはいますぐやめろ」

神崎「なんの権利があって言ってるの?」

栄治「これは…生半可な気持ちで踏み込むべきことじゃない」

封筒を掴み。

神崎「生半可な気持ちなんかじゃないから」

行ってしまう。

栄治「……」

16 同・神崎の部屋(夜)

入ってくる神崎。

リュックを放り投げ、封筒を開ける。

何十枚にもわたる手紙が入っている。

読み始める神崎。

弓弦N「面会の限られた時間で冷静に話す自信がないので、自分のここまでの人生を文章にしました」

17 東京拘置所・独房

弓弦の独房。粗末なテーブルで便箋に這いつくばるように向かっている弓弦。

弓弦N「正直、思い出すのが苦しすぎて、延々嘘を書き続けているのではないかとさえ思います」

18　神崎の家・神崎の部屋（夜）

手紙を読んでいる神崎。

弓弦N「でもそれでも…これがわたしの思い出せるすべてで、わたしにとっての真実です」

一枚捲る。

弓弦N「わたしの最初の記憶は、父に殴られている母です」

19　弓弦の家

（回想・弓弦の家）

隆文が悠子に暴力を振るっている。

悠　子「やめてください。弓弦が…」

隆　文「口ごたえするな！」

それを物陰から見ている弓弦（6）。

怒りと怯えが目に宿っている。

悠子、弓弦に駆け寄り抱きしめ耳を塞ぐ。

その悠子を後ろから引きはがそうとする隆文。

悲痛な弓弦の表情。

20　神崎の家・神崎の部屋（回想あけ・夜）

読む手が止まる。

神　崎「……」

頭を抱える。しばらくそうしているがまた読み始める。食い入るように。

21　隣徳学院・廊下（日替わり・朝）

三脚とカメラを持ち颯爽と歩いてくる是枝。

22　同・教室（朝）

有志（とはいえほぼ全員）。
少し早めに登校している。
ぼんやりと考えごとをしている神崎。

23 東京拘置所・独房

便箋に向かっている弓弦。

弓弦N「いつも自分がごちゃごちゃとして考えがまとまらなくなったのは、高校一年生のときです」

24 弓弦の高校の教室（回想）

教科書を開く弓弦。とあるイラストに吹き出しが書かれ、
『お前が嫌われるには理由がある』とセリフが書かれている。その教科書に涙が落ちる。
背中。しかし誰も話しかけない。

弓弦N「辛い言葉だった。でももっと辛かったのは、自分が知ってたこと。どうして自分が嫌われるのか。人と話すことが苦手で…でもプライドが高くて…自分が特別だって思わないと保てなかったから…」

25 隣徳学院・教室（回想明け）

是枝が入ってくる。
神崎も我に返る。

是　枝「早めに集まって作戦会議してるって聞いて…（カメラを見せて）あの、記録とっていいかな」

和久井「（みんなに）ダイジョブだよね？」

誰も反対しない。是枝に頷く者もいる。準備する是枝。
和久井が前に立って話をしている。

和久井「じゃはじめよっか。このクラスの場合、

基礎的な学習能力はあるし、受験マトリックスも実行して自分を把握してるよね」

皆、受験マトリックスのノートを広げる。

波多野のノートがアップになる。受験マトリックス模試などの結果を分析し、得意・不得意がわかるようになっている。付箋管理されている。

和久井「でも成績が停滞している。これはどうしてだと思う？」

家のことを必死で済ませてきたと思われる椎葉が急いで入ってくる。

千木良が『いまはじまったところ』と小声でささやく。頷く椎葉。

榎　本「そこが不思議なんだよね」

徳　守「不思議じゃありません。圧倒的に学習時間、少なくなってます…ぼくの場合…（メモを見て）一日あたり58分平均でした…ということは…一週間で…7時間弱！」

村　岡「でもそれだけが原因かな」

徳　守「え。なんでですか」

村　岡「身体に一回入ってる知識は簡単にはなくならないし、実際、学力が下がってる実感、俺はないな」

徳　守「村岡くんはちゃんと勉強してたから…」

村　岡「え。じゃあ徳守は学力下がったと思う？」

徳　守「絶対的な意味なら下がってないと思いますが、順位はジリジリ下がってます」

遠　藤「あー。おれもそんなかんじだわー…」

次　元「あ。そこ、オレ、ちょっと分析してみた」

遠　田「あ。聞きたい」

26 同・教室（時間経過）

タブレットをプロジェクターに繋げ。

次　元「何人かに提供してもらって、テストの結果分析してみたんだよね。それによると…成績が落ちてるっていうより、2年のときの現状を維持してるだけなのが問題だなって。他の受験生が必死で勉強して伸びてるわけだから、判定はとうぜん下がるよね」

後ろの扉から御上、入ってくる。皆、気づくが。

御　上「いいよ。続けて」

次元、次のデータを出す。

苦手ジャンルが分類される。

次　元「これを受験マトリックスに落とし込むと、それぞれのいまの課題が出てくる。まあ勉強法の基本に戻れってことなんだけど…」

富　永「でもそれだとまた勉強のための勉強ってコトにならない?」

次　元「そこなんだよ～」

宮　澤「とはいえ、短期的に成績を上げたいわけだから、やっぱり効率化は必要だよね」

御　上「…和久井くんは、どう勉強してるの」

和久井「あー、ぼくはけっこう非効率的かもしれないです」

御　上「非効率的?」

和久井「そうですね…水兵リーベぼくの船…これ元素記号覚えるための有名な語呂合わせだけど…ぼくはそういう記憶の仕方はあまり…」

次　元「そこフカボリ頼む」

和久井「例えば、ビッグバンが起こったときに、宇宙に出現した元素は、水素とヘリウムだけだった…だから元素記号の1番がH、水素、2番がHeヘリウム。水素のHはHydrogenで、ギリシャ語で水の素…ヒュドラはギリシャ神話で深海に棲む蛇…」

次　元「…すご…」

和久井「水素だけで、宇宙の始まりから歴史…神話…水素をエネルギーって捉えると環境問題にもリーチできるし…どこまでも行けるんだよね。そして、そこまでやらないと楽しくない」

御　上「そのどこまでも広がる知識はどこかでまとまる？」

和久井「はい。ある時点で…水素の部屋みたいなのが脳の中にできて…」

御　上「…人の記憶力は若いときがピークと言われているし実際そうなんだけど、じつは年をとればとるほど頭ってよくなるんだよね…知識が溜まっていって、ある時シナプスが伸びて脳細胞同士が繋がる…それが理解したってことで、この理解力は30歳超えてから深くなっていくと言われてるんだ」

和久井「感じることありますね。いま…シナプスが伸びて脳細胞同士がつながったって」

倉　吉「え。それ、超カッコいいね」

御　上「そのかわり若いうちにたくさん努力する必要はあるらしいけどね。ぼくが読んだ本には、30歳の誕生日をどう迎えるかが大切だって書いてあったね」

是枝が思わず声をあげる。

是　枝「どう大切なんですか」

生徒たち、少し驚く。

是　枝「…わたし…もうすぐ30歳になるんです…

だから…」

ほほえましい気持ちになる生徒たち。明るいクラスの雰囲気が、弓弦の人生にはなかったものだということに複雑な気持ちの神崎。

御上「…例えばその日、本を読んで過ごした人は、一生言葉といい関係を築けるし、深く読めるようになる」

是枝「…それならできそう…やってみます」

安西「ヤベ、気を付けないと俺、めっちゃ雑に過ごしてそう」

笑いが起こる。そんな中、自分たちの環境と、弓弦の置かれた環境との違いに、苛立ちを感じる神崎。

神崎「……」

小栗「オカミはどう過ごしてたの?」

御上「ぼくは、職場で国会答弁書きながら、気づいたら日付が変わってたね」

小栗「ダメすぎだよ～」

御上「ぼく以外みんな帰って誰もいないフロアでこれからの日本を考えながら30歳の誕生日を迎える。官僚としてこれ以上はない贅沢な誕生日だったよ」

小栗「負け惜しみ～」

神崎「(ボソリと)贅沢だよ…わからない?」

小栗「え?」

富永「どしたの。神崎」

神崎「(ハッとして)…いや…」

御上「……」

神崎「……ちょっと…ごめん」

小栗「謝るとか…別にいいけど」

次元「神崎、あのさ」

神崎「え…なに?」

次元「神崎に、論述問題全般担当してほしいんだよねー」
神　崎「…わかった」
次　元「やった！」
富　永「え。マジ？　やるんだ」
御　上「…これからする勉強が点数をあげるためのただのノウハウになるか、脳細胞同士を繋ぐ理解を伴った知識になるか…みんなはどうしたい？」
倉　吉「もちろんシナプス繋げまくりたい！」
和久井「よし。じゃあ、今日の放課後からさっそくはじめようか」
皆、明るく上気している。

27　同・教室（夕方）

黒板のあたりにチーム和久井。参加しているのは倉吉・東雲・櫻井・安西・小栗。教室後方ではチーム富永が後に英単語暗記とわかるカードゲーム的なものに興じている。チーム和久井は、黒板に『対数』→『log』と書かれている。それを見つつ。
和久井「例えば対数だけど…めっちゃカンタンに言うと、電卓のない時代に、大きな数字の掛け算を足し算にできないかなって生まれたものなんだよね」
安　西「わかりやすっ」
和久井「それでも自分の人生に対数なんていらない気もしちゃうけど…例えば人間の感覚って実は対数的に動いてるのは知ってる？（ウェーバー・フェヒナーの法則と書きながら）こういう法則があってさ、人間の感覚なんていう曖昧なものも数学的に解き明かせる…」

倉　吉「えー。なんかかわいいかも対数」
和久井「でしょ？　そう考えていくと…」

28　同・別の教室（夕方）

富永を中心に英単語ゲームを実行中。波多野と富永が見せた単語カードを見ながら意味を言う。当たっていた場合は、『わかる』に置く。間違っていたりわからなかった場合は、意味を教えてから『わからない』に分類していく。ふたつの山ができていく。『わからない』に分類された山を取る。また同じことをやる。

富　永「英単語は覚えるまでじーっとひとつを見てるより、こうやってクイズみたいに楽しんで覚えたほうがいいんだよね。なぜなら思い出すってプロセスが含まれてるから」
波多野「あ。アクティブ・リコール！」
富　永「イエス。あと、ゲーム性を持たせると脳科学的にモチベーションが上がるって言われてて…」
徳　守「オッケー。さっそくやってみましょう。今日中に単語何個？」
戸　隠「100個とか？」
徳　守「であれば200」
伊　原「えー。マジ？」
徳　守「やるぞやるぞ俺はやるぞーっ」

通りかかり、それを廊下から見ている是枝と御上。

是　枝「生徒たち生き生きとしてますね…教え方もアップデートしなきゃ…」
御　上「是枝先生、もしかして学生時代は…」
是　枝「…ご想像通りです。単語帳とにらめっこで、一日のノルマが終わらなければ寝ません」

御上「ド根性で」

是枝「はい。いまとなっては化石のような。例えばカモノハシです。そのこころ、わかりますよね？」

御上「カモノハシは太古の時代からまったく姿が変わっていない。つまり継続力のある動物です」

是枝「融通が利かないとも言います」

御上「自虐入れてきますねえ」

是枝「(澄まして) クリティカルシンキングです。批判的思考。自分をアップデートするためには必須ですよね」

と、唐突に富永が声をかけてくる。

富永「オカミ～『窮乏した』！　英語で！」

御上「ｉｎｄｉｇｅｎｔ」

おおっとなる生徒たち。

富永「『現職の』」

御上「ｉｎｃｕｍｂｅｎｔ」

わっと沸く生徒たち。単語ゲームは続く。楽しそうに。

御上「…是枝先生、この世でいちばん体力のある動物知ってますか」

是枝「…わかりません」

御上「驚くなかれ人間なんです」

是枝「え。嘘」

御上「42・195キロを人間より早く走れる動物はこの世にいません」

是枝「……生かさないとですね。体力」

御上「こんな話もあります。昔、とある動物園に人間の檻があって…そこには、こう書かれていた」

是枝「はい」

御　上「……この世の動物のなかで最強で最弱な生き物、人間と」
是　枝「……（生徒たちを見て）いま、わたし、最強の生き物を目の当たりにしてる気がします」
御　上「…そうですね」
生徒たちのいる場所が明るい。
御　上「守りましょう……なんとしても」
是枝、御上を見る。
御　上「（生徒たちを見ている）……」

29　救急病院・外観（日替わり・土曜日）

30　同・病室

入ってくる御上。津吹、驚き。
津　吹「え…えーっ。すげえ御上さん来た」
御　上「たまたま近くまで来たから」
袋に入った見舞いの品を渡す御上。
津　吹「来てくれてメッチャ嬉しいです」
御　上「え。ほんとに？　迷惑かなと思ってだいぶ悩んだんだけど…」
津　吹「教師、どうですか？　やりがいとか…」
御　上「それが…めちゃくちゃあるんだよね」
津　吹「そーですか〜。そーだよな〜」
御　上「高3ってさ…大人でもなくて、子供でもなくて…なんか気持ち悪い生き物なんだよ」
津　吹「え？　気持ち悪い？」
御　上「なんだろうね。生命力が強いのに、すごく繊細で…変化する速度がプランクトン並みにはやくて、一時も目が離せないっていうか…俺たちもあんなだったのかな」
津　吹「ビジコン、ありましたよね。俺、じつはあれ、ちょっと感動しちゃって…」

御上「あれは、ぼくも正直ビックリしたよ」

津吹「…終わったあと、生徒に囲まれてる御上さん、羨ましかったなー」

御上「……」

津吹「…俺、じつは教職持ってて…御上さんの次があるなら行きたいかもって…そのとき、思いました」

御上「ぜひ。津吹、向いてると思うし」

津吹「え。そうですか。嬉しいな」

御上「まずは手術しっかり成功させて…」

津吹「そうっスね…」

御上「……」

31 高志印刷会社（同日）

手土産を持ち歩いてくる是枝。

高志印刷会社の看板。入っていく是枝。

32 同・内部

二代目らしき人が、相手をしている。

高志「親父の時代は、隣徳の応援団みたいなのやってましたけど…わたしが継いでからはお付き合いもなくて…」

是枝「お父さんなにか残されてませんか。資料とか…」

高志「…几帳面だったんで名簿みたいなのあったんですけどねえ…半年くらい前、隣徳の人が来てお渡ししたんです」

是枝「…その人の名前、わかりますか？」

高志「…えーと…（名刺を出して）この方です」

是枝「！」

33 ゲームセンター（夜）

いつになく思いつめた様子でゲームをしている私服の富永。負けてしまう。

富永「……」

34 隣徳学院・進路資料室（日替わり）

話している是枝と御上。

是枝「やっぱり倭建命は御上先生だったんですね」

御上「どうしたんですか。いきなり…」

是枝「高志さんわかりますよね…御上先生が寄付者の名簿を持っていったって…」

御上「…よくそこに辿り着きましたね」

是枝、ＦＡＸを出し。

是枝「…クサナギノタチはヤマタノオロチの尻尾から出てきた刀です…そしてヤマタノオロチは、高志の国…いまの新潟のあたりから来る大蛇だと言われていて…なので…もしかしたら不正と関係あるのかと…」

御上「…でも…ヤマトタケルはぼくではないんです。ただ、不正については話しておきたいことがあります」

是枝「え？」

御上「来てください」

立ち上がり出ていく。追いかける是枝。

35 同・保健室

座っている御上と是枝。対面に一色。

一色「…ごめんね。是枝ちゃん。ほんとにごめん」

是枝「え。え…どういうことですか？」

一色「（お悩み相談の紙を指して）最初は、生徒が相談してきたの…自分は不正入学なんじゃないか…自己採点だと、ちょっと足りなかったのにって……」

是枝「え…でもそれでどうして御上先生…」

一色「御上宏太…御上先生のお兄さんは高校時代…わたしの恋人だったの」

是枝「……（驚いて）」

一色「それで…官僚派遣で文科省から先生が来るって聞いて、頼みに行ったのよね」

是枝「え。じゃあ一色先生がヤマトタケルなんですか」

一色「それは違うんだけど…」

是枝「そこまでわかってるんだったらすぐにでも告発すればいいじゃないですか」

御上「不正入学の見返りとして、永田町や霞が関が隣徳に助成金を優遇していた決定的な証拠がないんだよね」

是枝「高志さんのところから持ってきたのは…」

御上「商工会の人たちの寄付金の帳簿だね…かなり高額ではあるけど、正当なものだったよ」

是枝「証拠にはならない」

御上「そうだね」

是枝「許せないです……言葉では立派なことを言って子供の人生でお金儲けしていたなんて……母たちの善意も…そんなことに使われて…」

御上「そうですね」

是枝「（御上に）いまからでも…わたしにできることないでしょうか」

御上「…えーと」

是枝「わたしの生徒の話なんです」

御上「わかりました…協力してもらいたいこと

があります」

是枝「なんでしょうか」

御上「プランオオカミ2です」

36 同・屋上

ぼんやりしている神崎。

弓弦N「神崎くんは言ってましたね」

36 ins ×××

(フラッシュ・第五話)

神崎「…弓弦さんがあんなことしたのは、父親への復讐?」

弓弦「……」

神崎「俺はそうだった」

弓弦「は?」

神崎「新聞記者の父親を出し抜くために、冴島先生のスキャンダルをリークした」

弓弦N「わたしがそのとき思っていたこと…それは…父親をあんなふうに憎める神崎くんが羨ましいということでした」

×××

考えている神崎の横顔。

弓弦N「この世にはそんな感情すら抱きたくない親というのが存在するのです」

37 弓弦の家・弓弦の部屋

本が積み上げられた弓弦の部屋。

その中にうずもれるようにして本を読んでいる弓弦。

深い夜からだんだんに夜が明けていく。

没入している弓弦。革命に関しての本が積み上がっている。

弓弦N「わたしはひとつの言葉に支配されるよう

になりました。それはある革命家の言葉です。『世界があなたを変えれば、あなたは世界を変えられる』変わりたかった…わたしは、どうしても変わりたかった…」

38 試験会場

（回想・国家公務員採用総合職試験）
倒れている渋谷友介。血が床に広がっている。傍らでナイフを手に立っている弓弦。怒りに満ちた目をしている。

次元の声「神崎！」

39 隣徳学院・屋上（回想明け）

我に返る神崎。次元が屋上の入り口から入ってくる。

神　崎「…え？　なに？」
次　元「今日さ、うちこない？　例の件…わかったことがあって…」

40 次元の家・次元の部屋（夕方）

神崎と次元がいる。

次　元「神崎、やっぱすげーよ」
神　崎「何が」
次　元「論述問題の添削講座」

41 隣徳学院・教室（フラッシュ）

高梨、名倉、金森に囲まれている。まずは国語系の解答を見ている。

神　崎「こんなことは、誰でもすぐ思いつくただの感想文。でも、ここ…ちょっと面白い独自の視点があるから、フカボリする」
高　梨「お…おお…なるほど」

次は世界史らしき解答。
見つめている名倉。

神　崎「中央アジアの歴史をしっかり押さえてるのは評価できる…でも、結果としてのホラズム朝の成果について書かれてない。チンギス・ハンによって滅ぼされただけじゃ満点は狙えないかな…」
名　倉「……」
金　森「すご…」

42 次元の家・次元の部屋（フラッシュ明け）

神　崎「お前が押し付けたんだろ」
次　元「次々ぶった切ってくの壮観だったなー。あれ、観客入れても金取れる」
神　崎「もういいよ。その話…それより」
次　元「そうだった。そうだった（卒アルをパンと叩いて）いましたよ。尋ね人がこの中に」
神　崎「誰？」
次　元「ヘイ・ルパン、出席名簿2019…」
バーッと出席名簿が出てくる。
次　元「これは教員なら誰でもアクセスできるデータベースではあるんだけど…不正入手なんで、ご内密にお願いします」
神　崎「これがどうかした？」
次　元「学校的に問題があった生徒は、通常、処分が出るまで欠席するのが通例。椎葉がそうだったでしょ？　だから…欠席の理由がよくわからないヤツを洗い出してみたんだよ…」
神崎、ピックアップされた生徒たちの名前をじっと見る。
次　元「ここ10年で…冴島先生が担任だったクラスの生徒で該当者は一名…ヘイ・ルパン、

トクラズデータ」

ひとりの生徒の写真がパッと出てくる。

戸倉樹という名前。

神　崎「……！」

次　元「期末のあと1週間欠席…なんの処分も受けてないいんだけど…気になるよね～」

神　崎「いま、なにしてるの」

次元、データを出して。

次　元「一浪して東大理2合格。院を目指してる。現在、都内で一人暮らし」

神崎、時計をチラッと見て、リュックを背負う。

神　崎「住所、俺のスマホに送って」

次　元「行くの？」

神　崎「できるだけ早く話がしたい」

出ていく神崎。

次　元「えーどゆこと？」

と、とつぜんAIが応える。

ルパン「イヨイヨクライマックスデス」

次　元「えー。ルパンもそう思う？　俺もそう思う」

ルパン「ラストノショウゲキニソナエヨ」

43　道（夜）

走っている神崎。戸倉の一人暮らしの家の前で立ち止まる。電気がついていない。

44　道（時間経過・夜）

戻ってくる男。神崎、近づいていく。

戸　倉「君、もしかして隣徳の生徒？」

神　崎「戸倉樹さんですよね？」

戸　倉「（いぶかし気に）そうだけど……」

44・ins ×××

（回想・第五話）

神崎「面会ならこの先ですよ」

戸倉「いえ…違います」

行ってしまう。

×××

神崎「神崎といいます。ちょっとお話聞かせてもらえますか？」

戸倉、ハッとして。

45 バー（夜）

隣同士で飲んでいる中岡と槙野。

槙野「中岡さん、政策秘書をやめたのはどうしてですか？」

中岡「…向いてなかったんですよ。選挙勝っても褒められませんが、万一負けようものなら、ぜんぶお前のせいだと言われますしね」

槙野「わかります。ほんと理不尽ですよね…」

中岡「塚田さんに仕えるのも…なかなかタイヘンですよね」

槙野「えーっ…わかっちゃいました？」

中岡「あの人は自分の出世しか考えていないので…」

槙野「御上を戻して室長にするって……そんなおかしな人事、誰も納得しないですよ」

中岡「槙野さんももちろん狙ってた…」

槙野「とうぜんですよね…ここまでやって御上に先を越されたらいい笑いもんですよ…正直…このままで済むと思うなよってかんじです」

グイッと酒を飲み干す槙野。

中岡「（槙野の強欲なかんじをはじめて目の当たりにし）……」

槙　野「（自分の作戦がうまくハマり）……」

46　隣徳学院・外観（日替わり・夕方）

47　同・教室（夕方）

放課後のガヤガヤした教室。スマホに着信があったらしい富永。何人かの生徒たちが向かい合って、単語カードを切っている。慌てて準備し、帰ろうとする富永に声をかける晴山。

晴　山「あれ、富永やらないの」
富　永「ごめん。ちょっと今日ヤボ用」
晴　山「わかった～また明日ね！」

教室を出ていく富永。いつにない表情をしている。

48　同・廊下（夕方）

職員室から出て歩きだす御上。
逆方向から職員室に入っていく是枝。

49　同・理事長室前・廊下（夕方）

理事長室をノックする御上。

古代の声「どうぞ」

50　同・職員室（夕方）

溝端のところに近づく是枝。

是　枝「いま、ちょっとお時間いただけますか…できれば二人きりでお話ししたいのですが」
溝　端「…？」

51　同・理事長室（夕方）

向き合っている古代と御上。

御　上「隣徳に来て半年…古代理事長の教育の素

晴らしさに感銘を受けてきました…生徒の隅々にまで隣徳の理念が浸透していて、毎日驚くことばかりです」

52 同・進路資料室（夕方）

是枝、自分が入ったときの日誌的なものを出す。
そのページを繰りながら。

是枝「わたしが入ったとき指導してくださったのは溝端主任でした…生徒に寄り添い、自主性を重んじる…。わたしは、教育のなんたるかを溝端主任に教えていただきました」

53 同・理事長室（夕方）

向かい合っている古代と御上。

御上「椎葉春乃の件でもご英断いただき、感謝すると同時に尊敬の念を深く致しました」

古代「…そんな風に思ってくださっていたとは…意外ですね」

御上、自分のことや神崎のことが書かれたＦＡＸを出す。

古代「…これがなにか？」

54 同・進路資料室（夕方）

向かい合っている是枝と溝端。

是枝「最近の溝端主任は教育の理想を忘れてしまったようにも見えます…でも…わたしには…苦しみを抱えられているように感じられるんです」

溝端「なんのことだかさっぱり…」

是枝、御上と同じＦＡＸを出す。

溝端「…これがなにか」

55 同・理事長室（夕方）

向かい合っている古代と御上。

御　上「単刀直入に言います。これ、誰が送信したか、わかりました」

古　代「！」

56 同・進路資料室（夕方）

向かい合っている是枝と溝端。

是　枝「短刀直入に言います。これ、送ったの溝端主任ですよね」

溝　端「！」

57 同・理事長室（夕方）

御　上「永田町や霞が関がいまだにＦＡＸを使って重要文書を送るのはよく知られていますが、ぼくたち官僚が最初に教えられることがあるんです。同じコンビニから何度も送ってはいけないと。特に自宅から近いコンビニでは。理由は…」

古　代「……」

58 同・進路資料室（夕方）

是枝、ＦＡＸの上部を指して。

是　枝「ここに店番号が印字されるからです」

溝　端「（動揺が滲む）」

59 同・理事長室（夕方）

御　上「そしてこの店番号は…溝端主任の家の最寄りのコンビニのものでした」

古　代「…それだけで証拠になりますか」

御　上「ぼくはともかく、生徒のプライバシーを切り売りすることは許しがたい行為と思いました。なので、そのコンビニに行って聞いてみたんです」

古代「……」

60 同・進路資料室（夕方）

溝端「…わたしがやったという証拠は」
是枝「仔細はお話しできませんが、証拠ならあります」
溝端「……」

61 同・理事長室（夕方）

御上「（溝端の写真を出し）この人が送っていたと証言してくれました」
古代「……なんでそんなことを…隣徳に不利益になる情報を自らマスコミに流すって…意味がわからない…」
御上「それだけ…鬱憤が溜まっていたということですよね」
古代「……」

62 同・進路資料室（夕方）

是枝「わたしとしては、このことを外に出すつもりはありません。ただ……」
溝端「……なんですか」
是枝「溝端主任が知っていることを話していただきたいんです」
溝端「……なにを言っているのか…」
是枝「この学校は不正を働いている…溝端主任は…その業務をずっと押し付けられてきた」
溝端「……」
是枝「ずっとお辛い思いをされてきたんですよね」
溝端「……あんたみたいなお嬢さん育ちになにがわかる」
是枝「わかります…ようやく任された担任を替えられました…その悔しさは…お金では

ぜったいに解決できません」

溝　端「……でも…もう後戻りはできないんだ」

是　枝「後戻りはできない。でも先に進むことはできます」

溝　端「……」

63　同・理事長室（夕方）

御　上「わたしに任せていただいたら溝端主任に…」

古　代「……」

御　上「おとなしくなってもらうことが可能かと」

古　代「……目的は？」

御　上「真の教育改革を成し遂げること」

古　代「……」

御　上「ぼくと古代さんは、教育の理想を同じくした同志です…手を組んで…隣徳を日本のトップスクールにしていきませんか」

古　代「……」

64　悠子のアパート・中（夕方）

英語のラジオを流しながら、部屋を掃除している悠子。呼び鈴が鳴り、ドアを開ける。

立っている神崎。その後ろに立っている戸倉の顔を見てハッとする悠子。

悠　子「……」

戸　倉「冴島先生…おひさしぶりです」

悠　子「……どうして」

神　崎「……冴島先生…彼を…戸倉さんを庇っていたんですよね？」

悠　子「……」

65　隣徳学院・構内（夜）

かつてない形相で息切らしやってくる次元。
出てくる御上を見つけ、

次　元「オカミ！」
と、駆け寄る。

御　上「どうした？」
次　元「富永が！」
御　上「…富永さんがどうかしたの？」
次　元「さっき電話があって…」

66　ゲーセン近くの繁華街（回想）
（以下、適宜カットバック）
富永の口元。

富　永「助けて…」

67　次元の家・次元の部屋（回想）
（以下、適宜カットバック）

驚く次元。

次　元「いま、どこにいるの？」
×××
富永の口元。

富　永「…オカミならわかる」
×××

次　元「え…ちょっと待って！」
電話が切れる。

次　元「（呆然として）……」

68　隣徳学院・構内（夜）

次　元「心当たり、ありますか？」
御　上「……行こう」
走り出すふたり。

終

御上先生 ｜ Episode 9 - joker -

1　ゲームセンター・外観〜内部（夜）

とつぜんの雨が降っている。

富永がいつもいるはずのゲームセンターに駆け込んでくる御上と次元。

しかしいつもの台に富永の姿はない。

店員1を捕まえる御上。

御上「いつもあそこでゲームやってる女子高生、来てませんか？」
店員1「さァ今日は…」
次元、他の台も見て回っているが、戻ってきて。
次元「（信じられないかんじで）富永、いつもここ来てたんですか？」
御上「（頷き）…ここ以外、心当たりがないんだよね…」
と、若いフリーター風の男が2人入ってくる。
男1「ヤベー、あれ酔っ払い？」
男2「しかも制服で」
御上「！」
次元「！」
御上、次元、男たちに駆け寄っていく。

2　路上（夜）

走ってくる御上と次元。

雨に濡れゴミ捨て場のような場所にへたり込んでいる富永。富永を見つける御上。驚き固まる次元。

歩み寄っていく御上。

富永の前にしゃがみ込む。うつろな目をしている富永。

富永「……」

御上「…ちゃんとSOSが出せた…偉かった

よ」

手を差し出す御上。

手を握り額を押し当てて動かない富永。

次元、近づいてきて。

次元「あの…うち…近いんで、とりあえずうちに。(富永に) トミナガ、頑張れる?」

次元も手を貸して、富永、よろよろと立ち上がる。

3 次元の家・次元の部屋 (夜)

次元の服を借りた御上。
風呂を借りた富永がこれもまた次元の服を着て、髪をバスタオルで拭いている。もちろん自分も部屋着姿の次元。
次元「3人で俺の服着てるって…マジ、オモロ～」
富永「(聞こえないくらいの小さな声で) ごめん」
次元「え?」
富永「…ごめん」
次元「ちょっ、なに…なに謝ってんの」
御上「…話したいなら聞くし、話したくないなら話さなくていい。待ったほうがよければ待つ」
富永「…どうせ…わかってんるでしょ。オカミ」
御上「……もしかしたらとは思ってる」
次元「!」
富永「……」
御上「……君の大切な家族の話だ」
タイトル『御上先生』

4　悠子のアパート・中（夜）

座っている神崎と戸倉。

お茶を出す悠子。覚悟を決めたように自分も座る。

戸倉「ずっと気になってました…この4年…何かが起こるんじゃないかって…」

悠子「……」

神崎「戸倉さん、全部話してくれました。試験問題を入手するために学校のシステムに侵入した…それがバレたって…」

戸倉「…精神的にダメになってた時期で…ぜんぜん範囲間に合わなくて…焦って…それで…」

悠子「……」

神崎「教えてください。何があったんですか？」

悠子「戸倉くんが処分にならないように必死で学校に交渉した。それだけよ」

戸倉「あのとき、ちゃんと罰を受けるべきだったんです…それを…」

神崎「…なにか条件があったんじゃないですか何の処分もなかったなんていくらなんでも不自然です」

悠子「真面目な戸倉くんがあそこまで追い詰められたのは、学校側がちゃんと生徒の精神状態に配慮できていなかったから…つまりわたしの責任でしょ？」

戸倉「……」

神崎「その言い方…やっぱりあったんですね。条件…」

悠子「……」

神崎「そして…先生が学校を辞めた理由…あれは…不倫じゃなくて、性被害だった」

悠子「……」

逡巡していた戸倉、思い切った様子

で。

戸　倉「尊敬してました。…いつも…生徒のことばかり考えて…自分のことを後回しにして…」

悠　子「……」

戸　倉「でも先生…後回しにしにしちゃいけないものを後回しにしちゃったんじゃないですか?」

悠　子「……」

戸倉、言うべきか迷っているが思い切ったように。

戸　倉「ぼくを庇ったことで…いろんなことの歯車が狂った。そして…そのせいで…娘さんは…傷ついて……あんな事件を起こしてしまった」

悠　子「……」

戸　倉「すみません。こんなこと…言う資格なんてないのに…」

戸倉、崩れおちるように、手をつき、謝る姿勢になる。

戸　倉「すみません…すみません…」

神　崎「……話すべきだと思います。話してほしいです…冴島先生」

悠子、しばらく考えているが。

悠　子「……わたしは学校側がやっている不正の…手伝いをしていたの」

神　崎「不正?」

悠　子「隣徳は…ずっと…不正入学の生徒を受け入れていたのよ…」

神　崎「…もしかして、筒井先生にそれを知られて関係を迫られた?」

悠　子「……そうね」

神　崎「それ、何か証拠になるようなものありますか?」

悠　子「…ないわ」

神　崎「……」

悠　子「戸倉くん…謝るのはわたしのほうだから」

戸倉、悠子を見る。

戸　倉「……」

悠　子「いつもそう…ひとりで空回って…傷つけて…あなたのことも…娘のことも」

戸　倉「……」

神　崎「……」

5　悠子のアパート・外（夜）

出てくる神崎と戸倉。神崎、帰ろうと数歩歩く。

戸倉、悠子を見て。

戸　倉「……あの…」

悠　子「？」

戸　倉「…忘れないです」

悠　子「……」

戸　倉「先生が全力で守ってくれたこと…一生…忘れません」

悠　子「……」

御上の声「…ずっと…気になってた」

6　次元の家・次元の部屋（夜）

話している御上。聞いている次元と富永。

御　上「富永さんの弟さんに…障害があるのはわかっていた…脊髄に先天性の疾患があって歩くことができない。…軽度だけど知的障害もあって親御さんがそちらにかかりきりだというのも聞いた。…気になっていたのは…富永さんが、そんな家の状況にもかかわらず、ゲームセンターで時間を潰していたことだ…」

6・ins ×××

（回想・第一話）

富　永「あ。家庭に居場所がないとかではまったくないんで、余計な心配しないでください。わたしのは（頭を指して）ここのシフトチェンジしてるだけなんで」

×××

御　上「…富永さんの性格なら、率先して弟さんの助けになるように動くはずなのにと…気がかりだった」

富　永「……」

次　元「……」

御　上「なのに…教室でのパワフルで…ポジティブな富永さんを見て…勝手にその可能性をないものにしていたんだ…」

富　永「……」

次　元「…（促すように）オカミ探偵の推理、合ってるの。トミナガ」

富　永「（しばらく考えているが意を決したように御上を見て）弟が…わたしがいると、不安定になるんです」

御　上「……」

富　永「弟には…夜8時になると…自室に入るマイルールがあって…だから、その時間過ぎてから帰るようにしてました」

次　元「キツい。それはキツい！」

富　永「覚えてるの…」

次　元「え。なに？」

富　永「リュウちゃんが…弟が…わたしのこと嫌いになっちゃった日のこと…」

次　元「……」

富　永「親戚の……たまにいるでしょ。いい人なんだけど、言っちゃいけないこと言っちゃうタイプの人…その人が…お姉ちゃんは東大行くんでしょ？　リュウちゃんに半分わけてくれればよかったのにねえ…って」

次　元「マ〜ジ〜か〜」

富　永「わたし…ふざけんなって怒鳴って……でも…それきり、リュウちゃんは、わたしの知ってるリュウちゃんじゃなくなっちゃった…」

次　元「……」

御　上「…今日、なにがあったか聞いてもいい」

富　永「最近、わたしの受験が近いせいか、リュウちゃん、荒れてて…お母さんじゃ抑えきれないから…って連絡がきたんだよね…それで…急いで帰ったらほんとに暴れてて…思わず言っちゃったの…いい加減にしなさいって…」

7　富永の家

コップを握ったまま叩きつける富永弟の手元。

その手がザックリと傷ついて血が滴る。

富永の声「……ガラスのコップ叩きつけて…血だらけになってるリュウちゃんの手のひらを見たら…」

8　次元の家・次元の部屋（夜）

富　永「…わたしにできることは…ここにいないことしかないのかもって…思っちゃったんだよ…」

9　富永の家

（フラッシュ）

閉じられたドアの前で立ち尽くす富永。

10 次元の家・次元の部屋（夜）

御　上「…そうか…」

次　元「……」

御　上「よく電話してくれたね」

10・ins ×××

（回想・第六話）

富　永「なのになんであんただけ、鋼の鎧、着こんでるんですか？」

×××

富　永「それ…むしろ…あたしじゃん…って…思って…」

御　上「………嬉しかったよ」

富　永「え……」

御　上「バカだろ？　生徒に頼ってもらうのって、こんなに嬉しいもんなんだな」

富　永「……」

と、ドアを叩く音。

次　元「いま、取り込み中！」

珠　代「いいから。開けて！」

しぶしぶ扉を開ける次元。

器を持った次元の母珠代が立っている。

珠　代「お腹空いたでしょ。これ、温かいものお腹に入れて」

御　上「すみません」

珠　代「いいんです。むしろ遅くまで〜。たいへんですねえ」

湯気のたったうどんを並べながら。

珠　代「（富永に）あのね。富永ちゃん。今日、

　うち泊まりなさい」
富　永「え?」
珠　代「明日土曜日だしね。お節介かと思ったん
　だけど、お母さんには電話しといたから」
次　元「母ちゃん、グッジョブ」
珠　代「お母さんからちょっとだけ事情聞いた。
　そういうときは少し時間必要だと思うの
　よ。…だからよかったら」
富　永「…ありがとうございます」
珠　代「(御上に) いいですよね?」
御　上「はい。親御さんの許可がとれているなら」
珠　代「じゃあ決まり。うどん食べて。うどん食
　べとけばたいていのことはなんとかなる
　から!」
富　永「…いただきます!」
　　頑張ってうどんを啜りだす富永。後
　に続く次元。

御　上「……」

11 風景(日替わり・朝)

12 公園(朝)

　　昨日の雨が嘘のような快晴。人待ち
　顔の倉吉と東雲。と、自転車で和久
　井がやってくるのが見える。
倉　吉「和久井~こっち~」
　　気が付き近くに来る和久井。
東　雲「土曜日にごめん」
和久井「いいよ。ひとりでやるより俺も楽しいし」
倉　吉「学校使えるって。安西からライン来た」
和久井「じゃ、行きますか~」

13 路上(朝)

　　神崎、ポストに向かって歩いてくる。

封筒の住所に間違いがないか確認し、弓弦宛の手紙を投函する。空を見上げる。

14 救急病院・病室

ヒョコッと顔を出す槙野。

津吹「槙野さん」
槙野「これ、麻衣ちゃんから預かってきた」
着替えが入ってる袋を置く槙野。
津吹「なんか…スミマセン」
槙野「麻衣ちゃん、来たがってたよ」
津吹「そうなんですよ～…もしそこで産気づいても病院だから大丈夫でしょって…そんなことになったら（頭を指して）こっちの血管もたないいっつーの」
槙野「愛されてますねえ」
津吹「いやァ、どうかな～怒ってますよ。肝心なときに役立たずって…」
槙野「津吹、手術終わったらどうするの？」
津吹「え？　どうって？」
槙野「戻るの。文科省」
津吹「…いま…ちょっと考えられないです…」
槙野「俺としてはもちろん津吹に戻ってきてほしいよ。戻ってきてほしいのは前提で聞いてほしいんですけどね。辞めるならいまだぜ？」
津吹「…めちゃくちゃですね」
槙野「…津吹がふたりめなんだよ」
津吹「…知ってます…」
槙野「……」
津吹「倒れたのをきっかけに気持ちが崩れちゃって…結局…自死されたって」
槙野「……」

15　文部科学省・オフィス

（回想・2018年）

文科省。

深夜12時を回っている。仕事をしている槙野。

御上が槙野のところに近づいてくる。

御　上「槙野」

槙　野「え？　なに？」

御　上「あの…高見くん、休ませたほうがいいんじゃない？」

チラリと高見のほうを見る槙野。

必死の形相で仕事をしている。

槙　野「高見な〜。ちょっと要領悪いんだよな〜永田町が納得する答えが出せないから粘られちゃうんだよ」

御　上「じゃあせめてアドヴァイスしてあげないと」

槙　野「自分で考えないと成長しないよ」

御　上「とにかく、気にしといたほうがいいと思う」

槙野の声「…気づいてたんだよ。でも御上に言われて…意地になっちゃってさ…」

16　救急病院・病室

津　吹「……」

槙　野「不安だろ？」

津　吹「……はい。怖くて…正直…眠れないです…」

槙　野「……戻ってくるなら全力でサポートするし、転職するならなんでも力になるから…」

津　吹「…ありがとうございます…でも…」

槙　野「……なに」

津　吹「……俺の心配してる場合ですか？　槙野

さん、けっこう酷い顔してますよ」
槙　野「……」
津　吹「俺は…大丈夫ですから」
槙　野「……」

17　特別養護老人ホーム・前

待っている制服姿の富永と私服の次元。特別養護老人ホームの看板を見ている。

次　元「富永、大丈夫？」
富　永「え。なに」
次　元「こんなところに呼びだすってことは…オカミ、ぜったい何か企んでるっしょ」
富　永「…うどん食べたら元気になった。だから大丈夫」
次　元「…そっか」
と、御上がやってくる。
御　上「悪いね。遠くまで」
富　永「いえ…」
御　上「行こうか」
3人、施設に入っていく。

18　同・談話室

入ってくる御上と富永、そして次元。
相変わらず鶴を折っている御上苑子。
近づいていく3人。
御　上「母さん」
苑子、御上を見上げて。
苑　子「宏太、来てくれたの？」
次元、富永、俄《にわ》かには状況がわからないが、宏太が兄のこととすぐに気づき。
富　永「……」
次　元「……」

御上「紹介するね。ぼくの学校の生徒で、富永さんと次元くん」
富永「(慌てて) はじめまして」
次元「こんにちは」
苑子「(生徒、というのがよくわからなくて)……?」
御上「母さん、ちょっと外で話、しようか」
御上、一緒に行っていいものか戸惑う富永たちを振り返って。
御上「よかったら一緒に聞いてくれる?」
富永「?」
御上「ずっと先延ばしにしてきた宿題を…なんとかしなきゃと思ってる。見届けてくれないかな」
富永「……」
次元「……」
歩き出す御上。後を追うふたり。

19 景色のいい場所

晩秋の日差しが美しい公園。
車椅子の苑子を押して歩いてくる御上。
一歩遅れて富永と次元。
御上「ここ…母のお気に入りなんだよね」
御上、少し開けた場所で車椅子を止める。
富永「……」
御上、母の正面に回り。
御上「あのね。母さん」
苑子「?」
御上「ぼくは孝だよ」
苑子「……」
御上「わかる? 孝…」
富永と次元、固唾を呑んで見守る。
苑子「なに言ってるの。宏太でしょ?」

御上「(ポケットからステゴサウルスのフィギュアを出して母に見せ) 宏太は死んだんだよ。22年前に」

苑子、首を振る。

御上「ずっと…母さんがそれでいいなら…それがいいなら、宏太でいたいと思ってたよ…でも…嘘だなって…母さんが…宏太ってぼくのことを呼ぶたび、息ができないくらい苦しくてさ…向き合わないとって…思ったんだよね」

富永「……」

御上「ぼくは、御上孝だ…御上宏太は死んだんだ」

富永「……」

次元「……」

苑子「わたしが…殺したの…」

御上「……母さんのせいじゃない。宏太は…兄さんは…自分でそれを選んだんだ…」

苑子「…違う…ぜんぶわたしのせい…」

御上「母さん…ぼくは…宏太とふたり分生きてるつもりだから…ずっと…そうだったし…これからも…」

富永「……」

次元「……」

御上に触れる母。

苑子「…孝?」

御上「…そうだよ。孝だよ」

御上と母を見つめる富永と次元。日差しが美しい。

次元「……」

富永「……」

20 喫茶店

話している是枝と父、雅和。大きな

パフェがふたつ運ばれてくる。

雅和「おお。旨そうだなあ」

是枝「もうっ。大事な話があるからわざわざ外に来たのに…」

雅和「お前が小さい頃、パフェが食べたいって言っても、母さんが許さなくてな…」

是枝「だからか～お父さん、こういうとこ来るとぜったいパフェ食べなさいって言うよね」

雅和「いくつになっても泣いてた顔が目に浮かぶんだよ」

是枝、父の気持ちが伝わりパフェをぱくつく。雅和も続いて食べる。

是枝、御上が高志から貰った名簿を鞄から取り出し。

是枝「聞けたんだよね。徳井さんに。寄付しなかった理由」

雅和「ああ。でもよく気づいたね。徳井さんが寄付してないって」

是枝「古代理事長と高校の同級生だって聞いたことがあって」

雅和「実は、徳井さん、塾の立ち上げの頃、外部監査役として参加してたらしいんだよ」

是枝「え。そうなの？」

雅和「で、塾時代も裏金なんじゃないか、みたいなのがけっこうあってね…手を引いたらしい」

是枝「…」

雅和「徳井さん言ってたよ。古代さん、理想を語るあいだに、自分自身も騙しちゃうタイプの人なんじゃないかって」

是枝「古代さんって…会った人みんなに、素敵な教育者なんだと思わせちゃうの……わたしもそうだった。お父さん、徳井さんと直接、話したいんだけど、繋げてもらえないかな」

雅和、パフェを食べて。

雅和「心配してたんだよ母さん。文香が食が細くて身体弱かったから。パフェなんて食べさせたら夕飯入らなくなるって…」

是枝「……」

雅和「徳井さんに繋げてくれたのも母さんなんだ」

是枝「え?」

雅和「文香の気持ちは…たぶん伝わってるから」

21 隣徳学院・教室

和久井、黒板を使って説明している。

倉吉、東雲、安西がそれを熱心に聞いている。

たまたま廊下を通りかかる溝端、土曜日にいることがいぶかしく足を止める。

倉吉「ちょっとまって。ちょっとまって。シナプス、伸びてる!」

安西「そして脳細胞同士がガシャンと!」

倉吉「完全に理解した! なにこれ、グッドモーニングニューワールドってかんじ」

東雲「…わたしも、グッドモーニングかも」

倉吉、東雲、ハイタッチする。

和久井「じゃあこの問題、腕試しに解いてみようか」

和久井、黒板に問題を書き始める。

溝端「……」

22　フードコート

メロンソーダを飲んでいる富永。
オムライスを食べおわる次元。

富永「…わたし、ちゃんとリュウちゃんと話します」
御上「……うん」
富永「あんなことされたのに何にも言わないで、でも傷ついてあんなことした…それリュウちゃんを可哀そうな子って下にみてるからなのかって…わたし…そういうのいちばん嫌いなのに、自分がやってた…だから…話さないと」
御上「……あのさ」
富永「はい」
御上「たぶん…たぶんなんだけど…母は…次に会ったらまたなにごともなかったように、ぼくのこと、宏太って呼ぶと思うんだよね」
富永「……」
次元「……」
御上「弟さんも…富永さんの気持ちに応えてくれるとは限らない…それは、わかってるんだよね」
富永「わかってる…気持ちと言葉がズレちゃうこともあるのも…わかってる。わたしたちですらそうなのに…リュウちゃんにはすごく難しいことなんだって…でも…今日は…『愛してるぜリュウちゃん』て言いたい。可愛くて、可愛くて…大好きなのに、ずっと…言えなかったから…それがいちばん…辛かったから」
御上「……」
富永「もし、次、また、コウタって呼ばれても、言えたほうがよかったよね？　オカミ」

御　上「……そうだね」

次元、ナゾに派手なタオルを富永に投げつける。

富　永「なんだよ〜」

富永、タオルを顔に載せる。

23　路上

歩いている富永と次元。

次　元「なんか、凄いよね。オカミもトミナガも」

富　永「え。なに急に」

次　元「オレ、検事になるなら、もっと…いろんな人生を知らないとな〜」

富　永「次元はいい法律家になれるよ」

次　元「……え。そうかな」

富　永「愛を知ってないとたぶんできない…やっちゃいけない仕事だと思うから」

次　元「うわー…何気にすげープレッシャーかけてくんじゃん」

富　永「うどん、大事だよ」

次　元「…ああ…そっか…そうだね」

富　永「ここで大丈夫」

次　元「あ。うん…頑張って」

富　永「うん。頑張る」

小走りに行ってしまう富永。

次　元「……」

24　富永の家・リビング

母がリビングで心配そうに待っている。入ってくる富永。

富　永「ただいま」

晴　恵「…おかえり」

富　永「ごめんね。心配かけて。父さんは？」

晴　恵「大騒ぎよ。昨日も次元くんち泊めてもらうって言ったら、迎えに行くって聞かなくて…」
噴き出す富永。
晴恵「今日もね、かなりしぶしぶ仕事行ったわ」
富永「あのね。母さん」
晴恵「なに？」
富永「…リユウちゃんが生まれたとき…まだ3歳だったから…あんまり覚えてないけど…すぐ手術の連続で…世界が変わっちゃったかんじがしたの覚えてる……」
晴恵「……だから、蒼に寂しい思いをさせたよね」
富永「……なんかそれが当たり前だったから…寂しいとか思ってなかった…でもそれ…間違ってたなって」
晴恵「え？」
富永「…心に蓋して…大丈夫なフリして…。で。最後、あんな風に爆発して…そんなことになるくらいなら…ちゃんと寂しいって言うべきだった」
晴恵「…御上先生ね、さっき電話くれたの。これから帰ります。たぶん元気です。でも…昨日の夜は…って…」
富永「……」
晴恵「蒼がその姿を見せることができたのは、わたしたちじゃなかったんだって思い知らされちゃった……」
富永「わたしね、寂しくてもぜんぜんよかった…リユウちゃんが笑っててくれたらそれで…でも…リユウちゃんがわたしのこと嫌いなの…ほんとに辛くて…それ、言えなくて…」
晴恵「……」
富永「…どうしてこんなことになっちゃったんだろう」

晴　恵「…蒼はほんとうに素敵な子ね」
富　永「…そんなことない」
晴　恵「…でもお母さんは、蒼にも笑っていてほしい」
富　永「……」
晴　恵「…あのね。昨日…落ち着いてから…リュウちゃん、あおちゃんは？　あおちゃんは？　って何度も聞いてた」
　富永の目から涙が零れ落ちる。
富　永「……」
晴　恵「……ちゃんと届いてるよ。蒼の気持ち。リュウちゃんね。大好きだよ。蒼のこと」
　富永、涙を拭いて。
富　永「リュウちゃんと話してくる」
　立ち上がる富永。奥の部屋へと廊下を歩いていく。
　それを見守る晴恵。扉を開けて入っていく富永。

25　隣徳学院・職員室（日替わり・朝）

　溝端が吉川を呼びつけ怒っている。
溝　端「困るんですよ。吉川先生にスキルがないから地理の成績が伸びない。そのせいで、我が校全体が地理が弱いってことになってしまいます」
吉　川「すみません…努力はしているんですが…」
　山添、是枝に。
山　添「最近、ずっとですよ…大丈夫かなァ…」
是　枝「大丈夫…じゃないと思うならなんとかしないと」
　是枝、立ち上がり、吉川と溝端が話しているところに歩み寄る。
溝　端「？」

是枝「吉川先生…わたし、学生の頃から地理が苦手で…今度、教えていただいてもいいですか?」
吉川「え? 是枝先生に?」
是枝「はい。暗記科目と思われがちなものほど、クリエイティブな視点、必要かなって最近になって気づいたんです」
吉川「(嬉しそうに) 地理は、単純な暗記科目ではないです…地理は…その地域の礎というか…社会の…基盤なので…」
是枝「素敵です。そういうお話、ぜひお聞きしたいです」
溝端「……」
是枝「吉川先生、楽しみにしています」
ペコリとお辞儀をして行く吉川。
是枝「…生徒たち頑張ってます。溝端先生がハッパをかけてくれたお陰で、新しい扉を開けてるんです…溝端先生はこのままでいいんですか」
溝端「……」
是枝「わたしには、溝端先生も…新しい扉を開けたいと思っているように見えます」
一礼して行ってしまう是枝。
溝端、机を開け、SDカードを見る。
溝端「……」

26 同・教室(朝)

11月18日(月)活気のある教室。

黒板に模擬試験まであと3日と書かれている。

黙々と勉強している生徒。単語覚えのゲームをしている生徒。和久井は捕まり質問攻めになっている。

次元「おー、宮澤と冬木、受かったか〜」

宮澤「ああ…うん。無事なんとか」
次元「で…徳守は？」
徳守「ぼくはもう共通テストに気持ち、切り替えてますっ」
次元「落ちたか〜」
徳守「(もったいぶって) ここだけの話ですが…北を目指しますよ」
次元「北って…あ。少年が大志抱いちゃうアレ？」
徳守「さすがジゲンさん。正解です」
入ってくる御上。
それを見つけて駆け寄ってくる東雲と櫻井と小栗。
御上「え？　なにかあった？」
櫻井「和久井、人気すぎて順番回ってこないです。仕方ないからオカミ、お願いします」
御上「仕方ないって…言い方…」

小栗「言われたくなければ和久井みたいに優しくしてください」
御上「参ったなー。で…なにがわからないの？」
東雲「逆像法です」
御上「あー…」
東雲「教科書にも載ってない。授業でも扱わない。参考書でも解説されてない。詰んでます」
小栗「なのに東大では当たり前のように試験に出るじゃないですか」
御上「え。でも小栗さん芸大志望でしょ？」
小栗「学びたいこと学んじゃダメなんですか。受験至上主義やめろって言ったのオカミですよね」
御上「ごめん。ごめん。確かに」
是枝が入ってくる。みんなの活気に驚いている。

香川「是枝センセー、もしかして漢文もイケたりしますか？」
是枝「イケます。むしろいかせてください」
香川「お。漢文に迷える民はコレエダセンセイのとこ集合！」
榎本、金森、遠藤らが是枝のところに集まる。
御上「…逆像法は普通に教科書にも参考書にも載ってるけど…逆像法とは書かずに、このパターン暗記してください、みたいに出てくる場合が多いんだよね」
小栗「そーなんだー…」
御上「だからみんなもそのパターン使ってなんとなく解いてる場合が多いけど…根本を理解したいとなると…そうだなあ…放課後、ちょっと時間貰える？」
東雲「もちろんです！」

入ってくる富永。御上、見る。次元が気づき。
次元「どうだった？」
富永「（照れてぶっきらぼうに）…けっこう感動的だった」
次元「（その様子が面白くて）おー…よかった～」
気にかけていた御上。富永と目が合って。
富永、グッドサインを出す。御上も小さく返す。
神崎「なんかあった？」
富永「内緒。内緒～」

26A ×××

（フラッシュ）
放課後、御上に教わっている東雲・

櫻井・小栗・安西。
その向こうで和久井も奮闘している。

26B　×××

マトリックスの苦手項目から克服に移す画面。

26C　×××

タブレットにマーカーでチェックを次々にしながら、相変わらず、記述問題をぶった切っている神崎。

26D　×××

漢文の説明をしている是枝。
聞いている香川、榎本、金森、遠藤。

26E　×××

マトリックスの苦手項目から克服に移す画面。

27　同・教室（日替わり）

11月21日（木）
T『3日後』
一斉に試験用紙に名前を書く手元。
試験を真剣に解く生徒たちの後ろ姿。
集中している。
試験官の是枝も真剣な表情。

是枝「……」

27A　×××

生徒たちの横顔。

27B　×××

集められる答案用紙。

28　同・廊下

テスト後。ざわついている廊下。
御上と話している神崎。

神崎「明日…弓弦さん…冴島先生に会います…」
御上「神崎くん、立ち会うの？」
神崎「はい…そのためにテスト休暇の日にしてもらいました」
御上「そっか…」
小走りに近づいてくる小栗と東雲と櫻井。
櫻井「オカミ！」
東雲「出ました。逆像法」
御上「解けた？」
東雲「いままでも解けてたタイプの問題でしたけど、ちゃんと、これ逆像法だって、理解して解けたの…嬉しかったです」
御上「いいね」
東雲「はい」
神崎「……」
遠くから徳守が声を掛ける。
徳守「感想戦やりますよ！　神崎くんも！」
東雲「いま行く！」
東雲と櫻井、ペコッと頭を下げ教室に向かう。
小栗「神崎も行こ」
神崎「ああ…うん」
神崎と小栗も教室に向かう。
御上「……」
見送った御上、そのまま、理事長室へと向かう。

29　同・理事長室

仕事をしている古代。ノックの音。

古　代「どうぞ」

入ってくる御上。

古　代「模試はどうでしたか」

御　上「生徒たちは手応えを感じているようですが…採点が出るまでは…」

古　代「このあいだの話だけどね…御上さんに、お願いしたいと思っていて…」

御　上「……はい」

古　代「溝端さんの後を担っていただきたい。そして隣徳を…さらに素晴らしい学校に…」

御　上「…承知致しました」

古　代「これは、わたしと塚田さんの総意です」

御　上「ありがとうございます」

古　代「…なので、今度、中岡さんと会っていただけますか?」

御　上「…もちろんです」

古　代「そのとき、お願いしたいことがある」

御　上「…はい」

古　代「また…ご連絡します」

礼をして出ていきかける御上に。

古　代「御上さん」

御　上「なんでしょうか」

古　代「もしテストの結果が悪くても担任は据え置きで…」

御　上「それは…必要ありません」

古　代「……」

御　上「生徒たちを信じていますので」

古　代「……」

出ていく御上。古代、電話を掛ける。

塚田の声「はい。塚田です」

古　代「……御上さんにお話ししました」

30　文部科学省・局長室

（以下執務室と隣徳がスイッチで）

電話している塚田。

塚　田「…なるほど…で…御上くんはなんと」

31　隣徳学院・廊下

廊下を歩く御上。

古代の声「引き受けてくれましたよ」

32　文部科学省・局長室

塚　田「御上くんを選ぶということですね」

33　隣徳学院・理事長室

電話をしている古代。

古　代「はい。溝端くんの後釜を引き受けてくれるそうです…東元官房長官の件も火消しをしてくれるのではないかと…」

34　文部科学省・局長室

塚　田「槙野はダメだと…中岡さんからも連絡がありました…御上への嫉妬で…溝端さん状態だと…」

35　隣徳学院・理事長室

古　代「教育の理想を持たない人はすべて退場していただきましょう。はい…ではまた今度」

電話を切る古代。

古　代「……」

36　文部科学省・オフィス

ホワイトボードに半休と書く槙野。

同　僚「え。槙野さん、帰るんですか？」

槙　野「ああ…津吹、今日これから手術でさ…」

同　僚「まさか立ち会うとか…」

槙　野「奥さん、昨日から陣痛が来てて…」
同　僚「そんなことで半休？」
槙　野「（敢えて軽めに）そ。そんなことで半休です」
　出ていく槙野。

37　東京拘置所・面会室

　入ってくる弓弦。座っている悠子と神崎。座る弓弦。

悠　子「……」
弓　弦「……あのね」
悠　子「（弓弦から話を始めるとは思っていなくて）なに？」
弓　弦「……話すこと、忘れると困るからメモにしてきた…」
悠　子「……」
神　崎「……（驚いて）」

　弓弦、小さく折りたたんだメモをポケットから出して読み始める。

弓　弦「……ひとつ…わたしは、もうお母さんに会いません」
神　崎「え？…」
悠　子「……」
弓　弦「ふたつ…お母さんは、わたしを忘れてください」
悠　子「……」
弓　弦「みっつ…シブタニユウスケくんを殺したのはわたしです」
悠　子「…弓弦」
弓　弦「よっつ…お母さんのせいじゃない」
悠　子「弓弦、やめて…」
弓　弦「いつつ…ほんとうに…ごめんなさい…」
悠　子「弓弦…あのね…」
弓　弦「これで…ぜんぶ」

悠子「……」

悠子、言葉を必死で探すが見つからない。

神崎「弓弦さん」
弓弦「……」
神崎「…わかるよ…すごくわかるんだけど…」
弓弦「わたしとお母さんの話だから」
神崎「あのね。弓弦さん」
弓弦「なに」
神崎「ここにいる人…みんな…罪を抱えてる…誰とも分け合えない罪を…」
弓弦「……」
神崎「それは消えないよ。だって…何をしたって…シブタニユウスケさん…生き返らない…」
弓弦「……」
神崎「でも……どれだけの思いで…冴島先生がここにいるか…俺…知ってるから」

長い間。誰も動かない。

悠子「…あのね…弓弦…」
弓弦「……」
悠子「あなたの言いたいこと…わかった…わかったつもり…ちゃんとひとりで…償いたいのね…神崎くんが…御上先生が…あなたにそれを…教えてくれたのね…」
弓弦「……」
悠子「…弓弦を信じるべきだったの」
弓弦「……」
悠子「学校にされたことや…そのために…関係を迫られたこと…お父さんに殴られてることも…弓弦がいっしょに怒って、悲しんでくれるって…わかってたのに…」
弓弦「……」
悠子「なのにわたしは…自分さえ犠牲になれ

弓　弦「ばって…あなたをひとりぼっちにして…」

悠　子「…ぜんぶ生徒のため、ぜんぶ弓弦のため…そんな姿を見せ続けることが…母親としても…教師としても…いちばんダメだってことを…見ようともしなかった…そしてあなたを追いつめた…」

弓　弦「……」

悠　子「でも……それでも…ちゃんと…話したいの」

弓　弦「……」

神　崎「……」

悠　子「弓弦が言ったことはきちんと考える…でも…せめてもう一回だけ…あなたと話がしたいの」

弓　弦「……」

神　崎「……」

38　ラーメン店

テーブル席に座り、話している御上と是枝。

ラーメンを啜っている是枝。

御　上「思った通りでした。国家予算の概算を修正するならいま動かないと間に合わない。ぼくを取り込むつもりです」

是　枝「のびますよ」

御　上「え？」

是　枝「こんな美味しいラーメン、雑に食べたらバチがあたります」

御上、慌てて啜って。

御　上「ここ、よく来るんですか？」

是　枝「(真剣な目で) はい。自分を見失いそうになったらいつもここに来ます」

御上、是枝のその様子が面白く。しっかり食べ始める。是枝、スープを飲み干し。

是枝「溝端先生…たぶん…心を決めてくれると思います」

御上「……そうですか」

是枝「わたしが入った頃の溝端先生は……教育に情熱を持っていました。でもいつのまにか変わってしまった。溝端主任…そして冴島先生…たくさんの人が古代理事長の教育の理想の犠牲になってます」

御上「…バブーン…」

是枝「アフリカとかにいるヒヒ科の猿たちですよね。ガゼルたちにライオンが来たぞって親切に教えるふりして油断したところで、ガゼルの子供を食べちゃうって…」

御上「古代理事長にとって教育の理想は嘘じゃないんでしょう。実際にライオンは来ているわけだし…」

是枝「そうですね…そしてライオンに食べられるくらいならと…自分がガゼルの子供を食べる…」

御上「…旨いですね」

是枝「え?」

御上「ラーメンです」

是枝「はい」

御上「……」

39　隣徳学院・職員室（日替わり・朝）

山添がパソコンを確認している。

溝端が入ってくる。

山添「え…すご…」

溝端、何があったのかと気にする。

吉川「なんですか?」

山　添「このあいだの模試、結果が出たんですよ…3年2組…ありえないくらい伸びててさ」

吉川、覗き込み。

吉　川「うわ…凄いですね」

山　添「エグいだろ。集団カンニングでもしたと思わないと説明のつかない伸び方…」

溝　端「……（どこかうつろに）」

40　同・教室

11月25日（月）

タブレットを操作して結果を見ている生徒たち。

倉　吉「わたし…数学、めっちゃ伸びた」

東　雲「わたしも…」

と、安西が千木良の成績を覗いて。

安西「千木良、すごっ…」

千木良「……」

みんな、自分の成績を確認し、騒つきだす。

名　倉「神崎！　世界史の論述…メッチャ点取れてる」

御上と是枝、入ってくる。

冬　木「先生、みんな順位あがったって言ってます。先生クビ繋がっちゃったんじゃないですか」

御　上「ああ。断頭台から蘇ってみたよ」

ワアッとなるクラス。

和久井「ちょっといいかな」

生徒たち和久井に注目する。

和久井「こういうときほど、間違ったところ、分析してこうか」

富　永「さすが和久井。いいこと言う」

タブレットを見せ合いながら、話し

ている生徒たち。華やいだ雰囲気。

是枝「すごい…」

御上「?」

是枝「これ…勉強の話、してるんですよね…」

御上「…そうですね」

是枝「こんなこと…できるんだ…」

楽しそうに間違った問題の話をしている生徒たち。誰かが解説をし、質問をし、真剣な顔をしている生徒。

満面の笑顔の生徒。

御上「（幸せそうな表情で）……」

41 神崎の家の最寄り（商業施設・駅 等／夕方）

人待ち顔で立っている悠子。

やってくる神崎。

悠子「このあいだはどうもありがとう」

神崎「いえ…なんか余計なこと言っちゃって…」

悠子「でも神崎くんがいなかったら、また物分かりのいい大人のフリして帰ってきちゃってたかもしれない…」

神崎「……」

悠子「変わりたくてもなかなか変われないわ。この年になると…」

神崎「人が変わるのは大変です。年とか関係ないです」

悠子「……そうね」

神崎「はじめてですよね。冴島先生から連絡くれるの…」

悠子「あのね…これ…」

悠子、封筒を出す。

神崎「?」

神崎、封筒を開けて中を見る。

USBフラッシュが入っている。

神崎「え…これ」
悠子「持ち出したデータ一式よ」
神崎「……証拠はないって…」
悠子「出せなかったのには理由がある…」
神崎「…庇ってたのは戸倉さんだけじゃない…」
悠子「こんなもの預けたら、負担かけちゃうけど…でも…あなたを信じることにしたから」
神崎「…はい」
悠子「わたしはいつでも名前出す覚悟はできてる」
神崎「……」
悠子「じゃあ…また」
立ち去る悠子。
神崎「……」

42 次元の家・実景（夜）

43 同・次元の部屋（夜）

集まっている神崎、富永、次元、そして御上と是枝。
富永「（悠子のUSBフラッシュを手に持って）このデータ、見るんじゃないの？」
神崎「そうなんだけどさ。オカミが待てって」
御上「そろそろ来るんだよ」
富永「え？　誰？」
是枝「わたしも知らないのよ…」
と、扉をノックする音。
珠代「ヤマトタケルさんいらしたよ」
次元「え？　何言ってんの？」
珠代「だって…そう言えばわかるって…」
次元「なんだそれ…」
と言いながら扉を開ける次元。

次　元「え…？」
　　入ってくる槙野。
富　永「え？　あ…」

43・ins　×××

　（回想・第四話）
槙　野「（困った顔で）…少しであれば」
　　×××
富　永「えーっ！」
御　上「紹介するよ…ぼくの文科省での同期で…
　槙野恭介…別名ヤマトタケルだ」
槙　野「はじめまして。槙野です」
富　永「どういうこと？」
御　上「槙野は僕の同期でね…今回のことを調べるにあたって…僕は隣徳を、槙野は文科省の動きを調べていた」
次　元「最初から結託してたってことですか？」
御　上「そういうことだね」
是　枝「これからは秘密にしないって約束しましたよね？」
御　上「敵を欺くにはまず味方からってそんな言葉がありましたよね…」
是　枝「はい…孫子の兵法が由来ですねって…いいかげんにしていただけますか？」
御　上「ほんとにこれで最後なので…」
富　永「なんだよ。官僚～っムカつく～っ」
槙　野「君、もしかしたら富永さんだ」
富　永「そうですが何か？」
槙　野「御上のこと、叱り飛ばしたんだって」
富　永「（御上を指さして）拗らせすぎなんで」
槙　野「その話、今度とことんしたいね…ということは…君は家主だから次元くん…そして…こっちが…神崎くんだ」
神　崎「どうも」

次元「こっちの個人情報はダダモレか〜」

槙野「会えるのを心待ちにしてましたよ」

御上「(神崎に) データ、見ようか」

神崎、USBフラッシュを取り出す。

神崎「出せなかった理由ごと託す。そう言われました」

御上「…そうか」

神崎、次元に渡す。次元、パソコンに差す。

フォルダがカチャリと開く。いくつかのエクセルファイル。その中に、不正入学者リストというタイトルの文書がある。

神崎「…そのリストの中にある名前が…たぶん出せなかった理由」

リストを開く次元。

そのリストには、ここ20年の不正入学者20名超の氏名が書かれている。

槙野「…思ったよりは多くないんだな…」

是枝「県でトップとはいえ東京ではないので…こんなものかも…」

皆がよく知るクラスメートの名前が書かれている。

富永「…え…?」

皆の視線がそこに集中する。

44　千木良の家・千木良の部屋（夜）

(インサート)

千木良の家。勉強している背中。扉が開いて。

萌香「お姉ちゃん、ごはんできたって」

45　次元の家・次元の部屋（夜）

一同「(画面の名前を見つめている) ……」

46　千木良の家・千木良の部屋（夜）

（インサート）

千木良「（振り返り）ありがと。いま行く…」

×××

画面に『千木良遥』の名前。

富　永「千木良……」

終

御上先生 ｜ Episode 10 -Puppets can't control you-

1　葬儀場（回想・6年前）

T　6年前

高見家葬儀と書かれている。
密葬であり、人の数は少ない。
やつれたかんじの槙野が入ってくる。
焼香に進もうとする槙野に、高見の父が立ちはだかり。

高見父「帰っていただけますか?」
槙　野「このたびは申し訳ありませんでした」
高見父「あなたのせいです」
槙　野「……」
高見父「帰ってください!」

掴みかかろうとする高見の父を親戚が止める。
御上、槙野の腕を掴み。

御　上「帰ろう」

御上、槙野を引きずるように外へ。
高見の母の泣く声が後ろで響いている。

2　同・外

外まで出てくる御上と槙野。
槙野、手を振りほどき、ベンチにへたり込む。

御　上「…なんで来たんだよ」
槙　野「高見は直属の部下だ」
御　上「親御さんの気持ち、わかるだろ」
槙　野「俺が殺したんだよ。高見を」
御　上「……そうだね」

槙野、膝を激しく叩く。

御　上「…あのさ」
槙　野「……」
御　上「その後悔はたぶん一生続く」
槙　野「……」

御　上「槙野のせいじゃないよ、って言うのは簡単なんだけど…言われても槙野、辛いだけだよね」
槙　野「お前になにがわかるんだよ」
御　上「…わかるんだよ…。それだけはわかる…」
槙　野「……」
御　上「……この先ずっと…いま、槙野が思ってる以上に苦しいと思う」
槙　野「……」
御　上「支えるから…生きてくれ」
槙　野「…え？　俺とお前…そんな関係だっけ？」
御　上「バカ。これからなるんだよ」
槙　野「……なんだよ。それ…」
しばらくふたり、黙っている。
御　上「…ぜんぶぼくたちの責任だから」
槙　野「え？」

御　上「自分の命を自分で消してしまう人がいる。そこまで追い込んでしまう人がいる…すべて教育の…いや…教育行政官の責任じゃないかって…思うんだよね」
槙　野「……」
御　上「線香あげて自己満足とかありえない。高見の死を無駄にしないためには教育を変えるしかない…でも」
槙野の目をじっと見る御上。
御　上「ただの弔い合戦じゃ意味がないんだ」
槙野、見つめ返す。
槙　野「……」
御　上「日本の教育が…生き残るための戦いだ。そうだろ」
タイトル『御上先生』

3　次元の家・次元の部屋（夕方）

槇　野「…確かにおっしゃる通りなんですが、そのときの俺にはさすがにキツかったねー」
富　永「わかるー」
槇　野「お。わかってくれますか」
富　永「弱っている人間に、斜め上からの正論攻撃…オカミの必殺技です」
皆、笑い、一気に和む。
御　上「え…酷いな」
槇　野「でも…助けられた。御上がいなかったら、いまここにいない」
御　上「……」
生徒と是枝、ふたりの深い関係を見せられた気がして。
槇　野「それからポツポツ話すようになって、そこそこ熱い友情を交わすようになって…毎夜、毎夜、教育、このままじゃいかんぜよ、って…理想でぶちあがって…」
富　永「エモっ」
槇　野「だろ？　官僚にだってそういうかわいいところもあるんだよ」

4　文部科学省・階段（回想）

（第一話）

文科省を出ていく御上を見ている槇野。

槇　野「……」

振り返る御上。槇野と目が合いニヤッと笑い、親指を立てる。

サインを返す槇野。

槇野の声「そんな経緯がありまして、今回の話があったときに、御上は現場で、俺は文科省で、証拠集めをしようってことになったというわけ」

次元の声「なるほどっ」

5 次元の家・次元の部屋（回想あけ・夕方）

槙野、データの入ったハードディスクを差し出す。

槙　野「で、ヤマトタケルの仕事はコチラ」

次元、それをすぐパソコンに繋げる。

6 同・次元の部屋

（回想・第六話）

槙　野「残念…あー。ハイボールください」

バーテン、行ってしまう。

槙野、ポケットから盗聴器を取り出し仕掛ける。

槙野の声「いまの盗聴器って優秀なんだね。20時間続けて録音できるって…」

×××

（時間経過）

音声データが流れている。

（第七話・バーのシーンより）

中岡の声「そういえば…東元官房長官から連絡が来ましたよ」

塚田の声「…いい知らせじゃなさそうだね」

中岡の声「孫娘は隣徳以外はぜったいにイヤだと言ってる。裏口をこじ開けろ、だそうです」

次元、音声を止めて。

次　元「エグいなー。決定的証拠じゃないスか」

是　枝「え。でも盗聴って…」

槙　野「この人、見かけによらず慎重でさ、同じバーの同じ席でしか密談をしないタイプなんだよね」

その盗聴器を手に持って見せている

槙野。

御上「槙野、調子乗って喋りすぎ」

槙野「そりゃ調子乗りますよ。（御上をさして）この人ね、文科省では難攻不落で名を馳せた孤高の人なんでね。こんな短い間に、懐に入りまくった人たちはいったいどんな人たちなんだろうと思ってたんだよね〜」

富永「槙野さん、もしかしてやきもち焼いてるでしょ〜」

槙野「バレました？　俺の御上、取らないでもらっていいスか」

御上「（無視して）槙野のデータと、ぼくたちが集めたデータを合わせれば、ようやく隣徳の不正の全貌が明らかになる…」

ニヤニヤしている富永。

次元「1日もらえれば、データ、まとめられます」

と、それまで黙っていた神崎、口を開く。

神崎「この件…いったん僕にあずけてもらっていいですか」

是枝「記事にするの？」

神崎「その前に、やることがあります」

皆パソコンの画面を見る。

名簿の中に千木良遥の文字。

神崎「…千木良の他にも現役生がいる…冴島先生もそれで言えなかった。誠実な性格を利用されたんです」

是枝「…こんなことに生徒を使うなんて…許せない…」

神崎「…千木良と話します」

御上「…そうだね」

是枝「……」

次　元「……」
富　永「……」
槙　野「（生徒たちとの関係性を目の当たりにして）……」

7　御上のマンション・御上の部屋（夜）

スーツが掛けられ、御上のものと思しき部屋着の槙野。
御上、ビールを渡しプルタブを開けて、軽く乾杯し、槙野、一口目をあおる。

槙　野「くーっ、美味い」
御　上「なんかひさしぶりだよな…」
槙　野「敵をあざむくにはまず味方からって…」
御　上「そういえば津吹の前でわざわざ喧嘩してみせたよな」
槙　野「今度、津吹に謝らないと…あいつ、怒るだろうなー」
御　上「手術、うまくいったんでしょ」
槙　野「いった。子供も無事生まれましたよ」
御　上「女の子だよね？」
槙　野「そう。津吹凛音《りおん》ちゃん。この年で孫が生まれた気分」
御　上「心配したよ。高見のことがあって…津吹にまでなにごとかあったら…さすがに槙野、持たないんじゃないかって…」
槙　野「…手術終わってさ…津吹が、言葉ちゃんと話せたとき、俺はガラにもなくこっそり泣いたよ」
御　上「……」
槙　野「だからといって高見のことは、なんにも帳消しにはならないんだけどね」
御　上「……」

ビールを飲むふたり。

槙　野「それにしてもすごいな」
御　上「え。なに?」
槙　野「お前の生徒だよ…あんななの?　いまの高校3年生」
御　上「俺も正直、驚いてる」
槙　野「だよなー…特に富永さん?　あれ人生何回めだ」
御　上「あーまあねえ…わかるけど…なんなら俺もそう思ってたけど…」
槙　野「なに?」
御　上「一回目だよ。一周しかない人生を誰より一生懸命生きてる」
槙　野「……」
槙野、ビールを飲む。
槙　野「なんだよ〜御上だけいい思いしやがって」
御　上「それは…俺もちょっと途中から槙野に悪いなって思ってた」
槙　野「……」
御　上「でもほんとの勝負はここからだよ…」
槙　野「…神崎くんが、どうするのか……」
御　上「是枝先生にさ…待つべきです、とかいつも偉そうに言ってんのに…なんかしてやれることねーかな…しか考えらんないよ」
槙　野「…そんなに可愛いか。生徒ってヤツは」
御　上「……それが…可愛いんだよ」
槙　野「やっぱムカつくわー」
ビールをあおる槙野。御上、チラッとステゴサウルスのフィギュアを見やる。
前は引き出しに放り込まれていた宏太との写真が写真立てに入って飾られている。

御　上「変えてやると思ってたよ。教育を。学校を。でも…思いあがってた。教わることばかりだよ」
槙　野「まあねえ。でも」
御　上「…？」
槙　野「そのお前を見て俺が教わってる」
御　上「なんだよー。らしくないな」
槙　野「いよいよ始まるな。日本の教育が生き残るための戦いが」
御　上「不正を暴くことが目的じゃない。教育のシステムが変わらないと意味がないんだ」
槙　野「ああ」
御　上「…まずはプランオオカミ3からだな」
槙　野「なんだよ。それ面白そうじゃん。聞かせてくれよ」

8　隣徳学院・廊下（日替わり）

歩いている千木良。
そこに声を掛ける神崎。

神　崎「千木良、あのさ」
千木良「…なに」
神　崎「ちょっと…時間もらえるかな」
ふたり、階段を上っていく。丁度通りかかった是枝、それを見かけて。
是　枝「……」

9　同・屋上

屋上で話している神崎と千木良。

千木良「……なんでわたしに話したの」
神　崎「……」
千木良「…わたし…わかってた。…自分がズルして隣徳に入ったんだって…だって…自己採点で…足りてなかったし…点数」

神　崎「……」

千木良「記事出したいなら勝手にやればいいじゃん」

神　崎「そうだけど…でもこの事実が外に出たら…少なくとも…千木良のお父さん、議員の仕事は続けられない。だから…」

千木良「わたしの許可が必要？」

神　崎「…すごく残酷なことしてるのはわかってる。でも…言わずに出すのは違うと思ったんだよ」

千木良「神崎、新聞記者になりたいんでしょ。特ダネとるたびに、出していいですか？　って聞きに行くの？」

神　崎「いや…でもいっしょに考えたいんだよ」

千木良「…ごめん…無理…」

屋上から出ていく千木良。

神　崎「……」

10　同・廊下

階段を駆け下りてくる千木良。

待っていた是枝。追いかける。

11　同・ひとりになれる場所

ひとり呆然としている千木良。

入ってくる是枝。千木良、気づき。

千木良「……」

是　枝「神崎くんと話したの？」

千木良「…知ってたんですか？」

是　枝「（頷く）」

千木良「…自分が学校辞めて済む話なら…迷わないです…でも……妹がいるし…それに…わたしの他にも在校生で…きっといるんですよね」

是　枝「……そうだね」

千木良「……どうするか決めるなんてムリ…」

是　枝「逃げてもいいんだよ、そう言ってあげたいけど…逃げ場が見つからないよね…」
千木良「……」
是　枝「生徒たちの自分で決める力を信じて…先回りして手を出さないで…わたしにもようやくその意味がわかってきたけど…でもそれは…学校が、ちゃんと学校として…機能してることが前提なんだって…思い知らされた」
千木良「…妹の…みんなの…人生が壊れちゃう…」
是　枝「……」
千木良「…怖い…」
是　枝「…千木良さんはすごいね」
千木良「……え」
是　枝「こんなにたいへんなときに、自分じゃない誰かの気持ちを考えることができる」
千木良「そんなこと…」
是　枝「少なくとも私は、自分の弱さに向き合えてなかったから」
千木良「……」
是　枝「許せないの。千木良さんの人生は千木良さんが選んでいい。なのに言えないようなことを学校はやった。そして…そんなことになった責任はわたしにもある」
千木良「……」
是　枝「…千木良さん…後悔のない選択肢がないのはわかってる」
千木良「……はい…」
是　枝「……でも…起こってしまったことを変えることはできないんだよね。これからの時間でしか…どうにもならない」
千木良「……悔しいです。でも…諦めたくない」
是　枝「わたしも、諦めない…それしかできないけど…いっしょに最後まで…」

千木良「……」

12　次元の家・次元の部屋（夜）

モニターに映し出された写真入りの人物相関図を見ながら話している次元・富永・神崎・御上・是枝。

次　元「この中岡って人が、闇の仲人って言われてる人で……」

×××

（回想・第六話）

料亭から出てくる中岡・塚田・溝端。

次元の声「永田町からの不正入学の要望を塚田さんを通じて溝端先生に繋いでた…隣徳側の見返りは…不正入学者からの寄付…だけではなく、莫大な助成金…」

カメラを持って物陰から出てくる槙野。

3人を見つめる。

×××

次　元「隣徳が貰う助成金は、20年間で、右肩上がりにふえてる…」

助成金のデータが出る。

富　永「額、すごっ」

神　崎「官僚側のメリットは？」

御　上「そもそも塚田さんはあそこまでの地位に上り詰められる人じゃなかった。内閣人事局からのゴリ押しがあったと聞いている……おそらく…隣徳以外にも案件があるはずだ」

富　永「なるほど〜」

次　元「で、隣徳側のことは、冴島先生のデータにまとめられてた」

神　崎「冴島先生は戸倉樹を庇ったことで不正の

とりまとめをさせられていた。それが同僚の筒井に知られ、関係を迫られた。オレの新聞でそれが明るみに出たときに、もうこれ以上不正に関わってはいけないと系列の塾への移籍を断った…筒井が移籍できたのは…冴島先生の仕事を…おそらくは引き継いだから…」

次元「(不正受給を約束する中岡からのメールをパソコンに出して) 冴島先生のデータに、不正入学と国からの利益供与…つまり多額の助成金との関連を示す証拠もあったから、言い逃れできないよね」

御上「これで…ほぼ完ぺきなんだけど…」

是枝「…わたしからもひとつ」

御上「どうぞ」

是枝「徳井税理士から…念のために保管していたという塾の帳簿と古い写真を提供してもらいました…」

昔の帳簿を出す。

是枝「反社ではないけど、あくどいと評判の企業から寄付を受け取ってたみたいです…それから…」

一枚の写真を出す。若い塚田と古代が笑顔で写っている。

是枝「古代理事長、塚田さんと古いお知り合いですね。ちなみにこれ (いっしょに写っている男を指して) …千木良代議士ですね」

槙野の声「ブラボー」

モニターに槙野が現れる。
リモートで参加していたらしい。

槙野の声「すべてが繋がったね。素晴らしい」

噴き出す富永。

槙野「なにがおかしいんだよ」

富　永「だってラスボス感ありすぎでしょ」
槙野の声「仕方ないよね。ヤマトタケルだから」
富　永「あれ。いま、何時？」
次　元「7時」
富　永「うわ。帰る」
次　元「もしかしてリュウちゃん？」
富　永「そう。仲直りできたのは喜ばしいことなんだけど、今度は、8時までに帰ってこないとすっげー怒る。勝手すぎ」
次　元「とか言ってめっちゃ嬉しそうじゃんー」
富　永「ノロケですから。じゃっ先出ます！」
　バタバタと出ていく富永。
　神崎、立ち上がり。
神　崎「…俺も帰るわ」
　神崎、不愛想に出ていく。
　御上、それを見送り。
御　上「……」

13　路上（夜）

　歩いている御上と是枝。
御　上「…そうですか」
是　枝「はい。自分は仕方ないけど、家族や下級生の該当者が心配だって…」
御　上「……」
是　枝「なんとかならないでしょうか…」
御　上「…例えば…古代理事長と裏取引をすれば…これからはやらないという言質を取って、何もなかったように収めることもできます」
是　枝「……でもそんなことしても千木良さんの心は救われないですよね…」
御　上「そうですね……そして…ぼくらに解ける程度のナゾナゾはいつか誰かに解かれます」
是　枝「……え…それ…」

御　上「槙野のところに知り合いの記者から探りが入ったそうです。政治と隣徳の関与について……真山弓弦さんの事件で注目が集まりすぎましたね」
是　枝「そんな…」
御　上「証拠がないのですぐにということではないかもしれませんが…記事が出てしまってからでは遅い」
是　枝「そして、その記事は……人を傷つける言葉でいっぱいなんですよね…」
御　上「マスコミは、彼らに愛を与える義理はありませんから」
是　枝「…酷すぎる…」
御　上「……考えましょう」
是　枝「……はい」

14　神崎の家・神崎の部屋（夜）

神崎、パソコンを立ち上げ、資料も見つつ文章を書き始める。しばらく集中して書いているが、手が止まり、何かを考えている。
神　崎「……」

15　千木良の家・千木良の部屋（夜）

自室で勉強している千木良。と、扉を叩く音。
千木良「どうぞ～」
妹の萌香がサンドイッチとジュースをのせたお盆を持って現れる。中学2年生。
萌　香「お母さんから～愛のお夜食～」
千木良「えー。太るからいいって言ったのに」
萌　香「そんなこと言うなら萌がもらおうかな」
千木良「はんぶんこしよっか?」

萌　香「いいの？」

千木良「ちょうど休憩しようかなって思ってた」

　萌香、嬉しそうに食べ始める。千木良も食べ始める。

　萌香、千木良が解いている問題を見て。

萌　香「すごいねー。お姉ちゃん。こんな問題解けるのカッコいい」

千木良「……そんなことない。フツーだよ」

萌　香「来年、萌、受験生だから、いっぱいお姉ちゃんに勉強教えてもらうんだ～そしてぜったい隣徳に行くから！」

千木良「（こみあげてくるものがあって）…そうだね」

萌　香「…お姉ちゃんどうしたの？」

千木良「なんでもない」

萌　香「でも…」

千木良「なんでもないから」

16　東京拘置所・独房（日替わり・朝）

　背中を丸め本を読んでいる弓弦。英語の原書。

刑務官「面会です」

　本を置き、立ち上がる弓弦。

17　隣徳学院・保健室（朝）

　仕事している一色。入ってくる是枝。

一　色「あら…どうしたの」

是　枝「…あの…不正入学かもしれない、って相談に来たの千木良さんですよね」

一　色「…誰にも言わないでほしいって言われたの」

是　枝「……千木良さん、中学のとき、その中学で女子生徒としてはじめて生徒会長になった子なんです」
一色「…そっか」
是枝「…活発な子なんだろうと思ってたら、すごく内向的で…でも15歳くらいのときって性格がすごく変わったりするから…そのせいかなって思ってた…でも違ったんですね。大人のせいで変えられてしまった…」
一色「…そうだね…」
是枝「千木良さん…入ってから相当勉強頑張ったんだと思います…いまはクラスでも成績上位です」
一色「そんなに頑張ったのに…自分を受け入れられず苦しんでる…あのときの千木良さんの顔…忘れられない」
是枝「…一色先生、宏太さんが亡くなったとき…高校生だったんですよね」
一色「え？　ああ…うん」
是枝「だから養護教諭になったんですか？」
一色「……そうね」
是枝「どんな人だったんですか？　宏太さん」
一色「すごく…綺麗な子」
是枝「……」
一色「避けようがないことだったのかな…とは思ってる…20歳を超えて生きるのが残酷に思えてしまうくらい…精神が潔癖で……でも…いまのわたしなら助けてあげられたかなあ…」
是枝「（窓の外を見ている一色を見つめて）……」

18　東京拘置所・面会室

入ってくる弓弦。
座っている悠子。座る弓弦。

悠子「あのね」
弓弦「…うん」
悠子「生徒たちを愛してきたわ…でも…弓弦とはちがう…どうにもならないくらい弓弦は特別なの」
弓弦「……」
悠子「ちゃんと…言葉にして…伝えたかったの…」
弓弦「……」
悠子、ポケットからメモを出す。
悠子「わたしも…言わなきゃいけないこと忘れないように…」
弓弦、それを見つめる。
悠子「ひとつ…面会については弓弦の意思を尊重します」
弓弦「……」
悠子「ふたつ…だけど…すべての裁判に出席し、必要とされたら証言台に立つことを許してほしい」
弓弦「……」
悠子「みっつ…あなたが償いを終えるまで…どんなことがあっても健康に暮らします」
弓弦「……お母さん…」
悠子「生きて…あなたに会いたいから」
弓弦「……」
悠子「弓弦も…生きて…すべての意味で…償ってほしい…命を奪ったことの意味をほんとの意味で知ってほしい。どれほど…悶え…苦しんでも…取り返しのつかないことがあるってことを…」
弓弦、手をアクリル板に押し当てる。
悠子もその手に手を重ねる。
悠子「…わたしもいっしょに……どこにいても……」

弓　弦「……お母さん」
悠　子「……なに」
弓　弦「……わたし…殺しちゃった…」
悠　子「……うん」
弓　弦「殺しちゃったの……」
悠　子「…そうだね…」
弓　弦「…殺しちゃったよう…」
　泣きじゃくる弓弦。
　ふたりを、アクリル板が遮断している。

19　隣徳学院・職員室

　溝端のところに近づいてくる是枝。
　ジロッと見る溝端。
是　枝「溝端先生、4時間目授業ないですよね?」
溝　端「それがなにか」
是　枝「御上先生が特別な授業をするそうです」
溝　端「……」
是　枝「千木良さんと…向き合うための授業です」
溝　端「……」
　是枝、教室に向かう。溝端、机からプラスチックケースに収まったSDカードを取り出しポケットに入れ、是枝を追いかける。

20　同・教室

　12月12日(木)。御上が生徒の前に立っている。
御　上「今日は君たちと考えたいことがある」
　と、後ろの扉があき、是枝と戸惑った顔の溝端が入ってくる。御上、そのまま続ける。
御　上「この1年、『考える力』についてぼくは伝えつづけてきた。では『考える力』っていうのはいったいなんだと思う?」

御上、黒板に『考える力』と書く。

冬　木「論理的思考、じゃないですか」

神　崎「(自分と千木良のための授業が始まったということに気づいている顔で)……」

黒板に『論理的思考』と書く。

生徒たち、御上の言うことを聞きもらすまいと見つめている。

千木良「(千木良もまた気づいて)……」

御　上「わたしはこう思います。なぜならばこうだから…クリアに説明できることは大切で、受験の論述問題で必要とされるのもそれだ。でも…受験のための勉強で教えられる『考える力』の限界もそこだと思う」

溝　端「……」

御　上「戦争はいけないことですか? という問いに答えを出すのはある意味かんたんだよね…椎葉さん。椎葉さんならなんて答える?」

椎　葉「戦争は人の命を理不尽に奪うものです。だからやってはいけないことです」

御　上「そうだね…でもその問いをこうしたらどうだろうか」

御上、黒板に向かい『正しい戦争はあるか』と書く。

御　上「たぶんほとんどの人が、そんな戦争はない、と答えると思う。では…個別の戦争の歴史をちゃんと知っても、それが言える? 理不尽な侵略に…テロに…独裁に…武力を持って抵抗することは悪だと思う?」

生徒たち、じっと見ている。

御　上「考えて」

和久井が立ち上がる。

和久井「……戦争が原則としてやってはいけないことだと考えたとき、正しい戦争はないと思います。でも…やむを得ない武力闘争はある…それを否定はできません」

御　上「そうだね。でもやむを得ない武力闘争はある、という結論は、さっき出した戦争はいけないことだという結論と矛盾していない？」

和久井「……」

御　上「そして…やむを得ない武力闘争だったといったい誰が決めるんだろう…」

富　永「……わからない…でも…きっとわたしたちと同じくらいの年の兵士たちが…『君は間違っていない』と言ってほしいと願いながら銃を持って戦ってる……」

皆、富永の言葉に、自分と変わらない年代の兵士たちに思いを馳せる。

東　雲「でも…だからこそ…戦争はなくさないと」

御　上「その気持ちはよくわかる。でもたぶんそんなかんたんに戦争はなくならない。どうしてかわかる？」

東　雲「（言葉に詰まり）……なんとなくしか」

御　上「戦争のことを考えるとき…大前提となる事実から目をそらしてはいけないとぼくは思ってる」

東　雲「なんでしょうか」

御　上「それは、国と国のあいだに起こっているということ…つまり、国が政策として行っていることだという動かしがたい事実だ」

東　雲「……」

千木良「……」
是　枝「……」
溝　端「……」
御　上「戦争をするというのは、政治が決めている…ぼくたちが選挙で選んだ代表たちが…つまり…ぼくたちの意思ってことなんだよ。それは、君たちが選挙で投じる一票で…戦争を止めることができるかもしれない。もちろんその一票がまったく報われないときもあるだろう。でもラブアンドピースだけでは戦争はなくならないことは確かだ。…世界のシステムを根本から根気強く変えていく必要がある」
皆、うまく整理がつかず考えている。
御　上「これはほんの一例だ…複雑で…難しい…答えの出ない質問が、この世にはたくさんある。ハゲワシと少女…貧困とテロ…安楽死…それを考え続けることは…ものすごくキツいことだよね。『考える力』っていうのは…答えを出すためだけのものじゃない。考えても考えても答えが出ないことを…投げ出さず考え続ける力のことだ」
生徒たち、じっと見る。
御上、千木良を見る。
そして次に神崎を見る。
御　上「考えよう」
千木良が静かに立ち上がる。
是　枝「！」

20 ins　×××
（フラッシュ・回想・第一話）
御上の手の平から羽ばたく蝶。空へ。
御　上「逃げきれ」

×××

是　枝「……」
千木良「…わたしもひとつ『答えの出ない質問』を持ってる。それは…わたしのお父さんがやってはいけないことをやって、神崎がそれを知ってるということなの」
溝　端「(察して)……」
生徒たち、見つめる。
千木良「神崎…あのね…わたし…嬉しかったよ。聞いてくれて…わたしがここにいることを無視しないでくれて」
神　崎「……」
千木良「…でも神崎…これから新聞記者になるんだよね？　もしわたしのような立場の人がいたときに…報道しないって選択肢、あるの？」
神　崎「…ないと思う」
千木良「そうだよね。そんなの新聞記者じゃないもんね」
神　崎「でも…いるってことを…絶対に忘れない…」
千木良「…苦しいよ。…この話をしているこの瞬間も…家族を売っているっていう罪悪感で消えてなくなりたい。辛すぎて…息ができない…」
神　崎「……」
椎葉がそっと千木良の手を握る。
握り返す千木良。
千木良「でも…わたしのためにこの事実をもみ消されても…同じだけ苦しいのもわかってる（是枝を見て）逃げ場なんてない…だとしたら逃げないしかない…そうですよね」
是　枝「……」

御　上「……」

千木良「だから神崎。わたしにはできないことをやって。報道はなにかってことだけ考えて」

神　崎「…わかった…約束する」

千木良、座る。なにが起こったかよくわかってない人も含めて圧倒されて。

富　永「……」

次　元「……」

是　枝「……」

御　上「……」

と、これまで見ていた溝端が神崎のところに歩み寄りＳＤカードを出す。

神　崎「？」

溝端、生徒のほうを向く。

溝　端「いまの千木良さんの話に…わたしも関与しています」

是　枝「……」

御　上「……」

皆、ザワッとする。

溝　端「…あなたたちが…この教室で…こんなにも戦っていることを…わたしは知らなかった…御上先生を恨み…蔑《さげす》み…追い落とすことに必死だった…」

20 f l a　×××

（フラッシュ）

廊下を歩いている是枝と溝端。

是　枝「溝端先生は…3年2組と御上先生が成し遂げてきたことを…わかる方だとわたしは信じています」

溝　端「……」

溝端の声「わたしが何十年かけてもできなかった

ことを…素人みたいな官僚教師に成し遂げさせてたまるかと…」

×××

溝端「しかし…いまの授業を見て……あなたたちを信じる力が足りなかっただけだと思い知りました」

御上「……」

溝端「いまとなっては…こんな風になってはいけないという反面教師となることしかできないことが…」

是枝「……」

溝端「…残念です」

SDカードを神崎の前に置き、出ていく溝端。

生徒たち、その姿を見つめる。

御上「…千木良さんと溝端先生が、自分の人生を投げうってでも外に出さなければいけないと考えた事実が、ここにある。ぼくにはこれを守り抜いて世に出す義務があると思ってる…関与したくない人は、ここで出ようか。君たちが巻き込まれなくちゃいけない理由は何もないから…残った人で…いっしょにこれを守ろう」

生徒たち、誰も動かない。御上の次の言葉を待っている。

21 神崎の家・神崎の部屋（夕）

神崎の自室。原稿を書いている神崎。

溝端のSDカードの音声データが流れている。

古代の声「溝端くん…助成金が必要なんだよ…この学校を一流から超一流にするためのね」

22　次元の家・次元の部屋（夕）

次元の自室。映像資料を作っている次元。

23　神崎の家・神崎の部屋（夜）

原稿を書いている神崎。

24　次元の家・次元の部屋（夜）

次元の自室。神崎の記事と資料をチェックしている御上。

25　神崎の家・神崎の部屋（夜）

プリントアウトされていく原稿。

神崎の声「父さん…ちょっといい」

26　同・リビング（夜）

神崎の父、栄治がリビングにいる。

栄治「なんだ」

神崎「これ…」

神崎、封筒を出す。栄治、中を出してサッと読む。

栄治「え…これは…」

神崎「これ…父さんの新聞で…出せないかな？」

栄治「無理だ。信憑性がなさすぎる」

神崎「写真、音声データ、証人…全部揃ってる」

栄治「……」

神崎「もし父さんが引き受けてくれないなら、別の新聞社に持っていく」

栄治「…これは…ほんとうなのか？」

神崎「……そのデータの中にクラスメートがいる」

栄治「……お前のクラスには千木良代議士の娘さんがいたな……」

神　崎「自己嫌悪で吐きそうになりながら、その
　記事、書いたよ」
栄　治「……」
神　崎「でも千木良が言ったんだ。報道とは何か
　だけを考えろって……」
栄　治「……」
神　崎「だから…父さんも…それだけを考えてほ
　しい」
栄　治「……」
神　崎「……」
　栄治、じっと記事を見つめている。

27　料亭・表〜中（夜・一週間後）

　T　一週間後
　前を見据えて歩いていく御上。
御　上「…」
古代の声「…先日お話ししたように御上さんに後
　任をお願いすることにしました」

28　同・個室

　御上と中岡、そして塚田、古代が話
　している。
塚　田「御上くんは文科省に戻ってもいろいろ助
　けになってくれると約束してくれた…」
古　代「いやいや。あと2年はうちで活躍しても
　らわないと」
中　岡「よろしくお願いします」
御　上「こちらこそよろしくお願いします」
　塚田と古代、チラッと目を見合わせ
　る。
塚　田「御上くん…例の件…中岡さんに…」
　御上、中岡を窺うように。
御　上「…東代議士が、不正入学の件、どうして
　も引っ込めないそうですね…」

中　岡「プライドが高くて…」
塚　田「なのに…予算の差配には絶大な影響力がある…助成金審査に口を出されたら国も県も言いなりだ。ひとたまりもありません」
御　上「…しかしですね…来年度ということだとやはり文科省、隣徳…双方、リスクが大きすぎるかと…」
中　岡「え…塚田さん…話が違いますよ」
塚　田「(古代とまた目を合わせ)まあ…聞いてくれるかな?」
御上、メモのコピーを出して。
御　上「去年問題になった政治資金パーティの裏金事件…東元官房長官は関与していないということで名前さえあがりませんでした。しかし…じつはぼく…東派のとある代議士と懇意にしていまして…ちょっとつついたら、厳しいノルマを課されていたと…愚痴まじりに聞かせて貰いました…しかも他の派閥に比べると…だいぶ自分の取り分が少ないと。これは彼のメモです…東さんの懐にかなりの額、入ってないとおかしいですよね」
中　岡「…これを見せて脅せというんですか?」
御　上「ダメですか?」
中　岡「信用で仕事してるんです。そんなこと…もってのほかですよ」
御　上「では…わたしのほうで動きましょうか」
中　岡「あなたが動いても変わりませんよ。隣徳イコール中岡です」
御　上「しかし、これしか方法がありません」
中　岡「…もしかして…これ、三人の総意ってことですか」
塚　田「わたしとしてもねえ…親友とも言うべき

古代さんにそんな危ない橋を渡らせるわけにいかないんですよ…」

中岡「永田町でのわたしの評判が下がったら…古代さんも塚田さんも無関係ではいられませんよ…」

古代「そこをなんとかしてほしいと何度もお願いしましたよね」

中岡「さんざん甘い汁を吸っておいてよく言いますね…」

古代「甘い汁？　何のことですか。わたしは…私利私欲のためには一銭の金も使ったことはありません。教育の理想のために…すべて使ってきた。だから隣徳はたった20年で県のトップになれたんです…ウンザリなんですよ。あなたのような教育の理想のない人の顔を見続けるのは…」

中岡「は…？　冗談も休み休み言え！」

と、隣の部屋から襖を叩く音がする。

槙野の声「すみませーん。ちょっと煩いんですが…」

中岡「え…」

塚田「御上くん、離れ全部貸し切ってたはずじゃ…」

御上「はい…そのはずですが…」

と言いながら、襖に近づき、サッと開ける。

槙野がいる。

槙野「おひさしぶりです」

中岡「……」

槙野「最近、誘ってくださらないなと思ってたら…御上を選んだんですね…傷つくなあ～」

古代「……どういうことですか」

中岡「貴様らグルだったのか！」

殴りかからんばかりの中岡。

古代「…御上くん、どういうことだね」

御上「…考えればわかることですよね」

古代「は？」

御上「明日、東都新聞に記事が載ります」

古代「……どういうことだね」

中岡、塚田と古代は槙野のことは知らないと気づく。

中岡「……」

御上「それは…永田町と霞が関…そして隣徳の癒着した関係が…闇の仲人によって育まれ、そして…ひとりの罪のない若者が刺殺されるまでの…誰も想像しなかったバタフライ・エフェクトの物語です。神崎くんが書いて父親に託した。まさに自律…あなたの教育が、素晴らしい成果を出した瞬間を目撃できますよ…」

古代「…いつからだ…」

御上「最初からです。隣徳にはそのために来ました」

塚田「記事を差し止めてくれ」

御上「……それはできません」

塚田「なんだと…」

御上「…生徒たちが…必死で考えて…苦しんで…出した結論です…不正入学をさせられた千木良さんが…自ら書いてくれと言った…神崎くんが…満身創痍でそれに応えた…差し止めなんて選択肢…あるわけがない。（古代を見て）そうは思いませんか」

古代「…君たち官僚が…まともな教育を作ることができないから…わたしが代わりに泥水をのんでいる。ただいい教育をしただけでは、生徒たちは社会に出てから認められない…人間の価値を成績や、出身大学で決めつける社会を作ったのはあなたたち教育行政ですよ」

御上「言われなくてもその罪は、生涯かけて償っていきますよ。教育を変えることで…」

古代「わたしがいなくては隣徳が終わる」

御上「残念ですが…学校法人は…理事長が替わったからといって潰れたりしません」

古代「……」

御上「古代さんが作り上げた隣徳の理想は素晴らしい。しかし…その理想を守るために、生徒の人生を傷つけることをお望みですか。結果やっていることは国と同じになる。その人生をこれからも続けていくんですか」

古代「……」

塚田、とつぜん立ち上がり。

塚田「バカバカしい。わたしは帰りますよ」

襖をあけるとそこに何人かの刑事がいる。

槙野「こちら、警視庁捜査2課の富士崎さんです」

塚田「（槙野と御上に）ハメやがったな！」

槙野「（笑顔で）はい。プランオカミ3発動させていただきました」

塚田「なんだ。それは。ふざけやがって！」

塚田が槙野に掴みかかろうとするところを古代が止める。

古代「…もういいでしょう。塚田さん」

塚田「は？」

古代「行きましょう」

刑事1「では…こちらへ」

中岡「……」

塚　田「……」

御　上「（古代に）絶対に…隣徳学院と生徒たちは守ります」

御上を一瞥し、去っていく古代。

御　上「……」

29　警察署前（朝）

早朝。溝端がＳＤカードと新聞の切り抜きを確認し、警察署の看板を見上げ入っていく。

30　悠子のアパート・中

コンビニで買って来た新聞を出し、広げる。不正の記事が載っている。

顔を覆う悠子。

31　東京拘置所・面会室

新聞を間にして向き合っている弓弦と神崎。

神　崎「記事、見てくれた？」

弓　弦「…見たよ。なんか…わたしが言うことじゃないけど…いい記事だった…」

神　崎「これから…系列の雑誌に、連載で…弓弦さんのことも載る」

弓　弦「……わたしは……シブタニカナコさんに…手紙書いた」

神　崎「…そっか」

弓　弦「神崎くん…」

神　崎「なに？」

弓　弦「……お母さんのこと……」

神　崎「…大丈夫」

弓　弦「……」

神　崎「迷惑がられるくらい…会いに行くから」

弓　弦「……」

神　崎「いつか…返事がくるといいね」
弓　弦「……そんなこと…望んじゃだめなの」
神　崎「それでも…」
弓　弦「……」

32　隣徳学院・屋上（日替わり）

屋上で話している千木良と椎葉そして是枝。

是　枝「…決意は変わらないんだよね」
千木良「はい。どうしても隣徳卒業ってしたくなくて」
是　枝「椎葉さんは知ってたの？　高卒認定試験のこと…」
椎　葉「はい…凄いですよね」
是　枝「ほんとだね。ほんとに凄い」
千木良「大学…自分の力で合格して…みんなと…椎葉と…正々堂々同期になりたいです」
是　枝「千木良さんならぜったい大丈夫」
椎　葉「むしろわたしが後輩なんてことにならないように頑張るよ」

千木良を探してやってくる神崎。
三人を発見し近づいてくる。

神　崎「あのさ…」
千木良「神崎のせいじゃないから」
神　崎「いや…その…」
千木良「あの記事があってもなくてもこうするつもりだった」
神　崎「…そうなんだ」
千木良「見ていたくて…」
神　崎「え？」
千木良「御上先生が来てからどんどん変わっていくクラスを…もう少し……もう少しだけって…」

神崎「絶対に忘れない…誰も傷つけない報道なんてないってこと…」
千木良「(是枝を見て)先生は…どうするんですか」
是枝「…わたしは…続けることで責任とろうと思ってる」
千木良「…できればそうしてほしいです」
是枝「約束したよね。隣徳を…変えるって…それは隣徳にいないとできないことだから」
千木良「…はい」
椎葉「……」
神崎「……」
是枝「……」

32A 記者会見会場(日替わり)

ザワザワと会見の始まりを待っている記者たち。

32B 同・控室

待機している古代。落ち着いて座っている。会見で使用する資料がある。
そこにスッと入ってくる御上。
古代チラリと御上を見る。
古代「……御上くんか」
御上「…よく受けられましたね。記者会見。何を話すのかと文科省が戦々恐々としてます」
古代「だろうね…。だが、わたしにはもう真実を話すくらいしか、この国の教育に対してできることがないからね」
御上「……」
古代「わたしの教育の理想は、素晴らしい…そう言ってくれたね。その理想を叶えるため変えるべきはシステムなのに、現実を言い訳にして、いつのまにか国のシステムのレールに乗っていた。認めるよ」

御　上「……はい」

古　代「…記者たちが期待しているのは、教育を利権に変えた金の亡者の物語だ。理由は読者がわかりやすい悪を求めているから。…そしてその物語は…国が抱える不都合な真実を隠すための生贄の羊にされることがある…わたしが消されて教育がアップデートするものならよろこんで羊にもなるがね…残念ながらそんなに甘いもんじゃない。わたしは忘れられ、別な誰かがまた羊になる。真実をうやむやにするための馬鹿げた茶番の繰り返しだ」

御　上「しかし…あなたが育てた生徒たちの中に…隣徳の理念は生き続けます」

古　代「……」

司会者が説明を始める声が聞こえる。

司会者の声「ではこれより隣徳学院不正入学斡旋疑惑につきまして隣徳学院理事長古代真秀の記者会見を始めます」

古　代「…社会に対して批評性のある生徒を育てたかった（どこか嬉し気な顔で）…その成果がこれというのも皮肉な話だが…生徒の顔に泥を塗るわけにはいかない。（御上をしっかりと見て）…この国のシステムの欺瞞《ぎまん》を…わたしの愚かさも…すべて話してくるよ…」

御　上「…はい」

古　代「…社会も…教育も…倒すべき敵じゃない…か弱く…脆《もろ》い…護るべきものだ」

御　上「……だからこそ大切に育てていかないといけませんね。人も、制度も」

古代を呼び込む司会者の声。

古　代「真の教育改革…期待しているよ」

御　上「……」

古代、会場へと足を踏み入れる。

眩いフラッシュが焚かれて。

御　上「……」

33　路上（日替わり・春・朝）

T　２０２５年3月1日

花木蓮が満開に咲いている。

仕事に向かう悠子。ふと花を見上げる。

蝶が飛び立つ。

34　隣徳学院・教室外

教室の窓から黒板に書かれたチョーク絵が見える。卒業おめでとうの文字。空を舞いそのチョーク絵に吸い寄せられるように飛んでいく蝶。黒板の前に佇んでいる御上。

35　同・教室

入ってくる神崎。

御　上「…お。卒業、おめでとう」

神　崎「…ひとつ聞きたいことがあるんだけど」

御　上「なに？」

神　崎「オカミ…俺のこと助けに来たんだよね」

御　上「…そりゃ気になるよ…」

神　崎「え？」

御　上「一色先生から…兄に似てる子がいるって言われて…じっさい来てみたら…ほんとそっくりで正直アブナッて思ったよね…」

神　崎「でも…去年の自分が考えてたこと思い出

すとツッコミしか浮かばない」
御上「そうだね…もう兄さんは兄さん…神崎くんは神崎くんにしか見えないよ」
神崎「考えつづけるってぜんぜん自分に優しくないね…だけど…ぜったい手放さないから」
御上「……」
神崎「あと…もうひとつ…」
御上「なんだ」
神崎「俺、死なないから…何があっても」
御上「……それは…ぜったいそうしてくれ」
と、鼻息も荒く富永が入ってくる。
富永「オカミ、いたーっ」
わーっというかんじで生徒たち、入ってくる。是枝も連れてこられる。
御上「…卒業、おめでとう」
富永「楽しかった！」

御上「……」
富永「人生でいちばん楽しい一年だった」
倉吉「ズルい。わたしが言おうと思ってたのに！」
東雲「みんなです。たぶんみんな…」
御上「それはなにより」
富永「照れんなよ～」
御上「照れるだろ。フツウ」
次元「センセー、その可愛いかんじやめてもらっていいスか？」
御上「は？　可愛い？」
是枝「ハリネズミですね」
次元「え？　ハリネズミ」
是枝「知らないんですか。ハリネズミは、世界でいちばんツンデレな動物って言われてるんですよ」
御上「参ったな…」

是　枝「…わたしにとっては、自分を否定しつづける…人生でいちばん辛い一年でした」
御　上「……はい」
是　枝「でも、いくつになっても人は変われると、知った一年でもありました」
御　上「そうですね。ぼくにとっても…」
是　枝「（生徒たちを見て）大切な生徒たちが旅立ちます。教師だけがここに残る…でもそれは…来年も教師でいられるってことなんですね…」
御　上「…はい」
是　枝「素晴らしい一年をありがとうございました」
御　上「……こちらこそ、ほんとうにありがとう」
生徒たちじっとふたりを見つめる。
東　雲「オカミ先生…最後に一言お願いしてもいいですか」
御　上「いいよ…そんな照れくさい…」
富　永「逃げられると思ってるんですか」
是　枝「よろしくお願いします」

36　同・教室（時間経過）

椅子に座っている生徒たち。と、そこへ一色に伴われ千木良が入ってくる。千木良、自分の席だった椅子に座る。一色もそのまま留まり、是枝の隣に並ぶ。

御上、皆を見て。

御　上「…この一年…ぼくはひとつのことだけを君たちに言ってきた…考えて…自分の頭でと…」

皆、思いを馳せている。

御　上「考えて、と君たちに言うたびに…ぼくも考えた…これはもう無理かもしれない、と何度も思った…」

富　永「なんでも知ってます、みたいな涼しい顔してたくせに」

御　上「それだけは得意なんだよ。官僚は」

皆、笑う。

御上の声「この一年は、ぼくが考えていたよりずっと困難な一年で…君たちは…そのたび、信じがたい解決策を導き出してきたね。君たちは気づいていないかもしれないけど…君たちが…たとえば東雲さんのために…椎葉さんのために…千木良さんのために…導きだしたひとつひとつの答えが…国の大きな問題を…白日の下に引きずり出した」

富　永「……」

神　崎「……」

御　上「こんなことが…可能なのだと、君たちがぼくに教えてくれた。…それは…パーソナルイズポリティカル…その言葉の見事な具現化だった…でもね。ぼくは思うんだけど…」

御上、卒業おめでとうの文字を敢えて消し、『答えの出ない質問』と黒板に書く。

御　上「結果としての解決は素晴らしい。でももっと素晴らしいのは…君たちのなかにいま…人生かけて考えるべき『答えの出ない質問』が、数えきれないほどあるということだ」

生徒たち、じっと見ている。

御　上「その質問は、時に投げ出したくなるほど大変で…絶望することもあるだろう。でも…そのときに思い出してくれたら嬉しい。…ここに…君たちの頭の中にあることを……誰より楽しみにしていた人間がいるということを…」

生徒たち、それぞれの表情でそれを聞いている。

御上「だって君たちの頭の中の『答えの出ない質問』は未来そのものなんだ。そして君たちが…苦しみの中で選び取る答えは、きっと弱者に寄り添うものになる。君たちならできる。ぼくはそれを信じている」

いつの間に入口に槙野が立っている。

御上、それに気づく。

御上「(生徒たちに視線を戻し)……卒業、おめでとう」

37 同・教室

生徒たちがいなくなった教室で、話している御上と槙野。

御上「なに。わざわざ来たの?」

槙野「これから戻って働きますけどね。でも卒業式見届けたくて」

御上「…来てくれて嬉しいよ」

槙野「ご報告がふたつあります」

御上「なに」

槙野「津吹は、とりあえず今年一年は文科省で頑張りたいそうです」

御上「…そうか」

槙野「もうひとつは…わたくし、通信制で教職課程、学ぶことにしました」

御上「は? マジ?」

槙野「はい。マジです。上の許可も無理やりいただきました」

御上「無謀だろ」

槙野「まあねえ…実習とかどうすんの、って話だけど…やるしかないでしょ」

御　上「お互い…教育オタクだなあっ」
槙　野「だってそこが変わらないと…日本、変わらないっしょ」
御　上「…そうだな」
　ふたり、窓の外を見つめる。
御　上「……この一年、戦えたのは槙野のおかげだ」
槙　野「いや。生徒のおかげだろ」
御　上「…そうだね」

38　通学路

　通学路を卒業証書を持って歩いていく3年2組の卒業生たち。
御上M「それは見過ごすほどの小さな変化の積み重ねだった」

39　文部科学省

　文科省。
　復帰した津吹が、働いている。
御上M「きっとあの場所も少しずつしか変われない」

40　図書館

　図書館で本を選んでいる是枝。
御上M「無謀な挑戦の傍らに常にあなたがいた」

41　どこか

　弟の車椅子を押して、嬉しそうに歩いている富永。
御上M「君がいなければ成し遂げられなかったことはきっとあまりにも多い」

42　裁判所前

　次元を伴い、裁判所に入っていく神

崎。

御上M「守るつもりが守られていたのも、こういう場合のセオリーってものなんだろう」

43 裁判所

裁判所。裁かれている真山弓弦。
見守る冴島悠子。次元と神崎の姿もある。遅れて御上が入ってくる。
弓弦と目が合う。それに気づく悠子。

御上M「君はいま、自分の罪を背負いきるために、ようやく取り戻した心を抱えてそこに立っている」

44 高見家の墓

高見の墓に手を合わせている槙野。
と傍らの花から蝶が羽ばたく。
槙野立ち上がりその行方を目で追う。

御上M「何度でも立ち返る。教育とはいったいなんだ」

45 隣徳学院・教室

教室。御上、顔をあげる。
窓の外を見ている少年がいる。御上
宏太である。御上のほうは見ない。
御上も声はかけない。その肩に蝶がとまっている。

御　上「……」

御上M「ぼくは行く」

羽ばたく蝶。空へ。御上、背を向け
教室を出ていく。

終

この作品はフィクションです。実在の人物・団体・事件などとはいっさい無関係です。

御上先生

脚本家
詩森ろば × 飯田和孝
プロデューサー

特別対談

未来を夢見る子供たちが、
忖度《そんたく》だらけの汚い大人たちの権力によって犠牲になっている現実。
そんな現実に一人の官僚教師と、令和の高校生たちが共に立ち向かう——。
教育のあるべき真の姿を描く大逆転教育再生ストーリー『御上先生』は、
これまでの学園ドラマとは一線を画した作品となり、
放送のたびに大きな反響を呼びました。

ここでは脚本家の詩森ろばと、プロデューサーの飯田和孝が、
本作が生まれたきっかけ、作品づくりへのこだわり、印象的なシーンなど、
知られざる裏話について熱く語り合いました!

詩森ろば

宮城県仙台市出身。劇作家・舞台演出家・脚本家。演劇ユニット「serial number」主宰。第28回読売演劇大賞優秀演出家賞受賞。近年は映像作品にも進出し、映画『新聞記者』で日本アカデミー賞優秀脚本賞。脚本担当の鹿児島発地域ドラマ『この花咲くや』が東京ドラマ・アウォード　ローカル・ドラマ賞受賞。本作『御上先生』で初の民放連続ドラマ脚本を担当。

飯田和孝

埼玉県熊谷市出身。早稲田大学教育学部卒業後、2005年TBSに入社。プロデューサーとしての主な作品は『ドラゴン桜(2021)』(2021年)、『マイファミリー』(2022年)、『VIVANT』(2023年)、『アンチヒーロー』(2024年)など。2024年7月1日付でドラマ制作部エキスパート特任職スペシャリスト。2024年、『VIVANT』でエランドール賞・プロデューサー賞受賞。

詩森さんに「僕はまだ諦めてません」っていうメールを送りました（飯田）

――『御上先生』を描ききった、今のお気持ちをお聞かせください。

飯田プロデューサー（以下、**飯田**）　企画自体も題材も、それこそ詩森さんに脚本を書いてもらうということも、挑戦した部分が大きいドラマでした。ある意味、『日曜劇場』のターゲット層にあまり合わない出演者層や題材でもありました。そこをチャレンジして、みんなで最後まで完走して、ある一定の反響をもらえたようなので、ホッとしたというのが大きいです。

詩森ろば（以下、**詩森**）　私は、従来の学園ドラマにないようなものを書きたいとか、そういう野心はまったくありませんでした。なのに結果書いたものは、「これ、学園ドラマどころかテレビドラマの枠組みからも外れているのでは？　迷惑をかけたらどうしよう」という作品になってしまい不安でした。いわゆる『日曜劇場』ど真ん中ではない作品が、無事オンエアされて、最後まで走りきれたことにホッとしています。

――飯田プロデューサーと詩森さんのそもそもの出会いとは？

飯田　映画『新聞記者』を見たのがきっかけで、詩森さんの舞台を観劇し始めたのが2019年だったかな。2018年頃にチーフプロデューサーになって、自分で企画を立てるようになっていたのですが、先輩たちが開拓していないジャンルで、自分が好きで興味のあるものって何かと考えたら、僕は社会派ドラマが好きだったんです。詩森さんの舞台にはそれがあったし、すごくパワフルだし、言葉も強かった。2020年に「テレビの連ドラを書きませんか？」とお声がけすると同時に、「学園ものの連ドラをやりたい」という話もさせてもらった記憶があります。

詩森　正直、最初聞いたときは「学園ものか～」って感じでした。学園ものがイヤというわけではなくて、難しすぎると思ったんです。その後、テレビドラマは経験するのですが、生まれて初めて書くテレビの連ドラが学園もの？動かす人数がケタ違いだし、ちょっと難しいんじゃない？みたいな。

飯田　僕はもともと『金八先生』が好きだったので、学園ものがやりたかったんです。ただ、日曜劇場で学園ものの企画を通すというのは、容易な作業ではありませんでした。『日曜劇場』というと、月曜からまた頑張ろうと思える、家族で見られるドラマというコンセプトがあって、『半沢直樹』に代表されるようにお仕事ものや企業のもの、そういう定石がありました。その反面、若い俳優が出てこられる作品もすごく少なくて、出演者が固定されている印象もあって。僕は、新たなスターを生み出したいとかではないのですが、若いパワーで生み出せるものをやりたいという思いがあったんじゃないかなと思います。

詩森　官僚の教員派遣制度の話をしたら、「面白いかもね」ということにはなったのですが、官僚派遣された先生が、実際の学校では官僚の方法論が全然通用しなくて奮闘するというような、もう少しライトな話を考えていました。

飯田　失礼な話なんですけど、僕もそこからいったん時間を置いたんです。社内で話すなかで、この路線だとちょっと難しいかなぁ、と。僕もまだ企画を通す力が足りなかったという事情もありました。だから、音沙汰なしですよ、僕のほうからお声がけしたのに。本当に申し訳ありませんでした、という想いです。

詩森　企画が通らなかったんだなと思ったし、私の力不足だったなぁくらいに思っていました。ただ、『新聞記者』の時に、官僚の方にちゃんとインタビューしきれていなかったという心残りがあったので、その後も折りに触れて官僚について調べたりとかは習慣的にやっていました。

飯田　僕のなかでは、自分が育てたい企画のなかにはずっとあったのですが、詩森さんのなかではもうなくなっていたそうです（笑）。でも、そういうのって意外と導かれていくというか、学園ものって一定の周期で再燃してくる気がしていて、２０２３年ぐらいにもう一回チャレンジできる感じになってきたので、詩森さんに「僕はまだ諦めてませんっていうメールを送りました。

詩森　この2回目のオファーは、なぜかわからないけど、絶対に実現させたいと思いました。私はあんまり名誉欲とか出世欲とかはないほうなのですが、これは絶対にものにしなきゃいけないと思って、最初から気合を入れて臨みました。自分も主体になって企画を一緒に作っていくんだっていう気持ちで、アイデアも考えつつ最初の企画ミーティングに向かいましたね。

このドラマでは、前半と後半で人間が変わっていく瞬間を見せたかった（詩森）

――脚本を一度最後まで書かれてから、打ち合わせに臨まれたとか。

飯田　朝から夜中の24時までみたいな、綿密な打ち合わせを2か月くらいやりました。もちろんベースは詩森さんが書いた脚本ですが、その言葉やセリフの強さのなかに、映像的観点からの要素をどう入れ込むか、スカッとさせるような場面だったり、『日曜劇場』らしい要素というわけではないのですが、曲がりなりにも僕らがやってきたことの蓄積もあったりするので、そこをどう入れていくか、話し合いました。

それと、この膨大な打ち合わせのなかでやっていたのは、世界観の共有です。監督も、得意ジャンルが違う3人だったりしたので、「ここはすごくわかるけど、ここは全然わからない」とか、そういった話もたくさんさせていただいて、最後はみんなが納得した形にできたのが、僕としては良かったです。

詩森　監督も比較的若い世代でしたし、ADさんとか若いスタッフからの意見も聞かせてもらって、もう一世代若い人たちにも抵抗を感じるところはどこかとか、わからないところはどこかとか、お聞きしながら書くことができたのも良かったです。

飯田　今回は、『日曜劇場』をふだん見ないような20代やティーンの人たちがどう感じるかにも注意して制作したつもりです。我々のような、上の世代からのただの押しつけになって、反発されてしまうのはもったいないとも思い、若いスタッフたちの意見も取り入れました。

――ここまで打ち合わせをするのは珍しいことですか？

飯田　日本の連ドラは、一人の脚本家さんが全部書くというのが主流です。今回ももちろん詩森さんが書かれているのですが、ここまでの大人数での打ち合わせと、脚本協力二人というのは、あまり例がないかもしれません。韓国やアメリカに近いスタイルになっている感じがありました。

詩森　演劇だとワークインプログレスといって、稽古の最終段階などにお客さんに入ってもらうことがあるんです。わからない箇所や、もっとこうすればいいのに、というような意見を吸い上げて修正します。また新作戯曲のときは、俳優に違和感のあるところをヒアリングして直すことを積極的にやっています。そのスタイルとマッチした感じです。

飯田　連ドラって全体のプロットはあるものの、脚本はそろっていないことが通常ですが、最後まで書いてもらったのは流れとして良かった。ゴール地点が見えた上で逆算したり、もっと伏線を張っておこう、ということができたりしましたし、エピソードの入れ替えもしました。七話の生理の回に関しては、この問題を扱うことのデリケートさを考えると、序盤に出すより、ある程度ドラマが受け入れられた後半にしたほうがいいんじゃないか、などです。

詩森　それと、私のなかでは、連続ドラマってキャラクターが固定してしまって動かないという特徴があると思っていたんです。それはいいことでもあるのですが、私は変化させたかった。前半と後半で人間が変わっていく瞬間を見せたかったんです。そうすると、やっぱり全話の脚本がないと、「この人は後で変わるんです」と言っても説得力がなくなってしまうので、役者さんに見てもらうためにも最後まで書いた状況にしたかった。御上先生（松坂桃李）も、是枝先生（吉岡里帆）も、後半で相当変化していきます。大人が生徒たちに影響されて変わっていくし、生徒も変わっていく。その変化するということが、すごく大事なエピソードでありポイントになってくるので、最終話まであったうえで、その変化が急激じゃないかとか、嘘っぽくないかとか、そういう話ができたのが良かったですよね。

飯田　変化がわかったうえで最初を演じるのと、そうでないのとでは、全然違いますね。六話で、御上先生のお兄さんの話を聞いて、週刊誌を破り捨てていうところで、ある一部の人を除いてはクラスが団結するわけですが、そこに向かって徐々にそれぞれ変わっていっています。特に櫻井未知留（永瀬莉子）とかは、それを逆算して最初にどう突っ張っておくかとか計算することができました。

見てくれている方々は、シンプルなメッセージを受け取ってくれるはず（飯田）

――舞台がエリート校というのも特徴的です。どんな狙いがあったのでしょうか？

詩森　私も日本人なので、「エリートっていけすかない」とか、それなりに思ってきました。でもある時、「エリートって本当は必要なものなんだよ。いないと国って良くならないんだよ」と言われたことがあったんです。言われてみれば、確かにそうですよね。政治だって代表民主制なのだから、代表が良くなかったら良くなりようがない。そういう社会構造です。誰しもが官僚になれるわけじゃないし、会社のトップになれるわけじゃないなかで、私たち庶民が幸せでいるためには、トップが利己的ではなく他者のために、経済とか社会のことを考えていける人でないとダメじゃないですか。エリートという言葉が、海外と日本では全然違う意味で使われていることを知ってから、ずっと伝えたいと思っていたことではありました。

インテリジェンスもそうです。「インテリ、インテリ」と言って「知識しかない人」みたいな感じでバカにしがちだけど、ファン・ゴイティソーロの『サラエヴォ・ノート』というノンフィクションで「知性というのは、知をどう運用するかまで含まれる」ということを知りました。20代の後半ぐらいに読んだこの本が私のバイブル的なところもあって、知性のほんとうの意味を伝えれたらと思っていました。

――作中では、「パーソナル・イズ・ポリティカル」という言葉も印象深く使われていました。

詩森　「パーソナル・イズ・ポリティカル（The Personal is

Political)」は、やはり何十年か前に性分化疾患という男性でも女性でもない性について書いたときに、ＬＧＢＴＱの団体の方から教えてもらった言葉です。そこから、すごく個人的なことを書くときでも、常に後ろに社会があるということを考えて書きたいというのが、私の習慣になっていました。だから、そんなにすごいことだとも思っていなくて。でもとても大事な言葉だと思うので、これがフィーチャーされたのはすごくありがたいなと思っています。

飯田　そういったセリフや言葉は、詩森さんの初稿にすでにありましたが、それがエンターテインメントの合間に入ってくるから伝わるものがある。だから、どういうふうに伝えるか、届けるかという作業も、結構あったと思います。僕らも普通の感覚でいくと、日曜に子どもと一緒に家族で見る時間にちょっと難しいのではないか、もっと簡単にしようとなりがちですが、そうすると結局伝えたいことの形がまったく変わってしまって意味がない。なので、そのギリギリのラインを探りました。

例えば、五話のビジネスコンテストの経済の話はちょっと難しいかもしれないと思いながら放送しました。もちろん、金融の仕組みの話まで伝わればいいに越したことはないですけど、それよりももっと伝えたいことがある。見てくれている方々は、そのシンプルなメッセージのところをちゃんと受け取ってくれるはずだと思っていました。

詩森　特に金融は、「いま、難しいって言っている場合じゃない」と思っているところもありました。私は金融や投資の仕事をしていたことがあるのですが、海外投資をするのに「円で話してくれ」という顧客が少なからずいる。でもレートぐらいは見られないと困りますよね。今の日本の100万円が海外では同じ価値ではないということを知ったりすることも必要だと思うんです。あと、「日本人は税金を取られることにはうるさいけれど、税金の使い道にこんなに興味のない人たちもいない」というのを若い頃読んで、それからずっと気にするようにしていました。だから金融について知ることは大事だと思っています。戦争も何かの利権が原因で起こったりしている。経済を物差しにするとクリアに見えてくるんです。ただ「戦争はダメです」と言うのではなく、むしろそこを知りたいよね、と思ってしまうほうなので。だから、頑張って書きました、金融も。

飯田　意外に、テレビ局員とかのほうが、先入観に陥ってしまうところもあります。マスコミの人間より一般の企業で働いている人のほうがわかっていることって結構多い。そこはなんかもう絶対に先入観なんですよね。

――他にも時事的な問題が多く扱われていますが、どのようにピックアップしていったのですか？

詩森　令和の時代に考えていかなければいけない話題をピックアップしていった感じです。そして、それが全部「パーソナル・イズ・ポリティカル」という言葉につながっていくようなコンテンツで、最後の大きな問題が解決するときも全部関わってくるように考えました。取材ももちろんしましたが、今まで（演劇で）多岐にわたって書いてきているので、もともと自分が得意だったジャンルを入れているところもあります。むしろ教育が一番わからなかったかもしれません。現在の高校生が受けている授業の内容なんかも、知らないものがいっぱいあって。数学ひとつとっても、私の頃はもうちょっと単純だったけど、今の子はこんなのを解いてるの？みたいな。何この知識量って、びっくりしました。そもそも数学が一番苦手なのに、なんで御上先生を数学の先生にしちゃったんだろう、と（笑）。

――お二人のなかで特に印象に残っているシーンはありますか？

飯田　どのシーンも心に残っていますけど、一話のラスト、教室の神崎（奥平大兼）と御上先生のシーンが思い出というか、これいいな、って思いました。初稿にはなかった「バタフライ・エフェクト」という言葉が、ある瞬間に入ったんです。それがすごく腑に落ちて、印象的に思いました。

詩森　教室のシーンですね。私はそんなにシーンを長く描いちゃいけないと思っているから、もともとはもっと短かったんですけど、「ここをもっと」って飯田さんがおっしゃって、どんどん長くなっていって、監督が「こんなに長いんですか」って言っても、「いや、でもここは削れないから」って、さらに長くなったりする。飯田さんの教室に賭ける想いは並々ならぬものがあったと思います。

飯田　冒頭の真山弓弦（堀田真由）の事件は、最初は導入のつもりで、大きな流れにする予定ではなかったんですよね。冴島先生（常盤貴子）との関係までは考えていたんですけど、物語全体の事件にまで関わってくる設定ではありませんでした。でもやるからには、という話になって、最終的に非常に「バタフライ・エフェクト」という言葉とマッチしたので、そこが僕にはすごく印象深かったんです。

詩森　私はどのシーンも好きなんですが、五話の真山弓弦と神崎と御上先生のシーンは本当に素晴らしいと思いました。あれができる21歳の俳優（奥平）というのもすごいなと思ったし、素敵だなと思いました。ただ、一番思い入れがあるのは、やはり最終話ですね。

飯田　それが書きたかったと、おっしゃってましたもんね。

詩森　最終話は最後まで粘って、役者さんたちからも意見をもらったりして、飯田さんも最後までオーダーしてくださって、初稿は２０２４年8月にできていたけど、決定稿を渡したのが最終話だけ２０２５年2月なんです。最後までこだわって考えていったことの結末がこれだったのは、結構素敵かなって思っています。一個一個の問題について、「もっと答えを教えてくれよ」とか「食い足りないんだよ」って思ったことも裏切ってくるようなラストになっています。全部テレビドラマから与えられるんじゃなく、ここからの私たちが未来を作っていくんだ、といったことをメッセージとして伝えられたラストになったかなと。

――事件解明のミステリー部分も見どころでした。

詩森　全体の筋立ては難しかったです。ミステリー要素をどこでどう解決していくかが。解決したときに意外性は大切ですが、それ以上に納得感のあるものにしたいと思っていました。例えば途中まで出てきていない人物が最終話近くに突然出てきて「実は犯人でした」みたいなのって、意外かもしれないけど、納得できないですよね。ずっと物語にいて、関わっていて、最終的にちゃんとその事件を起こした理由に納得がいくというのがすごく大事だと思います。でも、わかってはいるけど、いざ自分が書くとなったら別のことで、「なんでこの人こんなことやったんだろう」って延々と考えて、これなら私も納得がいくかなというところまで考え続けたので、大変でした。

飯田　槙野（岡田将生）のキャラは一番難しかったですよね。でも、岡田さんはクランクアップの時に、「言いづらいなっていうセリフのない台本」「キャラクターと反発し合ったりということが今回の台本では一切感じなかったので、本当に幸せでした」ってコメントしていましたね。

詩森　そう言っていただけて嬉しいです。槙野が一番難しい役ですよね。最初、絶対に仲間だろうと思わせておいて、出世に嫉妬するところで絶妙に視聴者の方に「違うのかな?」と思わせるようにするなど、工夫しましたよね。槙野の情報はどこで何を入れるか、情報を隠してしゃべっているからシーンがつまらなくなっちゃったりするので、飯田さんや監督とやりとりしながら何度も書き直しました。槙野は出したいけど、御上先生とふたりでは喋れないし、どうしましょう、とか。津吹のことに対して苦悩しているのとかは本心だけど、いい人になりすぎてもネタバレしちゃうから、どう描くか、とか。

松坂桃李くんは、本当に人のためにセリフを言える人なんです（詩森）

——俳優の皆さんについてはどう思われていましたか?

詩森　生徒役のオーディションには参加していましたし、何度かスタジオに見学に行ったりもしていました。最終話は、たまたまスタジオ最後の日で、見学に行かせてもらったら、もう素晴らしすぎて。千木良遥（髙石あかり）がラストすごかったですね。私は顔を見られたら泣いてるのがバレちゃうから、真っすぐモニターを見てました。脚本協力のお二人も一緒でしたが、みんな真っすぐ（笑）。

飯田　みんな、ほんとに頑張ってました。椎葉春乃（吉柳咲良）も、あの役をもらって〝自分かわいそう〟な演技をしないのって、本当に大変ですよね。

詩森　あの年代だと悲劇のヒロインになりがちなんですけど、自分を抑えながら、でも椎葉があそこで教室へ来るということはもう覚悟が決まっているわけだし、むしろ、そのかわいそうな自分を見せたくない人だよね、という。

飯田　あなたを見て周りが立ち上がっていくんだよ、というのを体現してくれた感じはあります。他の生徒たちも、自分だけにスポットライトが当たっている感じの演技を、誰一人として、していなかった気がします。

詩森　それはやっぱり松坂桃李くんの背中ですよね。本当に人のためにセリフを言える人なので。あれを29人の若い俳優が浴びながらの撮影というのは、彼らにとってものすごく勉強になったと思います。

——最後に、作品を通じて一番伝えたかったことを改めて教えてください。

詩森　「考えて」が、決め台詞になるとは思いませんでした。歴代の『日曜劇場』のなかでも、なんて地味な決め台詞だろうかと思いますが、それしか言っていないですもんね。でも、視聴者の方が、その「考えて」とか「そうだね」っていう言葉を好きになってくれて、「パーソナル・イズ・ポリティカル」という言葉も、こんなにフィーチャーしてくれました。それは私からのメッセージというよりは、本当に見てくれた方に感謝しています。ちゃんと、それがドラマの言葉になり得るんだっていうことを、教えてもらったなという感じです。

飯田　僕はテレビ局員なので、テレビドラマが果たす役割みたいなものをよく考えるのですが、『御上先生』が語っていることって、そこに通じるものがあります。考えることによって人に対して優しくなれたり、何か愛情を持って接するようになれたりする。そしてそれがバタフライ・エフェクトのように、この社会が良くなっていくことにつながっていく。テレビドラマとはそれを伝えることだと思うし、改めて影響力が小さくはないんだということを感じることができました。みんなの心に届いていたら、もっといい社会になっていく。それがテレビの役割になるのだろうと感じています。

　撮影／山田耕司（扶桑社）　取材・文／尾崎真佐子

本書は2025年1月19日から3月23日まで
TBS系で放送された「日曜劇場『御上先生』」のシナリオをまとめたものです。
内容が放送と異なる場合がございます。ご了承ください。

持道具
波多野弘明
嶺岸あんり

ヘアメイク
久野由喜
林 香織

ヘアメイク監修（松坂桃李）
古久保英人

メイク（吉岡里帆専属）
paku☆chan

メイク（岡田将生専属）
細野裕之

メイク（常盤貴子専属）
堀 ちほ

教育監修
亀田 峻

取材協力
山田裕幸

警察監修
大澤良州

医療監修
中澤暁雄

刑務官監修
坂本敏夫

車両
川面孝史
西本文仁
浅野 勲
川島祥悟
原澤芳明

台本印刷
田口貴博

お天気
森 朗

編成
佐藤礼子
中野翔貴

宣伝担当
名古龍太郎
杉野千鶴
藤原倫太郎

プロモーションムービー
小川真依
里 謙二郎

広告宣伝
鈴木佑佳
稲垣真穂

ホームページ
松村有咲

WEBデザイナー
八木あゆか

スチール
野田達也

SNS担当
澤野優介
安田智哉
大久保遼也
田中浩志

商品化担当
柳岡舞子
佐藤 晴

メイキング
大谷 裕

SNSリサーチ
藤井由布子

制作管理
中川真吾

制作担当
片岡俊哉

制作主任
前島 淳
辻 智
楢村湖々

制作進行
取井歩来
吉田夏菜
飯山裕一郎

演出補
戸島俊季
小沢由紀
三宅勇輝
柴田クマールアージュン
新井菜奈
西川秀哉
武田佳奈子
田口彩奈
秋本哲夫
白鳥明日歩

スケジュール
北川 学

プロデュース補
出口彩菜
山崎理緒
山田 和

記録
河野友里恵
山下くるみ

制作考査
山根孝之

デスク
藤田順子

プロデューサー
飯田和孝
中西真央
中澤美波

演出
宮崎陽平
嶋田広野
小牧 桜

製作著作
TBS

御上先生　STAFF

脚本
詩森ろば

音楽
鷺巣詩郎

主題歌
ONE OK ROCK
「Puppets Can't Control You」
（Fueled By Ramen / Warner Music Japan）

脚本協力
畠山隼一
岡田真理

教育監修
西岡壱誠

学校教育監修
工藤勇一

ＴＭ兼撮影
大場貴文

撮影
杉岡克哉
寺田将人
鈴木真史
北澤 豪

CA
阿部太地郎
森山敦喜
大崎美穂
手塚剛毅
中島歩香

映像
二階堂 隼
田中千明

照明
清喜博二
原沢大樹
宮田淳史
堀 勇太
清水 領
山口瑛冬
横山伊吹

音声
小川貴裕
乙部直樹
中井翔三
米森あこ
小林恵理香
太田凛音

編集
尚 宝
富永 孝

本編集
菊田麻未
片岡史織

予告・PR 編集
塚本翔平

カラリスト
星子駿光

VFX
長崎 悠

編集デスク
曽根原 護

TP
妹川英明

ポスプロスーパーバイザー
高池 徹

選曲
御園雅也

音響効果
花谷伸也
中吉咲予

MA
湯浅絵理奈

音楽コーディネーター
溝口大悟

MA デスク
深澤慎也

技術マネジメント
遠藤彩乃

美術プロデューサー
二見真史

美術デザイン
野中謙一郎

美術ディレクター
湯浅莉香子
加来理咲子

美術アシスタント
澤口千晶

装飾
高尾直希
鈴木真衣
芥田裕子
竹内なつ

大道具装置
卜部徹夫
山崎貴穂

大道具操作
鈴木佑介

電飾
秦 一志

建具
岸 久雄

植木装飾
石灰未展

道具コーディネーター
岡埜哲也

デザインマネジメント
王 怡文

衣裳
湯﨑莉世
岩本彩音
郷間香里
鳥居竜也

ブックデザイン
鈴木貴之

カバーイラスト
王 怡文

出版コーディネート
六波羅 梓（TBSグロウディア ライセンス事業部）

編集
宮川彩子（扶桑社）

日曜劇場
御上先生 シナリオブック

発 行 日　2025年4月25日 初版第1刷発行

脚　　本　詩森ろば
発 行 者　秋尾弘史
発 行 所　株式会社 扶桑社
〒105-8070
東京都港区海岸1-2-20 汐留ビルディング
電話　03-5843-8843（編集）
03-5843-8143（メールセンター）
www.fusosha.co.jp

企画協力　株式会社 TBSテレビ
株式会社 TBSグロウディア
印刷・製本　サンケイ総合印刷株式会社

Printed in Japan　ISBN978-4-594-10036-0